———————— 阅读之前 没有真相

午夜文库

粗糙且含糊不清的怪盗预告信：
警察厅特案专职搜查课事件簿

[日] 仓知淳 著
白夜 译

NEWSTAR PRESS
新星出版社

目录

1	案卷 0
9	案卷 1　古典但虎头蛇尾的密室犯罪
91	案卷 2　粗糙且含糊不清的怪盗预告
169	案卷 3　费劲却一目了然的比拟杀人
269	案卷 E

案卷0

突然接到领导通知让他过去是在警察厅入职仪式之后。

木岛壮介有些讶异。

肯定是为了明天开始的入职培训提前叮嘱几句,他想。

可为什么同一批入职的其他同事都没动静,就叫他一人过去?木岛心底顿时一凉:是不是闯祸了?可自己刚入职,也没时间犯错啊。

警察厅没有独立的办公楼,与其他单位一起在霞关的中央政务区二号馆里办公。

木岛要去的是刑事局副局长的办公室。厅里的干部都有独立办公室。木岛紧张地敲响房门。

"进来。"

传来一个严肃的男声。

"打扰了。"

木岛恭敬地打开门。

这是一间功能齐全的智能办公室,配有大窗,宽敞明亮。坐在棱角分明的大桌后的那位应该年过五十了吧,笔挺的西装配一副金属框眼镜,从他精瘦的身材和俊秀的额头便知其能官干将的气质。对于刚毕业的木岛来说,警察厅刑事局副局长简直高居云端之上,所以木岛走到桌前便立正站好。

副局长紧紧盯着木岛的举动,而后开口:"你就是木岛?"

语气威严,目光锐利。

"到!我是木岛壮介。入职仪式刚结束。"木岛硬邦邦地答道。

"嗯,别太僵硬,放松一点儿。"

副局长的要求有些强人所难。

"木岛，你会偶尔读推理小说吗？"

唐突又出人意料的一问让木岛有点儿蒙："读，算是个爱好。"

备战警察机关的入职考试时，木岛想着以后可以作为参考，于是读了一堆被称为"侦探小说"的娱乐读物。基本素养至关重要，而且读起来也不累。作为有志成为官员的人，这一点得想周全。

副局长翻开手边一份薄薄的案卷："那么，请你回答问题。这是一起现实中的案件。丈夫A和妻子B是一对年轻夫妻。B有个外遇对象男子C。有一天，妻子B和男子C被人用刀具刺伤致死。杀人现场为AB夫妻的家。凶器为厨房里的菜刀。现场血迹斑斑，墙上到处都是血手印。无论是血手印的掌形还是凶器上的指纹，所有证据都指向丈夫A。好了，爱读推理小说的木岛觉得凶手是谁？"

陷阱题？木岛瞬间做出反应，慎重回答："如果A是凶手，他不会粗心到留下指纹。恐怕那是真凶嫁祸给A的计谋。凶手应该是斩断了A的手，将其带进现场，蘸上血后盖印章似的盖在墙上。所以A可能也已经被杀了，而凶手与A有仇。只要彻查A的人际关系，应该就能找到真凶。"

"如果是推理小说，情节大抵会如此展开。但很遗憾，凶手就是A。他太大意了，竟四处留下指纹。"

"欸？这不就原封不动了吗？"

答案简单得让木岛愣住，一不留神，语气也随意起来。副局长倒不在意："对，原封不动。再看下一案。"

说着，他翻开下一页。

"空荡荡的街上发现一辆出租车。司机在驾驶座上被刺死，当日收入被抢走。后座留有一个证件夹，里面有张驾照。由驾照得知，证件夹的主人是男性X，有两次抢劫伤害罪的前科。因为有前科，所以警察厅的数据库中存有X的指纹，经过比对，发现车内到处都是X的指纹。那么，请问该案的凶手是谁？"

这次可不能上当。木岛坦率地回答："是X吗？"

"对，按你的说法叫'原封不动'。这是一起单纯的抢劫杀人案，没什么内情。"说着，副局长合上案卷，从始至终面无表情，"正是如此，现实案件大多是原封不动的，既不花哨，也没趣味。现实中的罪犯和推理小说里的不一样，完全不懂费劲的伪装。现实中的杀人犯不会制造密室，不会换乘电车伪造不在场证明，不会用无头尸混淆身份，更不会不留足迹地从暴风雪山庄消失。凶手基本上就是最明显的人，一激动，一上头，为眼前钱财或临时封口就轻举妄动当场杀人。这就是现实。"

从金属框眼镜后面射来的两道视线死死戳在木岛身上。

"我国警察十分优秀，如此简单的凶手，他们立刻就能锁定。只要罪犯身份暴露，他们就会追查过去即刻逮捕。即使罪犯想跑，他们也会追到天涯海角，掘地三尺将其捉拿归案。检举率高的秘诀就是踏实追踪和不懈努力。这帮优秀的警察全都不怕脏，不怕累，咬住目标绝不松口。顺便一提，据说逃亡的嫌疑人最可能潜伏在自己熟悉的土地，比如出生的故乡、经常出差的城市、调职前的工作地点。只要去那些地方，八成就能找到他们。"

副局长深深陷进椅子，继续说道："只不过，还是会出现一些动脑筋的罪犯，犯下零星几起超出常规、和刚才两例杀人案完全不同的案件。当然，如果凶手只是个耍小聪明的半吊子，那么警察自可以应对，但总有一两个思路清奇的家伙添乱，犯下几桩神秘又复杂的罪行，正如推理小说里的不可能犯罪。遗憾的是，警察引以为豪的搜查能力并不能适应这种异常情况。他们是训练有素的顶级猎手，但缺乏发明家的资质。当需要用发散思维跳过面前那堵不可能犯罪的高墙时，他们就无能为力了。"

副局长平静地说着。木岛猜不透这番话的目的，只能心存疑惑，默默聆听。

"因此，目前我们正在试运行一个特殊部门，由警察厅长官亲自牵头组织，专门调查各种奇难怪案。由于没有大肆宣扬，所以由我在幕后负责该部门，并兼任课长。不过说起这个部门，厅里几乎没人知道，也没人参与。实际出力的是被临时雇用、有解决不可能犯罪之才能的平民。这种能人就藏在市井之中，他们像发明家一样思维跳跃，天马行空，能越过那些障碍。这个部门随时可以邀请他们提供帮助。当然，因为普通民众不能自由出入现场，也没有搜查权，所以需要有警察厅的人去现场，作为平民与警察之间的桥梁，我们称之为随行官。说到这里你应该明白了吧，木岛，这就是你的工作。你来担任随行官。"

"为啥是我？不，您为何要选择我呢？"

面对出乎意料的剧情发展，木岛大感困惑。

"当然是因为经过研究，我们认为你最适合这个岗位。毕竟要按照入厅考试成绩择优遴选人才嘛。"副局长说道。

木岛算头一回见识到什么叫堂堂高官睁着眼睛说瞎话，一本正经胡咧咧。木岛绝不信这套冠冕堂皇的说辞，他的成绩应该很一般才对。这该不会是让没前途的新人安心被调去边缘部门而搞的话术吧？木岛心中的疑念去了又来。

副局长不理会木岛阴云四起的心情，接着说道："眼下前任随行官出于身体原因停职休养。你刚入职，立马让你接手有些过意不去，但还是希望你务必担下这个任务。"他看起来丝毫没有觉得过意不去。

不等木岛提出异议,话题又进一步:"既然如此,我今天就任命你为随行官。"

副局长这才意味深长地微微一笑。

"欢迎来到警察厅特案专职搜查课①。"

---

① 日语中,"专职"(專従)有脱产、挂靠、外包后专门从事某某类事务之意。

案卷1　古典但虎头蛇尾的密室犯罪

千石邸书房周边图

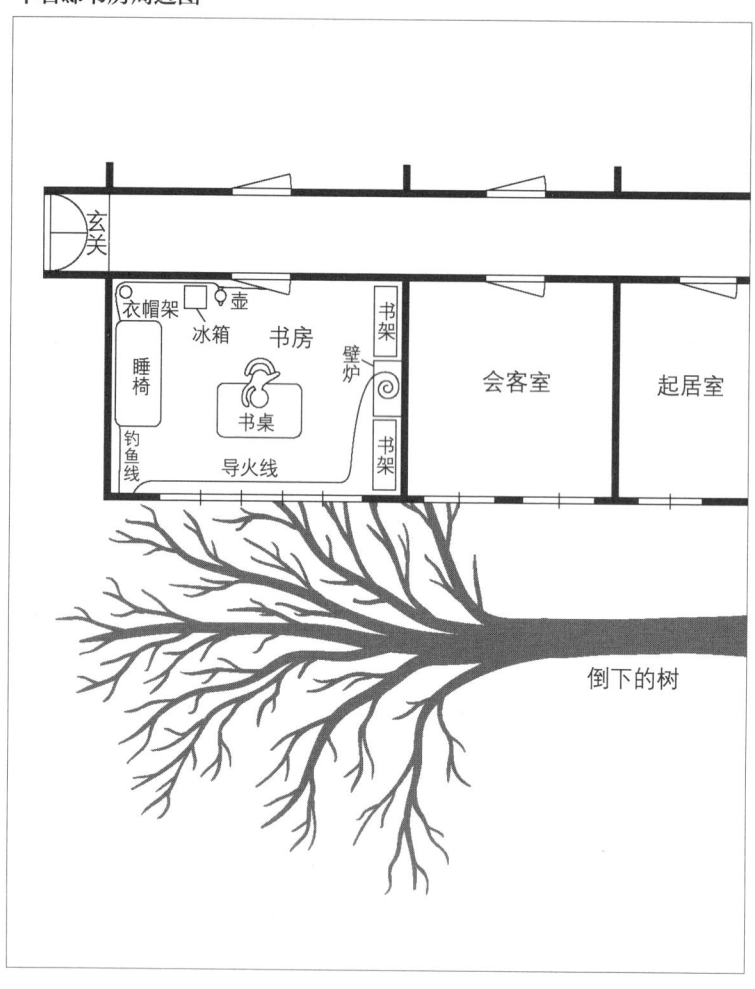

玄关

衣帽架　壶
冰箱　书房
睡椅　　　　壁炉
　　书桌　　书架
钓鱼线　　　书架
　导火线

会客室　起居室

倒下的树

尸体趴在书桌上。

呈坐姿，倒在书桌上。

右手握枪。形制粗糙的自动枪。

尸体右侧头部有子弹射入的痕迹，一个血洞。大量血液溅落在桌面上，如彼岸花不合时节地疯狂盛开。

"死者是本馆主人千石义范，六十七岁。经法医判断，死亡推定时间是昨天十八点到二十点。死因如你所见。法医确认是当场死亡。"

警部站在窗边说明情况，接着说道："昨天，家里除了死者还有四个人：住在这里的管家、死者的两个侄子和一个侄女。侄子、侄女昨天从市中心过来拜访，留宿一晚。根据他们四人的证言，这扇门好像被锁了，从走廊一侧打不开。"

"这么说来，这就是密室杀人喽？"

"侦探"兴冲冲地说道，像看见顶级食材摆在面前的顶级厨师一样，露出顶级的笑容。

*

出警命令是周日上午下达的。

收到邮件，木岛壮介睁开惺忪睡眼读起正文。周日出警没什么稀奇的，案件发生又不分工作日和休息日，只是这也太快了吧。木岛心里满是惊异：欸，这就出警了？毕竟今天是他上任的第三天，他满打满算也才在警察厅里待了两天。如今要让他这个连半场培训都没参加过的新人去现场,木岛感到十分焦躁。再怎么说也太快了吧。他还想着有时间看看前任留下的资料,多学习学习呢。

虽然心里七上八下,但木岛还是换上衬衫待命。没过多久,接他的警车抵达。不会吧……万万没想到阵仗搞得如此之大。单身公寓旁停下一辆警车?这不是给邻居添堵吗!肯定会造成不好的影响。木岛慌忙钻进警车后座,心想千万别被附近的人看到。

司机是一位穿着制服的年轻警官。他好像知道目的地在哪儿,没等木岛开口就发动警车。

"发生了什么案件?"

听到木岛询问,年轻警官紧张地说道:"不好意思。本人不知详情,只是受命接随行官您过去。"

一本正经、严阵以待的回答,感觉不到一丝闲聊下去的可能。

虽未鸣笛,但车速不慢。警车从东京都中心向西奔驰,穿过世田谷区,似乎正朝郊区驶去。木岛望着车窗外渐渐变化的风景。昨天还四处盛开的樱花,因为一晚的强风,如今已形迹全无。望着这样的景色,木岛叹了口气。

进警察厅是为当官,可以的话他希望做内勤,那种盯着电脑屏幕一坐一整天的公务员工作正是他的梦想。他懒得出外勤,更不想奔赴现场,优哉游哉、从容自在地坐办公室才是为官精髓。为此念想,他奋力挤过国家公务员综合考试这条独木桥。原以为辛苦通过国考大关,努力而得来的安稳日子正向他招手,没想到一脚踩进陷阱。到底造了什么孽,我才会被派到杀人现场来?木岛不停哀叹自己的命运。

就这样,警车向西穿过二十三区,窗外已是一派野性的田园风光。

究竟要去哪里？木岛正感不安，警车停下了。

"听说那幢大宅就是案发现场。"

司机警官丢下木岛，驾警车一溜烟离开了。

透过影影绰绰的树木，隐约可见一幢幢独栋大宅。四野开阔，颇有种奢侈的慢生活的闲适。

看来其中一家正是目的地。

又叹了口气，木岛有气无力地拖着步子走过去。院门前除了好几辆警车，还停着一些警方相关人员的车辆。院门两边气派的石柱间已经拉起了黄色警戒带，十来个看热闹的当地人聚集在警戒带前。两个门柱前各站着一名身穿制服的警官，斜眼盯着看热闹的人群。

木岛混进人群，看向门的另一边。

宽敞的大院深处是宅邸，一幢木结构的二层大宅。比起民家，它更像一座气派的公馆，只是十分老旧。积年累月，建筑本身已有风霜的痕迹，应该有几十个年头了吧。建筑设计风格老派，玄关就像老电影中的小学校舍一般，说好听点儿叫古色苍然，说难听点儿就是破破烂烂。整幢屋子正如搞笑短剧中的布景那般，从旁一推便能让其倒掉似的。不过真佩服它竟立得那么正，那么直。

正当木岛带着些失礼和冒犯望向公馆之时，突然肩头被人拍了拍。一惊之下，他猛然回头。

背后站着个男子。

"你是警察厅的木岛警官吧。"男子开口道。

此人年龄三十岁出头，身形修长，长相也属于古典美男子的类型。只不过，与其美颜相反，他的头发没梳没理，没修没整，乱蓬蓬地顶在头上，因此外形分被扣了一半，无端给人一种暴殄天物之感。

木岛转向男子，说道："我是木岛。请问您是怎么知道的？"

对方闻言，动作巧妙地从口袋里掏出一个智能手机，目光变得凌厉："这里有实时定位。警察厅在随行官体内植入了微芯片，能通过GPS定位追踪。看，芯片就埋在你的后颈，这样就算迷了路也不用怕。"

"欸？什么时候——"

木岛大骇，伸手摸向脖子。虽然没有感觉到不适，但他无法直接确认那处他看不到的部位。就算慌张地乱摸一通，由于芯片已经植入体内，他也取不出来。不对，这种事本就不合法吧？还有人权吗？还有隐私吗？

见木岛慌慌张张，六神无主，高个儿男子似乎觉得有些无趣："喂、喂，开个玩笑而已，别当真嘛。没想到你竟被一个简单的玩笑吓到了，看来你的性格格外单纯嘛。"

什么嘛，原来GPS云云都是骗我的啊。木岛松了口气，又问道："我是什么性格不重要，请问您是如何知道我是木岛的？"

美男子薄唇一咧："只不过用了点儿观察和推测的技巧。周日，一个年轻人穿衬衫混在看热闹的人群中，太突兀了。于是我立刻得出结论，他就是我需要与之会合的随行官。"

原来如此，环顾四周，看热闹的都是当地住户，穿着也很日常休闲。

"那么您是——"

对方立刻打断了木岛的问题，伸手递出名片。"对，我是你的搭档，名侦探。"

木岛接过名片，其上只印着"名侦探，勒恩寺公亲"几个大字，此外什么住址、电话、电子邮箱一概没有。只有"名侦探"。也不知是故弄玄虚还是认真的。

"事先声明，别因为我的名字有股香火味就觉得我老家是哪个寺院。名字高雅不代表出身高贵。我只是个名侦探，多多指教，随行官先生。"勒恩寺一本正经地说道。

他身披一件夹克衫，但总觉得哪里不正经，看起来不像正常的社会人士。也是，哪个正常人会在名片上厚颜无耻地自诩"名侦探"？谁又会对初次见面的陌生人开那么恶劣的玩笑？

而这位看着就不正经的勒恩寺催促道："好了，走吧，没你的身份我什么都做不了。我虽为名侦探，但没有公家人作保也就是一介平民，没有随行官做伴，连现场都进不去。"

听到这话，木岛慌忙拿出身份证明——三天前刚领到的警察证。和有搜查权的刑警一样，木岛的证件上也有那个徽章。木岛本来只是刑事局下面的普通职员，不是警察。但是为了方便他出入现场，上头给他也配了个警察证，职级为警部补。可这头衔不是他——一个刚毕业入职的新人戴得稳的，名和实严重不符，顶着它就如穿古装走红毯一般，极其古怪不说，还丢脸到不想见人。

可勒恩寺侦探毫不客气地走到站岗的警察面前，高傲地说道："这里是警察厅特案专职搜查课，应警视厅搜查一课课长要求前来现场。鄙人侦探勒恩寺，这位乃随行官木岛警部补。请立刻带我们去见现场搜查负责人。"

他竟然能够如此流利地说出这段形同台词般文绉绉的话，真是令人佩服。

两位站岗的警察瞪大双眼，面面相觑。

"呃……您在说什么？"

"我们是警察厅特案专职搜查课的。你是辖区警署的巡警吗？我跟你说不清楚，叫你的上级过来，就跟他说警察厅特案专职搜查课——简称特专课的人到了就行。快去。"

一位警察看了看"侦探"的脸，又看了看木岛出示的身份证明，虽不明就里，却还是挪开步子。勒恩寺在他背后大声斥责："喂！别磨磨蹭蹭，跑步前进！"

后面的事就麻烦了。

辖区警署的警察最先叫来的是署里的前辈，但那位警察也听不懂勒恩寺的话，于是又叫来一名穿便衣的年轻刑警，结果还是说不通，接着由同署一位老刑警传话，这才请来警视厅搜查一课的年轻刑警、中坚刑警、资深刑警……经过极其烦琐的层层上报，终于得见现场负责人。

最后出场的是警视厅的警部，听说是他在指挥现场搜查。此人倒是认得木岛的证件，但他的反应出人意料，露出一副混合了迷惑、困惑和疑惑的复杂表情说道："特专课……吗？听是听说过，但没想到会在我的场子遇到。哎哟，课长又多此一举……"后面半句话含糊得像是他的自言自语。

单凭这位年近五十、身材发福的警部便能全权指挥一课的刑警，足见其胆魄和充沛精力。而从他向后梳得服帖的初染华发和精悍表情，也知这是位气势不凡的人物。

警部一脸不爽地说："敝姓名和，叫我名和警部吧，请多关照。辛苦特专课的同事过来，但别把事情办砸了。"态度远远算不上友好，一看即知他很不情愿允许他们进入现场。

但勒恩寺面色松弛，冷静地说道："当然，很快就能解决，不用担心。"

名和警部有些不耐烦地应了一句："那么我带您到现场吧，

这边请。"

于是两人跟着名和警部进入宅院，走近那幢古老的大宅。

三人绕过公馆，走向玄关。在转弯处，木岛驻足片刻。

结合太阳的方位，这里应是宅邸南面吧。从大门向内看，玄关在视线死角，转个弯才能看见，而现在还有件东西更不得了。

"那是什么？"木岛不禁问道。

名和警部停下脚步，回头答道："樱花树，不得了吧。"

樱花树倒了。

一棵巨树彻底倒地，树干与宅邸南面平行。目测树的高度有七八米，立在一般人家的庭院里也算高了吧。而今它躺在地上，估算可能有误，无法想象它实际竖立时的样子。

还沾着泥土的粗壮树根全被翻了出来，裸露在外。本来强而用力深掘地下的器官如今被无情地暴露在阳光下，看起来很可怜。一半的树枝抵在建筑外墙，数十根树枝纠缠在一起，最靠近玄关的那个房间的窗户被树枝堵了个严实，幸好没把窗玻璃打破。

"昨天被大风吹倒的。樱花全被吹跑了。"名和警部指着大树说道。

昨晚那场风真大，从日落时分到黎明，整晚狂风大作。虽说没下雨，但最大瞬时风速高达四十米每秒的妖风摧残了整片关东平原。这可不似落花清风那般优雅，如此规模的春季风暴几十年一见，也造成了周六夜晚的一系列惨事。东京都内，楼顶的巨大广告牌被吹落，车棚里成排的自行车被刮倒，行人稍有不慎就会摔倒在地。高速公路上卡车侧翻，铁路被迫停运，交通网顿时一片混乱。不仅如此，输电线被吹断，造成数万户停电，很多人惴惴不安地度过整晚。虽说没有人员死亡，但伤者逾百，一晚上救护车嗷呜嗷呜着，不停奔走在城市的各个角落。强风还给各地带来了严重的经济损失。这些消息，木岛也在早间新闻节目中看过了。

现在一大棵樱花树被连根拔起，倒在眼前。树干与建筑平行，没有直击外墙或许是不幸中的万幸。

木岛想走近看看，但这时——

"不是那边。木岛，你要去哪儿啊？"勒恩寺出言阻止了他。

木岛原以为案发现场必在樱花树附近，可他好像预判错了。

木岛冲走向玄关的勒恩寺的背影说道："勒恩寺先生知道现场在哪里？是提前得知案情了吗？"

"没，我什么都没听说。我和你一样，初始线索为零。只不过，我知道现场一定不在庭院。"

"为什么呢？"

"他们不说我也知道，因为我的逻辑是这么告诉我的。"勒恩寺说着，露出一抹神秘的笑容。

来到玄关，入口威严气派。一扇双开木门，左右门板都是由很厚的单片木板制成的。虽说屋门已不免破旧，但也颇有旧时趣味。

正在此时，一队身穿藏青色制服的工作人员鱼贯而出，衣服背后有两个白字"鉴定"，每人手上都提了一个铝合金工具箱。看起来鉴定组已经收工了。

另有三个穿西装衬衫的人来到玄关门口，目送鉴定组离场，从他们锐利的眼神和精壮的身材也判断得出大抵是警视厅的刑警。

好似与鉴定组交班，木岛一行钻进玄关。玄关二楼挑空，颇为开阔。

一名刑警机敏地看向这边，他的面相本就不善，投来的目光更像在恶狠狠地盯着木岛,极具压迫感。

"主任,那两位是……目击证人吗?"

听见对方发问,名和警部摇摇头:"不是,是警察厅的人。特专课。"

"特专课?"

尾音登时高扬,其余刑警也立刻变了脸色。空气像被绷紧一般,现场弥漫着紧张的气氛。似有杀气从三人厚实的肩头腾起,木岛不由得缩起身体。

"特专课又来这里做什么?"一位刑警死盯着木岛问道,这模样怎么看都不算欢迎。

名和警部代答道:"哎,说话别那么冲,人家接到了正式的搜查要求。好像是课长联系的。"

于是三位刑警又你一言我一语地发起牢骚:"那个马屁精课长又多事。"

"这俩特专课的也太嫩了吧,靠得住吗?"

"外行人插手调查?怕不是来碍事的吧。"

确实,和那帮气势逼人、身强力壮的刑警比起来,侦探勒恩寺还很年轻,甚至连木岛都是个刚毕业的毛头小子。虽然木岛显出一副怯生生的样子,但勒恩寺一副事不关己的样子,若无其事地说:"不用担心,我尽快解决,早早离开,不就不碍事了吗?"

一个刑警仿佛被逗笑了:"好大的口气。到时候可别搞砸了案子,自毁招牌啊,特专课的外行们。"

"这番话我已在警部那里领教过了。一课的刑警在讽刺人方面语言还真贫瘠。"

"喂,你凭什么这么嚣张!"

"我的确说得过分了,但和你们也是半斤八两。你们有闲工夫找这些无聊的碴儿,为何不去搜查?啊,已经没必要了对吧,因为我一个人就能搞定。"

"什么?你小子一个人能搞定什么?"

"哦?没听明白吗?当然是破案了。嘻,不过没准你们能帮着出把力气。"

"外行还敢放肆地胡说八道!"

众刑警逼近,冲突一触即发。木岛心里想着必须出手劝和,但无奈一步都挪不动,全身僵硬的他连句话也插不上。生性怯懦的木岛有自知之明,每到这种时候他都派不上用场。像他这样胆小的新人怎么会摊上这个活儿?真想不通人事部的思考逻辑,这份工作怎么看都不适合他。

这边木岛还在惊慌失措,那边名和警部走上前说:"好了好了,打住。别找事儿,回头上面唠叨我可扛不住。还有,侦探先生,别挑衅我的人。"

警部一脸厌烦地介入调解。

木岛渐渐领悟了个中利害关系。

特专课隶属警察厅,由警察厅长官直接管理,而搜查一课不过是警视厅下面的一个部门。说是警视厅,从全国范围来看也只是专管东京都内的地区警署,而警察厅可是监督全国所有都道府县警察的上级机关。作为警视厅的搜查一课课长,奉承警察厅的长官没坏处,所以请来特专课或许是他拍上级高官马屁的一环。警察厅也是政府机关,常在上级官员面前露脸是公务员的本能。

也许对大人物来说,玩这种政治花活也属于工作之一,然而奋斗在一线的刑警却经常因上级拍马屁的行为而被打扰到本职工作。吃哑巴亏的总是基层员工,被迫配合高层赚取政治分数,感到为难也是理所当然的。对职业刑警来说,让普通民众进犯罪现场当侦探伤害自尊，有损名誉，更是一种侮辱，所以才会反抗。可名和警部是中层干部，不能公开违背课长的决定。虽然态度消极，但在他的立场必须配合侦探的介入。警部夹在中间，想来也很辛苦吧，值得同情。

遭警部一通数落，刑警们悻悻走出玄关。虽说被老大直接阻止，他们不得不收起杀气，但临走还不忘啐一口："哼！侦探课！"

言语中带着轻蔑。对他们来说，"侦探课"是一种蔑称吧。

名和警部目送刑警们离开之后，像是安抚起勒恩寺似的说道："别放在心上，现场刑警压力大。"

"我可没放在心上，已经习惯了。"明明是自己煽风点火在先，勒恩寺却不以为意地回答。

木岛和勒恩寺在气派的玄关里脱鞋走进走廊，大方换上辖区警署备好的拖鞋。

立于走廊，清晰可见房屋内部也很老旧。木走廊、木板墙古色古香。果然让人想起旧时的小学，因为一切都是木造的吗？高高的天花板也是老屋特色。虽然怀旧复古很不错，但遮不住扑面的破旧感。

名和警部走了两三步，指着右手边第一扇房门说："现场就是这个房间。"

一面厚实的单板木门，门把是如灯泡一样的老式球形，大概是黄铜的。由于常年使用，金色的把手表面已经暗淡无光。

名和警部推开房门。房间里正在四处调查的五六名刑警齐刷刷地看向门口，紧绷的脸上分明写着"这俩小年轻是什么人"。

名和警部介绍道："这两位是警察厅特专课的。"

"特专课？"

和方才一样，听见名和警部介绍，在场的壮汉顷刻红了脸，气氛又紧张起来。勒恩寺太可怕了，嘴上没个把门的，每说一句都有如火上浇油。不光是侦探本人，连木岛这个随行官也被刑警迁怒。真受不了。

听说上一任随行官出于身体原因停职休养，怕不是因为现场总出现这样那样的冲突，弄坏了肠胃吧。木岛感觉自己的胃也开始痛了。事情不应该是这样的，明明只想轻轻松松做个国家公务员，为什么要受这份罪？

面对即将爆发的冲突，名和警部设法化解，命令道："总之先让侦探查看现场，抱歉，大家先出去一下。"

中层干部再度力挽狂澜。

刑警们虽然悻悻而走，但不忘对这边啧啧一声，愤愤一瞥，搞得木岛只得战战兢兢地躲开视线。啊，胃已经受不了了，自己果然不适合这份工作。

"这里就是现场，主人的书房。"警部不在意木岛的心情，自顾自地说道。

这个房间和走廊一样，地板和墙壁都是木板制造，颇有古意。

正对房门有两面大窗，虽说应该是朝南的，时近正午却透不进阳光，想来是那株樱花树压下来的树枝盖住玻璃，遮蔽了阳光。

书房左手边是个老式壁炉，砖砌的炉台设计时髦。

壁炉左右是两个书架。虽说皮革封面的西洋书籍与房间氛围更搭，但那里放的全是些经管类的实用读物，现代又快餐风格的书脊打乱了如同电影布景般复古的情调。

与之相对，书房右手靠墙是一张大沙发，或者叫睡椅更具怀旧味道。睡椅看起来很结实，够一人平躺。

而房间中央，摊开着一幅惨不忍睹的画卷。

一张漂亮的木质书桌面窗而设。桌子有两个抽屉，虽有些年头，但威严依旧，作为明治时代那些元勋肖像画的配套道具倒是十分适合。

但那儿还有个物体更加显眼，冲击力足以将旧日风情一吹而散。

一人坐于椅上，伏尸书桌。

死者是一位老人，左半边脸贴在桌面，脸朝沙发。他的右手凑近头部，握着一把手枪，左手滑落身侧，无力下垂。

桌上散开一大摊乌红色的液体，自然是血。血液虽已凝固，但猩红一片的地狱绘卷太过猎奇，极具视觉张力。

就算不想看，这个正居书房中央的死人也会赫然入目。尸体，死于他杀的尸体，木岛自是初见，恐惧本能地油然而生。木岛自觉面色煞白，险些失去意识，只能茫然地站在门口。

勒恩寺却不同，他似已习以为常，走近书桌，仔细观察。这位侦探一脸平静，泰然自若，用冷澈如学者的眼神悠然端详尸体，就像要解读出写于死者脸上的文字一样。木岛见他如此冷血的态度，心情越发糟糕。

站在窗边的名和警部背着手开始说明："死者是本馆主人千石义范，六十七岁。"

听警部所述，死亡推定时间是昨天入夜不久。家里另有四人，根据他们的证词，书房房门上了锁。

听到这里，勒恩寺仰起方才还在观察尸体的脸，欣喜问道："这么说来，这就是密室杀人喽？"

勒恩寺红光满面，摩擦双掌，看起来大喜过望。

接着，他将视线重投回死者："衣着不乱，不见打斗痕迹，大概是坐在椅子上突然中枪的，没有一丝防备。表情安详，未见吃惊神色。是他大意了吗，还是凶手开枪极快？无论怎么看，熟人作案的可能性很大。"

说完，勒恩寺抬头面向木岛："木岛，站在那儿干什么？你是随行官，过来看看啊。"

"不，我就，那个，不用了。"

"客套什么？好好看看，之后写报告的人是你。"

"话是这么说……"

放着那边吞吞吐吐的木岛不管，勒恩寺又转向名和警部问道："从尸体上可以看出的大概就是这些。警部先生，是否还发现了其他有力的证据，比如指纹？"

名和警部回答道："没有，门把手内侧只留有死者的指纹。外侧门把手上倒是混有不少人的指纹，分辨不出来。此外就没什么可疑的指纹了。"

"好吧。接下来请告诉我死者的个人资料。"

听勒恩寺这么问，名和警部点了点头："他应该算是实业家，在东京都内开了几家公司，还涉足不动产和股票，好像很有钱，公司经营得也很顺利。死者大约两年前还住在市中心，六十五岁时从一线退了下来，和管家两人搬来此处，算是隐居吧。据说，表面上他把社长位置传给了信赖的心腹部下，自己挂着董事长和特别顾问的职务，但仍掌控公司实权。这位还不到六十七岁，有的是余热可以发挥。跟以前一样，他在经营公司方面很有手腕。听说直到现在，他每周还会去市中心的公司露面两三次。"

"这幢建筑够老旧的，为什么千石义范先生会搬来这里？"

"唉，生前没人问过他原因。不过，这里好像是死者的曾祖父建造的别墅，用作隐居之地。"

"效仿曾祖父啊。"

"对，包括这幢老旧的房子，虽使用起来有诸多不便，却没有重建，据说也是因为想保留曾祖父当年使用时的样子。不知道是不是有什么只有当事人才能了解的心情。"

"明白了，关于死者的情况就问到这里吧。对了，警部先生，凶器呢？查出来源了吗？"

"啊，那好像是死者自己的东西。相关人员做证说，那把枪一直放在书桌正中间的抽屉里。"

"这样啊，书桌抽屉里。嗯，真有趣。"侦探浮出一丝淡淡的笑，说道，"好吧，不管凶器了，问题是这家伙。"

勒恩寺摩擦着双掌离开尸体，看来心情大好，似乎要将最大的乐趣留到最后一举解决。

"警部先生，这是什么？"勒恩寺指着房门。

名和警部厌烦地皱起眉头，说道："那玩意儿就是头痛的根源，一课课长请你们特专课来大概就是为了它吧。感觉就像典型的——"

"没错，正是万众期待的侦探登场。鉴定工作结束了吧，我摸摸可以吗？"

"啊，随便。"

警部回应得有些敷衍，勒恩寺斜眼看了看他，便将脸凑近门，搓着双手，很是高兴。他刚才就一直在搓手，估计是侦探兴奋时的习惯。

"这家伙太让人在意了，真有趣。"勒恩寺笑着说。

有没有趣另说，但自打进门，木岛就注意到了那件和房间整体极不协调的东西。不，或者说那件东西出现在杀人现场才更合适。那是一个机关。

书房的门是一块厚厚的木板，很沉。门把手是球形的，上方十厘米处是门锁，一块形如扁平布丁的金属底座上有个横杠旋钮。这种金属锁被统称为旋钮插销，捏住横杠旋转九十度就能上锁。走廊侧的门板上未设锁孔，故房间只能从里面锁上。竖起旋钮为开，横过来便上锁。

没问题，门锁很普通，奇怪的是旋钮上的东西。

金属镊子。

现在房门没锁，旋钮插销处于竖直状态。镊子正夹住横杠，方向与地板垂直，屹立如埃菲尔铁塔。镊子两边的尖端都套着橡胶套，横杠旋钮深入镊子根部，夹得很紧。

而在镊子根部，也就是埃菲尔铁塔的顶端，系着一根粗粗的钓鱼线。钓鱼线看起来很结实，轻易断不了。

钓鱼线很长，从镊子根部垂下来，一直延伸向房门左侧。

勒恩寺轻轻捋着钓鱼线，追着它的去向。木岛也跟在后面，眼神跟着钓鱼线。

房门左侧放着一个青瓷壶。青白色的大陶壶高约六十厘米，形状圆鼓鼓的，左右各有两个半圆环把手，看样子很沉。

钓鱼线穿过壶把，继续向前。

陶壶旁边是台小冰箱。只有它是新式电器，和书房的怀旧氛围格格不入，八成是近两年才添置的。

钓鱼线钻进冰箱底部的缝隙，沿着地板向左前进，直至墙壁尽头的角落。

墙角立着一个衣帽架，也是那种一根直棍立在大理石圆盘底座的笨重老物件。直棍顶上有几个分支，用来挂帽子或外套。不过现在上面空空如也，什么都没挂。

钓鱼线还在地面爬行，绕过衣帽架底部，左转九十度，又钻进睡椅，径直奔向有窗户的南墙，并消失在墙角的地板。

不，准确来说并没有消失，而是钻进墙角狭窄的缝隙里。由于房子老化，地板和墙壁的连接处出现了一道五毫米左右的狭窄缝隙，若不是钻进了钓鱼线还真不容易发现。钓鱼线钻进缝隙就看不见了，恐怕就这样通到屋外了吧。

勒恩寺规矩地追到钓鱼线尽头，这才满意地抬起脸。

一旁的木岛观察着侦探，察觉调查告一段落，便出声问道："怎么样，勒恩寺先生，查到什么了吗？"

对方转过身，瞬间惊讶过后立刻展露笑容："哦，是木岛啊。不，还没头绪。"

勒恩寺刚刚的确在瞬间露出了"嗯？这人是谁来着？"的表情，好像完全忘了木岛的存在。没错，木岛的确是侦探的附赠品，但若完全被遗忘，心情还是会很低落。

勒恩寺全然不顾木岛的心情，若无其事地说："木岛，你明白这根线意味着什么吗？"

被这么一问，木岛点点头："嗯，怎么看都是'针线密室'。"

"没错。如今看来多么古板，多么怀旧啊。太棒了，这个现场太棒了。"

勒恩寺神情恍惚，好像真的快要跳起舞来。

名和警部依然一脸厌烦，望着嬉闹的勒恩寺说："针线是什么东西？先不论钓鱼线，根本就没有针啊。"

勒恩寺欣然回答："这是侦探小说的行话，警部先生。这次是用壶和衣帽架调整钓鱼线的走向，而在以前的侦探小说里是将针刺进墙壁，穿针引线改变角度。由于这种手法在小说中多次出现，最后自成一派，名叫'针线密室'。"

这些木岛也知道。虽说在老派侦探小说中读到这种机关只会觉得荒唐，但如今得见，总有种深褐色的侦探小说世界入侵现实之感，让人后背微凉。

"真是太好了。当上侦探以来，我自认为算是久经沙场了，但这还是头回见到。真是太幸运了，居然碰到了真正的针线密室机关。没想到有一天我能亲眼见证这种东西，真棒啊。哦？还有一根。这也很有意思。"

兴奋的勒恩寺再次把脸凑近墙缝。那里除了钓鱼线，还露出了一截绳头。绳子比钓鱼线更粗，材质也不一样，好像是用纸捻出来的细长条物体。

"你看，木岛，知道这是什么吧？"

"嗯，是导火线吧。"

没错，一根导火线和钓鱼线并排从墙缝里钻出来，看起来就像悬疑电影里炸弹狂人常用的道具。

不过导火线并没有向靠着睡椅的那面墙延伸。正相反，它与钓鱼线的方向相反，顺南墙，过窗下，在墙角处转了个直角，经过书架，爬进壁炉，又在壁炉里盘出一个奇怪的形状——蚊香般转了好几圈后抵达圆心终点。圆心紧贴一个细小的纸筒，白纸筒的真面目一目了然。

"爆竹啊。"

木岛说完，勒恩寺满意地点点头。壁炉里盘成蚊香的导火线和中心处的爆竹都是侦探小说中出现过的道具。

勒恩寺胡乱地拢了拢一头乱发，高兴地说道："针线密室加爆竹定时装置，手法真够古典的，古典到极致了。我是多走运才能碰上这种真家伙啊！警部先生，这东西没人动过，还保持着被发现时的样子吧？"

"当然。除了鉴定组以外没人碰过。本来嘛，一课没人对这种怪东西感兴趣。"

木岛不管警部意兴阑珊的回答，问勒恩寺："可是，针线机关保留得如此完好，不是很奇怪吗？通常情况下，尸体被发现时它们早该不见了。"

"目前还不好说。只能说，设置机关的人并没有启动它。"勒恩寺答道。

"不过听说门是锁着的。"

"根据相关人士的证词，似乎是这样。哼，实在很有意思，不是吗？就快变成密室的密室，有趣有趣。"

当着尸体的面大呼有趣似乎不太体面，但侦探的心思不在这上面，他另有感兴趣的东西。勒恩寺朝窗户走去。

两扇并排而设的大窗。窗外，倒伏的樱花树枝一层压着一层。

勒恩寺一边打开窗锁一边唤道："又是老式锁，现在已经很少见了。来，开开眼，木岛。"

左右窗框交叠的中心有个金属锁，插销是根能伸缩的金属棍，棍头刻有螺纹，能插进窗框的凹洞，再旋紧上锁。木岛记得好像在温泉旅馆之类的地方见过一次，不管怎么说都很稀奇。

木岛望着窗锁的构造，勒恩寺则在旁边说："听说这叫螺丝锁，老物件了。当然有用丝线从外面制造密室的手法，但有个缺陷——用丝线的确可以旋转插销，但那根棍子总是松的，不可能像用手那样旋紧。刚刚我确认过，这把锁锁得很紧。"

勒恩寺说完，又检查起另一扇窗："看，这边的窗销也用力拧紧了，所以窗户上没被动过针线诡计。还有，木岛你看，我的手指有点儿脏，窗户插销上积了灰，证明这段时间没人碰过它，也表明昨晚没人从这里出入。"

勒恩寺正说着话，名和警部从旁插嘴道："说到出入，壁炉烟囱也不行，太狭窄。那个圆柱形的烟囱直通屋顶，内里直径只有二十厘米左右，再怎么瘦小的人都钻不进去。况且那烟囱估计十几年没用过了，疏于打扫，烟囱壁上有一层煤灰，很脏。烟囱里没有丝线穿过，因为煤灰上没有任何痕迹。一名鉴定人员沾了一身黑煤灰，确认过了。"

听完报告，勒恩寺看向房门："这么说来，果然只剩下门这一个出入口了。"

就像算准了似的，房门登时打开，一名刑警探出头。门向内推开，不影响镊子的装置，只有钓鱼线松了。

"主任，法医说要尽快把遗体搬出去，一直念叨着'还没好吗？还没好吗？'催得人头大，实在顶不住了。"

在刑警的乞求下，名和警部转向这边。

"就是这么个情况。侦探，你不介意吧？"

"好吧，该看的我都看过了。"

听到勒恩寺的回答，刑警关门退下。老实说，能搬走尸体真是帮了大忙，木岛稍微松了口气。尽管他尽量不去直视死者，但每当它进入视野边缘时，木岛还是差点儿贫血，不管过去多久都无法适应。他无法忍受与尸体同处一室，木岛再次确认他果然不适合这份工作。

勒恩寺完全不知木岛的心思，突然大步流星地朝门口走去，显然是要离开房间。木岛连忙叫住他："勒恩寺先生，你要去哪儿？"

勒恩寺闻言回头看去，一瞬间的表情仿佛在说："咦？这谁来着？"他又完全忘了木岛的存在。求求你别转身就忘了我，很难堪的，木岛心想。

不过,对方似乎立刻想起,朝气蓬勃地说:"去外面,看看钓鱼线通向哪里。"勒恩寺兴奋地宣布完,开门走了出去。

出于基本的礼貌,木岛对着遗体合掌,然后追了出去。

*

两人走到外面,绕进庭院。

但情况并没能满足侦探的期待。

书房外侧,南墙被那棵樱花树完全覆盖。倒下的树枝压在窗户和墙上,挡住了去路。

四月艳阳下的庭院里,几名刑警来回踱步,不知在调查什么。

勒恩寺在纠缠如深山老林般的树枝前抱着胳膊说道:"哎呀哎呀,这下没办法了。不过倒的角度堪称绝妙,稍微偏一点儿,书房就被砸穿了。"

正如勒恩寺感叹的,樱花巨树自东向西倒下,几乎与馆墙平行。大树被连根拔起,地面出现一个大洞,狂风烈度可见一斑。

看来不踏过层层缠绕的树枝不可能到达书房的外墙。

背对着横倒的大树,勒恩寺若无其事地说道:"没办法了,警部先生,只能靠人海战术,请刑警们砍掉树枝吧。"

说得理所当然。

跟在木岛身后的名和警部脸臭到极点,不过还是叫来手下传达指示。那名刑警也一脸为难:"我们堂堂一课刑警为什么要做园丁的活儿?"

他的抱怨很有道理。这时,勒恩寺插嘴应道:"我不知道一课的刑警大人们有多了不起,不过,既然是警部的命令,还是闭嘴照做比较好吧。"

"啊？你个侦探课的嚣张什么！"

面对厉色怒吼的刑警，勒恩寺继续道："嚣张倒谈不上。我的随行官说过，对破案毫无贡献的刑警除了卖点儿力气一无是处。"

"什么！"刑警瞪向木岛。

好可怕的眼神。为什么这个侦探老是说些没必要的话，挑起争端呢？我可不想受到牵连。正当木岛缩头之时，名和警部看不下去了："好了好了，到此为止吧。搜查需要，希望你们砍掉树枝，拜托了。"

上司低头请求，刑警只好退下，但他丝毫没有掩饰不服气，一直恶狠狠地瞪着木岛。好可怕，饶了我吧，多嘴的明明是勒恩寺侦探——木岛心中叫苦。

话虽如此，不愧是雷厉风行的警视厅搜查一课。很快，五名刑警拿着锯子在院子里集合，也不知道是从哪里找来的工具。

"为什么要我们做这种事？"五名刑警毫不遮掩地将不满挂在脸上，但他们仍开足马力，砍树枝撒气。

勒恩寺冷漠地望着这一切，轻轻自语道："看这速度，距离结束还有一段时间。"说完他便准备离开。

木岛焦急地在他背后问："等一下，勒恩寺先生，这次你要去哪里？"

"去听听相关人士的证词，我很好奇密室是怎么形成的。"

勒恩寺头也不回地快步离开。木岛连忙追了上去。真希望他别自作主张，擅自行动，当然也别制造那些不必要的风波。

*

木岛和勒恩寺重返宅邸。

他们换上拖鞋，在名和警部的带领下沿木质走廊往里走。

经过书房旁边的会客室，里面就是客厅，再往里便是餐厅和厨房。

案件相关人员都在客厅里待命。

这是一间宽敞的西式房间。落地窗朝南开，灿烂的阳光洒进来。木地板上铺着花纹复杂的地毯，摆着设计古朴但舒适的沙发，被抛光成麦芽糖色的单板大桌，房间看起来很舒服。

沙发上坐着三个人，两男一女。在他们身后，一名上了年纪的系着领带的男人站在不显眼的角落。在客厅和餐厅的分界线附近，一名身穿制服的警察一动不动地站着，应该是负责监视相关人员的。

除了警官以外的四人，应该就是名和警部所说的证人吧。正如木岛所猜测的，警部开口介绍："这位是管家辻村先生，全权负责宅邸的家务。"

辻村随着警部的话语恭敬行礼："鄙人辻村，是这里的管家。请多指教。"

他是位瘦高个儿，年纪大概比死者稍小，花白的头发修剪得整齐。他举止端庄，彬彬有礼，很有管家的风范。

接着，名和警部又介绍起沙发上的三人。

"这三位是已故的千石义范先生的亲人。从我这边依次是侄子千石登一郎、千石正继和侄女千石里奈子。"

千石登一郎三十五岁左右，体格魁梧，形象严肃，年纪不大却威风凛凛。

"幸会。"千石登一郎点点头，板着脸，毫不掩饰自己的不悦。

坐在旁边的千石正继比登一郎小五岁，整体给人的感觉比较轻浮，眼神却锐利得让人感到不可小觑。

"初次见面，请多关照。"正继带着阴阳怪气的笑低下头。

唯一的女性千石里奈子看起来比正继还要年轻五岁，一头黑发，身材苗条，因为始终低着头，存在感很低。里奈子没有抬头，用勉强能听见的没有底气的声音哼了声"你好"，接着行了个礼，全程眼眸低垂，一次也没看向木岛和勒恩寺。不知是温顺还是矜持，抑或是体弱多病，总之她没什么精气神。

名和警部也向相关人士介绍说："这位是警察厅的木岛警部补。"

被叫到名字，木岛连忙低下头。虽然没有弄错，但以这个头衔被介绍给别人，真的很不舒服。

"还有这位，是协助木岛警部补的勒恩寺先生。"名和警部做了个极其含糊的介绍，大概认为公开表示有平民进入案发现场会产生问题。

但是，当事人破坏了警部的一片苦心。

"请多关照，我是侦探，名侦探勒恩寺公亲，来此解决案件。"勒恩寺用夸张的动作打招呼。

"侦探？"千石正继歪头，"是真正的侦探吗？小说里的那种？"

"当然是真的。而且不是普通侦探，而是名侦探，就像小说里的那种。"勒恩寺挺起胸膛。

千石登一郎狐疑道："你不是警察？这种人有权搜查吗？"

一针见血的疑问。

"这一点没有问题，这是警察厅的正式委托。希望大家不要顾虑，配合他的调查。"

虽然名和警部尽力打圆场，但客厅里弥漫着的奇怪气氛还是无法消除。

勒恩寺则完全不在意这种气氛，薄唇含笑观察着沙发上的三个亲属。沙发上还有最后一个座位。虽然客厅很宽敞，但似乎没想到客人会这么多，没准备太多座位。

令人吃惊的是，勒恩寺迅速奔向最后一个空位，一屁股坐下，一副理所应当的架势。没办法，木岛与名和警部只好站在他背后。木岛姑且不论，这样一来，连名和警部都像是侦探的随从了。别把警部的耐心耗尽了呀，木岛不禁提心吊胆。

但勒恩寺根本没考虑到木岛担心的事情，立刻询问起相关人员。

"首先，我想请教管家辻村先生，听说你住在宅里？"

"对，那里边有我的个人房间。"辻村客气地指着餐厅的方向说道。

"你的工作是全部家务，还有其他的吗？"

"我也负责宅邸的管理，当然还要照顾老爷的生活起居。"

"依你看，已故的千石义范先生是个什么样的人？"

"一心一意扑在工作上的好人。"辻村有条不紊地回答。

勒恩寺似乎很满意，于是换了个对象："接下来是三位亲人。千石——哎呀，失敬失敬，大家都姓千石，这可麻烦了。虽然听着有点儿套近乎的感觉，但我可以用名字称呼你们吗？如果大家都没异议，那我们就开始吧。各位是已故的义范先生的亲戚，对吧？"

笑嘻嘻的千石正继正面回答："对，我们的父辈是兄弟，一共四兄弟。义范大伯是老大，接着是老二、老三、老四。"他依次用手掌示意登一郎、自己和里奈子，"我们是他们的儿女，也就是堂兄妹。"

与其说是关系人，不如说是血亲。但三个人都很淡定，不见痛失大伯的悲怆感。如果有亲人去世，不是应该更加悲伤或意志消沉吗？想到这里，木岛有些困惑。

勒恩寺才不管木岛的疑虑，继续问："听说三位昨天来此看望伯父，并留宿一晚，伯父是否很照顾你们？"

"不，没什么特别的。"登一郎含糊其词。

正继却语带讽刺："嗯，和其他亲戚相比，也不能说没有受到照顾。当然，这只是相对而言。"

"正继，别说那些家丑外扬的话。"登一郎不悦地责备道。

正继仍笑嘻嘻地说："登一郎，你还瞒得过警察？再怎么装模作样，他们向周围的人一打听，就全暴露了。"

"可你怎么可以在这种场合说那种话？"

正继无视心不甘情不愿的登一郎，继续说道："在侦探先生面前提这些有点儿丢人，但我直说了吧，我们这位死去的大伯是个暴君。不知道仗着是家中长子还是擅长赚钱，大伯总爱显示他的权威。如今又不是父权制的时代了，还搞那一套，跟古板大家长似的。所以父辈几个兄弟关系很不好。家父和登一郎、里奈子的父亲也都水火不容，互相看不顺眼，一见面就吵架。他们已经有十年没来往了。今天早上我跟家里说了大伯的死讯，可家父冷淡地说：'我打高尔夫去不了，你在那边看着办吧。顺便和登一郎商量一下葬礼的安排，随便弄一下吧。'兄弟的配偶，就是我们各自的母亲，大伯也看不上眼。大家虽然都住在东京都内，却完全不见面。我、登一郎和里奈子都有各自的兄弟姐妹，但他们也不讨大伯的喜欢。大伯打从开始就没打算疼爱这帮侄子、侄女，从小也没给过压岁钱，他们得到的只有牢骚和怒斥。可不知道为什么，只有我们仨没被讨厌。登一郎、我、里奈子，只有我们入得了他的法眼。"

"他喜欢你们？"

听到勒恩寺的话，正继依旧笑嘻嘻地说："哪里哪里，我不是说过，这是相对而言的问题吗？我们不过是被允许享受拜见的荣耀罢了。"

正继说话虽然阴阳怪气，但很流利健谈。相反，登一郎少言寡语，垮着脸不悦道："正继，够了，不必宣扬家丑。"

只有里奈子没有插嘴，老实地低着头。她存在感淡薄，话也不多，似乎属于克制自己主张的性格。

正继完全不理会登一郎的苦口婆心，笑吟吟地接着说道："昨天也是大伯突然把我叫来，说有话要对我讲，让我在这里过夜。"

"这种事常有吗？"

面对勒恩寺的询问，正继点头："偶尔他会突然叫我过来帮忙，不是使唤我就是使唤登一郎。毕竟大伯和辻村先生年纪都不小了，不方便爬上屋顶修天线。不过，之前没有过留宿一晚的先例，所以让我有点儿吃惊。"

"他找你有什么事吗？"

"这个嘛，我也不知道。我还没来得及问，大伯就闹起别扭，把自己关在书房不出来了。"

正继微微一笑，似有所指。登一郎难堪地别过脸去，里奈子依然低着头。

原来如此，木岛明白了。他们已经受够了暴君大伯平日里的呼来喝去，加上家人关系本就不好，所以才不见悲伤。

"那么，能否请你说说昨天的事？按时间顺序，大事小事尽可能面面俱到地讲一遍。"

勒恩寺的问询仍在继续。正继回答道："从何说起呢？就从我来这儿开始说？可我是最后一个到的。"

这时，管家辻村小心翼翼地向前走了半步："那就从我准备迎接客人开始说起吧。昨天下午老爷出去了。他平常每天都在书房工作，但一周会去几次市里的公司，下达指示。虽然是星期六，但老爷还是按照自己的意愿行事。听说他让几家公司的主要负责人到公司听取业务报告，然后下达今后的经营方针，早已是家常便饭。"

"有专职司机送他去市里吗？"

"不，老爷是租车去的。他说一周只出门两三次，雇司机太不划算。"

"大伯有钱，却在这种地方死抠门。"正继带着嘲讽打起哈哈。

管家对此充耳不闻，继续道："老爷回来之前，里奈子小姐已经到了。"

所有人的注意立刻转向里奈子。里奈子怯生生地小声说："是的，我是被叫来的。"

勒恩寺追问："你几点到的？"

她用蚊子叫般的声音回答："大概下午五点吧。"

这时登一郎生硬地说："下一个来的就是我吧，因为大伯不在家，所以我有点儿失望。"

"几点？"

"记不太清了，五点十五分左右吧。"

与登一郎的负气回答呈鲜明对比，辻村规矩地说道："我记得后来老爷到家是五点半左右。只是他看起来心情很糟，可能是公司的部下出了什么纰漏。当时老爷非常不满地冲进书房，一直不出来。他还连珠炮似的大叫，不让任何人靠近打扰、同他说话，也不吃晚饭。我想老爷一定有什么急事回来处理吧。"

"哦，也就是说，躲进书房了。"勒恩寺若有所思地说。

书房就是杀人现场。勒恩寺大摇大摆地跷起二郎腿，也不知在思考什么。

这时正继插话道："说到五点半，我差不多也是那时到的，大概就在大伯之后吧。我听辻村先生说大伯在书房闭关，暂时不出来了，也一时间不知道该做些什么。"

"这么说，正继先生你并未见过尊伯父？"

"嗯，没见过。"

"也没看见他进书房的瞬间？"

"没看见。"

"那么，只有辻村先生亲眼看见义范先生闭关了吗？"

这时，里奈子客客气气地微微抬起手："那个，我瞥了一眼。那个，就是大伯走进书房的时候，从走廊的这一侧走来。我也听见他吩咐辻村先生的命令，虽然离得比较远。"

"是五点半左右吗？"

"是。"里奈子低眉点头，并未抬起视线。

勒恩寺环视众人问："然后呢？"

登一郎不高兴地说："明明是大伯有话要说才把我们叫来，结果他闭门不出，我们也没有办法，多出了很多空闲时间。"

"大家都做了什么？"

"我就在这个客厅里，看看电视，又看看带来的杂志，无所事事。"

听正继这么一说，登一郎板着脸道："二楼一共有四间客房，管家给我们每人分配了一间，我带着笔记本电脑在那里办公。别看我这样，其实我也开了家公司，虽然跟大伯的公司相比是小巫见大巫，但身为经营者，总有些琐事要处理。"

"里奈子小姐呢？"

面对勒恩寺抛过来的问题，里奈子战战兢兢地接道："我也在二楼的房间里。窗外庭院里有樱花，起风了，花瓣纷飞，很漂亮。"

起风？大概是那场大风的序幕吧。

"我伴着飞花读书。"

"顺便问一下，是谁的书？"

"永井荷风。"里奈子低着头，不好意思地回答。

勒恩寺点了点头，接着问："辻村先生当时在做什么？"

"我在准备客人的晚餐。老爷一早告诉我他们会留宿。"

"难道您不担心闭门不出的义范先生吗？"

"老爷反复无常惯了。他如果闭关，不到自己满意肯定不会出来。如果他命令过我不要靠近，那么弄出一点儿动静我都会被骂得狗血淋头，所以我尽量不靠近书房。"

"原来如此，行动各有不同啊。然后呢？"

辻村代为回答勒恩寺的问题："七点开始吃晚饭。家里的习惯是这样，在那边的餐厅，由我招呼几位客人。"

"没有请义范先生用餐？"

"对，他说过不需要，就不会上桌。书房的冰箱里有一些简单的食物饮料，当他全神贯注工作时，可以用来对付一下。"

啊，那台不合时宜的冰箱原来是这个作用，木岛想起来了。话说回来，死者似乎相当我行我素。自己叫来晚辈，却见都不见一面就在家中闭关，真够任性的。

"大伯任性是常事。"登一郎皱着眉头说，"我原以为他有什么话会在晚饭时说，没想到他一如既往地蛮横，竟还是不出来。没办法，只有我们几个吃了饭。"

"很好吃哦，炖牛肉。"正继说道。

辻村恭敬地低下头："不敢当。"

然后登一郎板着一张脸继续说道："饭后咖啡时间，七点半左右吧，风越来越大了。"

"对，屋外传来可怕的呼啸声，好像是第一波大风吹了起来。"

登一郎斜睨着正继说："接着，院子里传来一阵可怕的声音，嘎吱嘎吱——轰！"

"对、对，实在是太厉害了，我还以为打雷了呢。一瞬间地面剧烈摇晃，像有什么东西从地下拱了出来。大家真的当场吓了一'跳'。"正继再度插嘴。

里奈子难得主动发言说："真是太惊人了。"她小声嘟囔，想必印象相当深刻。

勒恩寺探出身子："是樱花树吧，那阵轰鸣声……"

"没错，我们连忙从那边跑了过来。"正继用手指向餐厅，又指了指客厅，"我向窗外看去，声音显然是从那里传来的。一看才发现，狂风中，矗立在院里的那棵樱花树消失了。不管外面多暗，那棵大树还是很显眼的，可它不见了。怎么回事？大家都大吃一惊，定睛一看，只见倒下来的树根，地上还有个大洞。我们这才明白，原来是樱花树被大风吹倒了。"

"的确惊人。"登一郎说道。

辻村也附和："估计是根基不牢了。那是棵六七十岁的老树，据说染井吉野樱的树龄超过五十岁就算老了，或许它大限将近。"

"昨晚风那么大，樱花树估计顶不了多久。"

正继开始偏离话题，好在勒恩寺拉了回来："发现樱花树倒下后，你们做了什么？"

登一郎首先回答："因为树倒在书房那边，到底还是担心大伯，于是大家一起去了书房。"

"原来如此，我们来重现当时的行动吧，也许这样能发现重要线索。好了，各位，走吧。"勒恩寺擅自做出决定，起身离座，一人快步走向现场。

对于这个颇为突兀的提议，大家面面相觑，然后才勉强顺从。

众人一齐走出客厅，沿走廊前进，在书房门前集合。管家辻村、三位堂兄妹、名和警部、勒恩寺连同木岛七人聚在一起，连宽敞的走廊都感到狭窄逼仄。

"我们四个一起赶来这里。"正继说道。

勒恩寺转身对四人说："那么，请按顺序重现每一位所言所行。第一个出声的是哪位？"

"我好像……"辻村说着，迈开腿后退一步。之前他说过打扰主人会被责骂，此时似乎也犹豫起来。

"第一个应该是我吧。"正继难得收起笑容，走到门前，手握门把敲了几下，"我这样敲了敲门，向里面喊：'大伯，没事吧？院里的樱花树倒了，你那里有没有受影响？'但门里没有回应。我说着'我进去了哦'并推了推门，但打不开。"

"打不开。"勒恩寺两眼放光地重复道。

对啊，这是一起密室杀人事件，木岛事到如今才想起来。

"是的，大概是房门反锁了吧，怎么都打不开。"说着，正继做了个用力推门的动作，"我喊了好几次，但都没有回应。"

登一郎走上前，和正继换了个位置。"我叫正继让开，自己上前，也推了推门。"他抓住门把手，用肩膀推着门板，"'大伯，能不能回答一声？还好吗？'我向房间里呼喊，可他完全没有反应。"

这时，辻村也走上前来："我也觉得奇怪，于是也试了一下。"他和登一郎交换位置，边敲门边喊道："'老爷，您没事吧？'我喊了一声，发现门把手可以转动，但门打不开，从里面上锁了。"

这扇门只能从里面上锁或开锁，外面没有锁孔，门锁也不与门把手连动。所以无论外侧门把手怎么转，只要屋内上了锁，门就打不开。

正继露出为难的表情："没有回应，我们什么也做不了。大家都蒙了。"

他环顾四周，重现当时的情景。

勒恩寺一边点头一边说："里奈子小姐，你没有上前吗？"

"嗯，对，我没去。"

里奈子惜字如金，畏缩地低了下头。她大概觉得既然其他三人都喊过了，那么少她一个也没事吧，木岛如此推测。

话说回来，这还真是个密室。

当时死者是否已中枪身亡？名和警部说过，死亡推定时间是晚上六点到八点间。树木倒下，大家赶到书房门前时，已是七点过半，正好是枪杀前后的时间段。不过，从敲门和呼叫都无人回应来看，是否彼时死者已经死亡？但房门只能反锁，凶手是从哪里离开房间的？勒恩寺说过，窗锁没被动过手脚。所以还是从房门出去的吗？但门上了锁。嗯？等等，这是什么意思？

就在木岛绞尽脑汁之时，勒恩寺的侦讯仍在继续："后来呢？没回应之后各位怎么办？"

"也没什么。大伯没出来，我也没办法。"登一郎不悦地说。

辻村也从旁补充道："老爷有种邪恶的天性，我们越担心，他就越不理睬。尤其在他专心工作时，这种倾向更明显。"

正继也讽刺地歪着半边脸颊说道:"没错,没错,我当时就觉得这怪老头又开始闹别扭了,这回还变本加厉,故意反锁房门不理我们。我做梦也没想到里面会发生那样的事。"

"老爷说过不许任何人靠近,也不准打扰。我在想,会不会是我们敲门违背了命令,惹他不高兴了。"

辻村这么一说,登一郎也蹙眉点头:"是啊,所以我们也顺其心意。如果大伯喜欢闭门不出,固执地无视我们小辈,那我们就不去打扰他,随他去吧。"

"于是就放任不管了?"勒恩寺追问。

正继摆摆手,像是在辩解般说:"可当时谁能想到他会死在里面?"

勒恩寺毫不在意地说:"我无意责怪,只是确认事实。在那之后呢?"

"还能怎么样?就返回客厅了吧。"登一郎转过身去,想再现昨晚的行动。

这时木岛忍不住叫停:"不,请等一下。"

"嗯?怎么了,木岛?"勒恩寺一脸诧异地问道。

在那之前的一瞬间,他又毫不遮掩地露出一副"咦?这是谁来着?"的困惑表情。木岛刻意无视,继续说道:"没什么,我只是想到了一件事。凶手当时会不会还在房间里呢?"

"啊?什么意思?"登一郎停下脚步,歪着头。

"就是说,当大家敲门或推门时,凶手还在里面……对不对?被枪杀的死者不可能锁门,而当大家敲门时房门反锁着。细想一下,如果当时书房里除了死者之外还有别人,是他赶在大家来之前反锁了房门,就说得通了。枪杀,树倒,大家冲到门前,凶手无处可逃,只好锁上门——事情按照这个顺序发生。门外众人喊着想开门,但打不开,于是作罢,回到客厅。趁走廊无人之际,凶手偷偷开门,离开房间,从玄关逃走。怎么样?很合逻辑吧。"

木岛自觉思路清晰。凶手在书房里主动制造密室,然后自己开锁离开,一切都说得通。

原本以为大家会露出恍然大悟的神情,但反应寥寥,走廊里弥漫着微妙的尴尬气氛。

"木岛,不好意思,但没那回事。"名和警部说。

"为什么?"木岛追问。

警部一脸兴趣索然地说:"辻村先生,能跟他说说那根火柴棒的事吗?"

"好的,先生。承前所述,我们放弃叫老爷出来,准备返回客厅。但我看着客人们的背影远去后,在门口做了个标记。"

辻村从胸前内侧口袋里掏出个小盒子。那是一盒火柴,现在少见了,但确实像古老宅邸管家能拿出来的怀旧物件。

"厨房设施比较老,没它就点不着火,所以我一直随身携带。"

辻村抽出一根火柴,蹲下,将火柴斜倚在合页附近的门板上。

"就是这样。"辻村平静地说道。

靠在门上的火柴棒融入木质的地板和门板背景,毫不显眼。加上走廊本就不大明亮,更难辨认。

勒恩寺愉快地说:"原来如此,这就有意思了。木岛,开门试试。"

木岛照他说的,伸手握住把手推开门。门毫无阻力地被推开,而靠在那里的火柴棒当然也无声无息地倒向房间内。

"这样一定程度上就可以掌握老爷的动向了。"辻村补充道,

"老爷在书房闭关,中途是出来过,还是一直在房间里?我可以根据火柴棒来揣测他的情绪。老爷经常闭门不出,所以长期以来我学会了这个小技巧。老爷在房间里可能会用冰箱里的食物暂时填饱肚子,然后在睡椅上过夜。集中精力工作始终不出来时,他的心情往往不好。对我来说,有必要提前察知老爷的情绪,但我不能一直守在门口,所以用火柴棒代替。如果火柴棒倒地,就说明他曾出来过。"

辻村关上门,再次蹲下,将火柴棒靠在门上。

"昨晚我也偷偷这么做了。客人回到客厅后,我独自留下记号。直到今早发现老爷死了,火柴棒还是立着的。"

咦?木岛不由得倒吸一口冷气。

火柴棒没倒?

木岛思绪纷乱之际,勒恩寺总结道:"也就是说,昨晚七点半左右,房子里的全体人员都从这扇门前解散,直到今早发现尸体为止,房门一次也没有开过,整夜都是关着的。"

没错,门只要打开一次,火柴棒就会倒下。但火柴棒一直竖着,说明没人从这扇门进出。

"木岛的'凶手在房间内'的猜想很有意思,但火柴棒让这一假设破碎了,没人进出过房门。"勒恩寺乐呵呵地说。

木岛却反驳道:"但凶手逃走的时候把火柴棒重新立好不就行了?"

"喂,身在屋内的凶手怎么会知道火柴棒的存在?知道的大概只有辻村先生一人吧?"

辻村恭敬点头:"是的,先生,这是我的秘密。说来惭愧,我自知身为管家耍这种小手段揣测老爷的心情着实不体面,所以从未对任何人提起过。"

"嗯，我也不知道。"正继开口。

登一郎也绷着脸说："是啊，一根火柴棒很不显眼，不会被人发现。如果辻村先生不说，没人会注意到。我当然也不知道。"

听到两位堂兄发言，里奈子依旧低垂着视线，无言地点点头，以示同意。

木岛大为困惑。这么说来，房门整晚都是关着的，没有人进出。天哪，这不是正宗的密室杀人了吗？原以为只存在于侦探小说的幻想中的密室，现在正挡在眼前。木岛简直不敢相信这种事会在现实中发生。

"那么，回到客厅之后，大家都做了些什么？"勒恩寺的提问还在继续。

"大伯喜怒无常，不知道他什么时候会出来找我说话，所以我老老实实地待在客厅。"登一郎说。

正继也附和道："是啊，反正风太大回不去。电视里开始不停地说交通瘫痪，说不定电车也停运了。风那么大，硬要出去而受伤就没意思了。"

"开车也很危险。所以最后就像大伯所说，我们住了下来。"

面对一脸厌烦的登一郎，勒恩寺问道："昨晚过得怎样？"

"没什么特别的。因为电视上全是暴风相关的突发新闻，我们三个人一直在客厅看电视。"

"除了给客人们倒茶外，我晚饭后收拾了厨房。"辻村说。

正继也补充道："还轮流洗了澡呢。女士优先，里奈子是第一个。"

里奈子默默点头。

"不过，无论怎么等，大伯都不出来。我等烦了，想着明早再说吧，就去睡了。十二点……不对，快到一点了吧？"

被正继一问，登一郎板着脸摇了摇头："不记得了。总之是上二楼，各自回房间了吧。回房之后就马上上床了。"

"里奈子小姐也是吗？"

"是的。风吹了一夜，声音很大，怎么也睡不着，不过还是上床躺下了。"

"辻村先生也休息了吗？"

面对勒恩寺的问题，辻村回答道："是的，客人们都休息之后，我也准备睡了。只是……"

说着，他瞥了一眼书房的门。

"风声太大，我睡不着，于是半夜起来又看了看老爷的情况。"

"你又来到了书房门前？"

"是的。"

"向房间里喊话了吗？"

"自是不敢，他命令过我不要打扰。不过，我确认过火柴棒还立着没动，所以认为老爷一直在闭关。"

"那是几点的事？"

"两点看了一次，三点多又过去一次。"

"两次都没有异常吗？"

"没有。"

"其他三位都睡在二楼？"

三位堂兄妹不约而同地点点头。

确认完了，勒恩寺说："一夜过后，发现了尸体，对吧？照刚才的说法，发现者应该是辻村先生？那时是几点？"

"早上六点多。整理好内务，我先出来看老爷的情况，发现火柴棒还立着，我想他大概是在书房的沙发上凑合了一晚。接着我想稍微观察一下情况，无意中扭动门把，门竟然毫不费力地推开了。"

"推开了？"木岛虽意识到自己的语气有些不礼貌，但还是忍不住反问。

辻村却慢条斯理地淡然回答："是的，很顺利地打开了。"

这是怎么回事？密室打开了？

昨晚房门明明锁着，今早却开了？什么意思？那个不完整的密室是怎么回事？

木岛哑口无言。勒恩寺搓着双掌，露出笑容说："原来如此，门被推开了，然后你看了看里面。"

"是的，立刻映入我眼帘的是老爷已经面目全非的样子。我不由得跑过去，拿起老爷垂在桌子下的左手，发现已经凉了。桌上满是血，老爷右手拿着枪。太惨了。"

"当时你有没有注意到门锁上有一个钓鱼线机关？"

"没有，因为我完全慌了神，所以没看到。"辻村恭敬地回答。

他发现死者时，想必就像刚才刑警来询问是否可以运送尸体时那样，钓鱼线松垂下来了。门是向内开的，所以才会这样。

想到这儿，木岛脑中突然灵光一闪，不觉间又脱口而出："勒恩寺先生，你刚才不是说房门整晚都关着吗？"

"嗯，我说过。"

"这么说来，何不认为凶手整晚都待在书房里？辻村先生开门时，凶手立刻躲到门后，趁辻村先生惊慌失措地跑向尸体之际，悄悄溜走。"

这样一来，和火柴棒整晚不倒的事实也就不矛盾了。可一旁皱眉的名和警部却说："怎么可能？这么随便的手法，辻村先生也会察觉到吧？"

"没错。我还没老糊涂到那种程度。"辻村仍旧淡淡地回答，不过或许已经被木岛惹恼了。指责对方没注意到躲在门后的凶手，不就等于骂对方是蠢蛋吗？

失礼、失策、失败，难得的灵光一闪竟然扑了个空，木岛失望地垂下肩膀。

"然后呢？你便叫醒了二楼的各位？"勒恩寺继续发问，就好像木岛的问题没有存在过一样。

辻村仍态度肃然地说："不，我当场就打电话报警了。"

他从上衣口袋里掏出手机瞄了一眼："报完案后，我回到走廊，寸步不离书房门口。我知道，这时的第一要务是保护现场。"

"你在书房里碰过什么东西吗？"

"没有，我只碰了老爷的手，其他分毫未动。"

面对辻村毅然决然的态度，名和警部一脸苦涩："堪称发现者的典范，真想把你写进教材。希望每个案发现场的发现者都能这么做。"

看来之前没少吃案件发现者带来的苦头，警部眉头紧锁，似乎回想起什么不快的经历。

看到警官的反应，勒恩寺苦笑一声，接着询问："各位呢？登一郎先生后来怎么知道出事了？"

"迷迷糊糊间我听见外面很吵，这才醒来。一看窗外，发现大门前聚集着警车。我吓了一跳，不知发生了什么事，慌忙下楼。"

"我也差不多吧。看到楼下挤满了警察，又想到自己在二楼呼呼大睡，真不知道该说是心大还是迟钝。我自己都对自己无语。"正继也自嘲地说。

勒恩寺换了个问话的对象："里奈子小姐也是在警察到达之

后才知道出事的吗？"

"不，那个，我醒得比较早，但怕下楼会打扰到辻村先生休息，所以一直待在自己的房间。渐渐地，楼下开始嘈杂起来，男人们大声地指挥着什么。我很害怕，更不敢下楼了。"里奈子有气无力地回答，声音仿佛下一秒就要飘散。

正继调侃道："我去找你时，你一直裹着毛毯发抖呢，里奈子。"

"因为很害怕。"里奈子垂着眼，小声说。

"那么三位没看过书房内部吗？"勒恩寺问道。

登一郎生硬地回复："只确认了尸体的身份，由我全权代表，没时间仔细观察现场情况。"

"明白了。"勒恩寺点点头。

至此，大致理顺了情况。

但也浮现出更多疑点。

密室是怎么回事？案情全貌如何？木岛越来越困惑了。

昨晚死者中枪身亡时，书房的门上了锁，宅内的相关人士中有三人证实了这一点。然而，今早管家辻村发现尸体时，房门并未上锁。

房门是什么时候打开的？被谁打开的？

真是虎头蛇尾。

既然现场只有死者，那么锁门和开门的是他本人吗？的确不知道是不是死者锁的门。考虑到死者告诫过管家不要打扰，完全有理由相信是他把自己锁在书房里的。但之后呢？凶手何时进入书房？是和死者一同进去，还是让死者开门放自己进去的？不管怎么说，问题在于凶手如何锁门。如果凶手杀人后从门逃走，那他如何在书房外锁上房门？不会是用钓鱼线和镊子吧？那个机关一直没被使用过，还保持着原样。如果用过，镊子应该倒向一边，但现在镊子是竖直的，说明开关的旋钮是竖着的，门锁是开着的。真是虎头蛇尾。凶手为什么不用机关呢？不使用机关的话，他费工夫安装个什么劲儿？好不容易设好机关，又置之不理，岂不是没有意义？

也许当家里人敲门呼喊时，死者还活着。所以死者是在家人返回客厅后死亡的吗？不是没有这种可能，可这么一来，就更不知道凶手是如何逃出来的了。那时火柴棒已经靠在门上，如果从房门逃走，火柴棒就会倒下。但是根据发现者辻村管家的证词，火柴棒并没有移动。这么说来，辻村的证词是假的吗？话说回来，昨晚关着、今早又打开的密室到底算什么？没有比这更半吊子的了。这样的密室有什么意义呢？

啊，怎么回事？简直一团乱。这案子怎么回事？

很多事情自相矛盾，很多事情虎头蛇尾，不清不楚。

就在木岛抱头混乱的时候，勒恩寺又挠了挠乱蓬蓬的头发："这边差不多了解完了。大家挤在走廊里也不舒服，我们回去吧。"

就这样，大家陆续回到客厅。木岛脑海中一片混乱，只好跟了过去。

三名家属如刚才一样坐回沙发。勒恩寺也理所当然地坐下，再度发问："对了，各位，凶器——那把手枪——好像是义范先生本人的东西。关于手枪，各位知道些什么吗？"

沙发上的正继回答道："啊，是他引以为傲的那把托卡列夫吧？难看的俄罗斯货。"

"您见过吗？"

"嗯，见过好几次。说是防身用的，大伯还很高兴地到处炫耀呢。这一点上他倒是很孩子气。"正继笑嘻嘻地说道，弦外之音无非是"除此之外，他就是个顽固又麻烦的糟老头儿"。

登一郎苦涩地说："这也是一种展示，就像炫耀自己的权力一样，只是大伯的虚荣心罢了。再说了，光是持有枪就已经违法。我担心他惹上麻烦，好几次建议他处理掉，但他全然不听。"

"你知道他是从哪儿弄来这非法枪具的吗？"

正继说道："我大伯生意很大，人脉很广，好像还和一些不正经的金融业者打过交道。我想，他大概是通过地下金融之类的渠道，从黑社会那儿搞来的吧。这当然只是我的推测，没有确凿证据。"

"那你们见过他开枪吗？"

听到勒恩寺的问题，正继和登一郎堂兄弟面面相觑，然后都摇了摇头。管家辻村以沉稳的口吻说道："老爷似乎意识到自己非法持有枪支，真要开枪还是会有所顾忌，所以只放在身边图个安心。"

"原来如此，所以说是防身用的。里奈子小姐也见过那把手枪吗？"

"不，我连看的机会都没有。"里奈子低着头轻轻摆首，用快要消失的音量说，"说起来，我是第二次来这幢宅子。大伯应该也明白，拿出枪只会吓到女孩子吧。"

"这样啊，我明白了。那么各位，我们换个话题。事到如今，容我开门见山地问了。"勒恩寺环视众人，故意用开朗的语气说，"简单来说，动机是什么呢？你们知道伯父是否遭人怨恨吗？"

"我听说他因为财大气粗，做过一些蛮横无理的事。"正继笑嘻嘻地说道，"大伯好像在生意上也有些贪得无厌，通过空壳公司骗得别家企业过半数的股份还不够，还要夺走人家的经营权。

在大伯的幕后操作之下，不少人被吃干抹净，身无分文。我想，恨他恨到想杀人者应该很多。"

"原来如此，凶手可能是外来者。哪怕昨天刮着那么大的风，也不缺前来杀人的仇家。但反过来，内部又如何呢？比如亲朋好友之中，是否有人有作案动机？"勒恩寺直接切入敏感话题，"辻村先生旁观者清，不知有没有这样的感觉？"

"是的，说这些事于心不忍，但我觉得老爷的家人之中也有人有动机。"

"喂，辻村先生，你在说什么？怎么能污蔑家主！"

即使登一郎发怒，辻村也始终十分冷静："恕我直言，家主只有老爷一人，在下并不打算侍奉千石家的诸位。"

听此回答，登一郎怒火冲天。勒恩寺探身说："这件事能否细述？"

"好的，简单来说就是钱。老爷是个有钱人，亲人有继承权。"辻村淡淡开口。

正继则以调侃的语气接过话头："也就是说，大伯存了很多钱。说难听点儿，按照年纪，大伯很可能最先去世。如此一来，他的遗产就会全数转入他的三兄弟——我们父亲的腰包。二十年前吧，伯母因病去世。大伯没有孩子，当然，外面要是有私生子另当别论，不过按正常流程，我们三个的父亲能分到一笔不少的钱呢。"

"喂，正继，有这样说家人的吗？"

即使登一郎不高兴地责备，正继还是一副笑眯眯的讽刺表情："不仅是父亲，我们三个也一样。我不知道大伯的资产具体有多少，若算上房产和证券什么的，怎么也有几十亿吧。就算老头儿们将财产三等分，那数字也够让人眼晕的了。届时我们的父亲一夜间摇身变成亿万富翁，而父母的钱迟早会由我们这代继承，真是感激上苍啊。"

面对言辞露骨的正继，登一郎不快道："行了吧，丢人现眼。"

"警察不用调查也看得出来，没必要隐瞒。"正继冷笑着。

勒恩寺说道："可如果财产迟早会到手，那就没必要慌慌张张地杀人了。这能成为动机吗？"

一直拘谨地站在一旁的辻村说道："恕我冒昧，关于此事我略知一二。其实老爷最近正准备立遗嘱。他年事已高，定会考虑后事。从今年年初开始，他就陆续找了各式各样的人商谈，税务师、律师、会计师、司法代书以及公司的主要负责人。我听不懂复杂的细节，但据我所知，万一老爷出了意外，资产将全部用作公司业务扩张的运转资金。我猜昨天他叫来三位晚辈，也是打算告诉他们遗嘱的内容。"

登一郎听了，眉头皱得更用力了："没错，我隐约有些预感。昨天他叫我时，我还以为遗嘱终于定稿了，所以慌忙跑来。"

正继也讽刺地撇撇嘴角："没错，好不容易积累的资产要是都被用来扩张公司业务那可就坏了，父辈本该继承的钱就没了。我忙不迭地赶来，就是为了让大伯回心转意。"

"所以你是想说，就算有人想在立遗嘱前杀了你大伯也不奇怪？"

对于勒恩寺的问题，正继点了点头："嗯，目前头号嫌疑人应该是登一郎吧。我早听说他家公司经营陷入困境，经常求大伯借钱短期周转。"

"别胡说。要这么说，你也一样啊。正继，你又是赛马又是买游艇，一年到头经常缺钱花吧？我知道你为了向大伯借钱，天天来这里。"登一郎不耐烦地说。

正继嘿嘿笑着，搪塞过去："没那么严重。他只是怒喝我几句，把我赶走，或者巧妙地糊弄过去。有一次大伯突然说市里的公司有事，扔下我便出门了。我经常像傻子似的孤零零地被留在原地。登一郎想必也有这样的经历。"

"有倒是有，但也不可能短视到为此杀人吧。"

"怎么说呢，也许是资金周转太困难了吧。"

"你不也欠了黑道的债，有生命危险吗？你没准想着，与其沉尸东京湾，还不如干票大的，于是图谋大伯的遗产。"登一郎毫不留情地揭露内情。

正继皮笑肉不笑地撇撇嘴："别说得太过分。我可不傻，不会参与那种明摆着赢不了的赌局。不过话说回来，里奈子也一样吧？"

里奈子被突如其来的流弹击中，吓得抬起头："怎么可能？我没向大伯借过钱。"

"不，我说的是你妹妹比奈子的留学经费。比奈子做梦都想去欧洲学音乐，你这个爱妹妹的姐姐自然想帮她实现梦想。可你爹是个小企业里没钱没势、快被裁员的小职员。如果他突然成为亿万富翁，你妹妹就能出国留学了，你为此觊觎大伯的遗产也不奇怪吧。"

里奈子抬眼瞪着正继，低吟咒语般骂道："开什么玩笑？竟对家父出言不逊，你这游手好闲的无赖低能儿、不成器还装模作样的废物。你这种人渣活该被器官贩子卖空内脏而死，没骨气的窝囊废。"

静谧的怨恨与愤怒交织的憎恨之言不断流淌而出，像黑魔法师的诅咒。里奈子黑眼珠上翻，每句喃喃自语都充满怨恨和憎恶，似乎闻者都会受到牵连，遭受祸殃。原本以为她比较保守，没想到竟是会将情绪积蓄发酵的性格，木岛不由得后退几步。

面对这场家人相互揭发的丑剧，名和警部一脸愕然地远远围观。勒恩寺也露出苦笑，不过看来似乎乐在其中。

估计实在看不下去了，年长的辻村插话道："行了，各位，到此为止吧。别在警察面前闹得太难看了。"

这下连辻村也被波及了。

"辻村先生呢？难道你就没有杀害大伯的理由吗？"

被正继这么一问，辻村似乎有些不知所措："我没有继承权，没理由杀人。"

"不，话不能说死。钱财上没问题，精神上呢？长年侍奉那个性情乖戾的大伯，难免会压抑情绪吧。平日里受那个恶主气最多的不正是辻村先生本人吗？经年累月的怨恨逐渐形成杀意，这是悬疑电视剧里的常见桥段。"

"怎么可能？我怎么会怨恨老爷呢？"在正继的追问下，辻村板着脸否认。

这时登一郎也加入战局："不，我以前见过。大伯因为一些不讲理的事怒斥辻村先生后离开，辻村先生那时睁大眼睛，瞪着大伯的背影，眼神里充满了沸腾的仇恨。"

"您误会了。我从来没有那样看过老爷。"

"你是没看见自己的眼睛，那双眼睛里燃烧着杀意与恨意。"

"请不要胡说八道。"

眼看事态已不可收拾，勒恩寺毫不掩饰地说："没关系，总之在场所有人都有动机。"

*

来到庭院。

委托刑警的剪枝工作已经完成。

阳光正好,杀人案和亲人间的丑陋谩骂像个笑话。宁静的太阳比刚才稍微西斜了一些。

一行人快步走向公馆南侧的外墙。勒恩寺走在前头,木岛跟在后面,名和警部规矩地殿后。

现场只剩下一名拿锯子的刑警。他脱下西装外套,卷起袖子的衬衫满是汗水。

"主任,花了三十分钟。"

"辛苦了。做得很好。"

听到名和警部发自内心的慰问,刑警恶狠狠地瞥了一眼侦探和木岛,旋即离开现场。

勒恩寺神情漠然,若无其事地观察着倒下的树冠。

碍事的树枝已被砍去。

但并不是所有树枝都被修剪了。头顶以上的树枝没动,只有接触到地面和墙面的树枝被砍去。从外部看就像是给树冠挖了条一米多高,但弯腰都无法走到外墙的狭窄隧道。刑警们对侦探的要求很是不满,只求能到达墙壁就行,可见他们自暴自弃的工作情绪。

勒恩寺似乎毫不在意刑警的拼命抵抗,继续说道:"好,这样就可以走了。警部先生,我钻进去看看可以吧?"

"请便。"名和警部也有些心不在焉。

为了不被丢下,木岛说:"勒恩寺先生,我也一起看看可以吗?"

侦探似乎有点儿吃惊，露出"哦，你在啊"的表情，然后答道："啊，没关系，跟我来。"

树枝隧道又低又窄，两人进去就挤满了。两人四肢着地，向前爬行。话虽如此，不等开口抱怨，前进五六步后就碰到了外墙。

外墙是老旧不堪的板墙。油漆已经剥落，几乎完全露出下面的木纹，裂缝到处可见。果然还是用"破房子"形容比较贴切。

勒恩寺向墙壁伸出手。木岛则保持着匍匐在地的姿势，从背后看向侦探的手。

"嗯，很难判断。你看，木岛，哪个洞口是钓鱼线的出口，匆匆一瞥还看不清楚。"

的确，整面木板墙破破烂烂，凹凸不平，处处是裂缝。不过有两根线头一样的东西从墙壁缝隙中伸了出来，当然是钓鱼线和导火线。从线头可反推，墙壁高出地面约五十厘米，这也就是地板的高度。

勒恩寺从口袋里掏出一把小刀。

"侦探七武器之——迷你小刀。"他像小学生一样天真地说。

刀只有一根手指那么长，确实迷你。

"备把小刀在身边很方便的，即使被绑也能割断绳子逃脱，拆定时炸弹时能用它割红蓝电线，紧要关头能用来当武器，而且还能做这种事。"

勒恩寺说着，把刀尖插进钓鱼线露头的木板缝隙里，撬了起来。

"啪"的一声，一块墙皮脱落了。

估计本来就快掉了吧。那是块底长两厘米、高七厘米左右的直角三角形木板。勒恩寺一只手捏起碎片说道："原来如此。原本就因为腐化快掉落了，好像还有人故意加工了一下。"

勒恩寺捏着的碎片大部分的确腐化严重，但三角形的短边看起来像是用刀之类的工具割出来的。

这个直角三角形的小木板像盖子一样堵住了外墙的洞。

"腐化之处还有很多。"勒恩寺趴在地上，抬头看向破烂的外墙，"这里大概正好快要掉下来，凶手就是利用了这一点。"

碎片脱落后，墙壁上理所当然地出现一个洞。不过只有两厘米乘七厘米大，洞口又扁又窄，钓鱼线和导火线都从缝隙中垂下，长度够不到地面。

"这是侦探七武器之二——迷你手电筒。"勒恩寺得意地说。不知何时，他手里拿着一个钢笔形状的细长物体。他是从哪里变出来的？

他转了转笔帽，笔尖亮起了灯。勒恩寺匍匐在地，将手电筒凑近墙上的小洞，窥视洞内。

"原来如此，是这样啊，一目了然，简单易懂。"

他自言自语地看了会儿，似乎很满意，接着将钢笔形手电筒交给木岛："木岛也来看看吧。"

两人交换位置，木岛摆出和勒恩寺同样的姿势，打光窥探洞穴。

在外墙木板后，有个宽约五厘米的空间，可以看到内壁的木板。也许空间里原本夹着隔热或隔音材料，但在漫长的岁月中，填充物老化脱落，现在只剩一片空无一物的黑暗。

钓鱼线和导火线穿过这个空间，延伸进内墙。

借助手电筒的光，木岛也看到了墙后的状况。

书房地板与视线齐平。导火线走向右边，直至不见。钓鱼线则笔直前行，能看见它在那张老式睡椅下爬行。只是视野太窄，看不到更多。不过木岛想，这样应该足够了。针线装置就是这样连到外面的。既然能够确认这一点，目的就达到了。

"好了，这样就行了。"

勒恩寺伸出手，把三角形碎片嵌进墙缝。那东西就像拼图一样严丝合缝地被塞了回去，自然融入那片破烂的外墙，成为墙壁的一部分。若不是钓鱼线和导火线伸出两根线头，没人会发现那里有个洞吧。

"出去吧，这里太挤了，受不了。"勒恩寺说。

*

再次回到案发现场。

也就是书房。

尸体已被运走，厚重的桌子上空无一物。虽然留下了大量血迹，但本尊不在就大大减轻了观者的心理负担。木岛虽没有表现在脸上，但打从心底松了口气。

几名刑警还在东看西看，名和警部照例把他们打发走了。刑警们咂着舌陆续离开。唉，今天已是第几次遭遇敌意的目光了呢？

勒恩寺似乎视刑警的冷眼如无物，泰然自若地说："那就试试看吧！警部先生，拜托你了。"

名和警部心领神会地说："知道了。"说完便走向书房深处。

对了，刚才在离开树枝隧道后他俩好像就商量着什么事。他们要做什么？木岛默默注视着。名和警部站在窗边，就在钓鱼线钻进地板缝隙的附近。

"喂，开始吧，慢慢来。"名和警部对着墙壁大声命令。

"收到。"外面传来含混不清的声音。

"好了,终于来了。"勒恩寺摩擦着双掌。

"这是要开始什么?"木岛问道。

"实地检验,好好看着吧。"勒恩寺露出恶作剧的表情,对木岛笑了笑。

就这样,钓鱼线动了。

原本松松垮垮趴在地板上的细线好像有了张力。有人在洞外拉扯,八成是警部的某个手下。能够想象那人现在应该在悲叹时运不济,怎么会摊上这么件怪事。

哦,所谓实地检验就是亲眼见证针线机关是如何运作的。

勒恩寺津津有味地盯着机关,木岛也屏息注视。

钓鱼线被牵引,绷紧,离开地板,升上半空。拉力自墙上洞穴而来,钻进睡椅下方,自帽架转过九十度,潜入冰箱底,接着穿过青瓷壶的把手,施加在夹住旋钮插销、竖直向上的镊子根部。

不久后拉力到了极限,系在镊子根部的钓鱼线如弓弦一般,向左斜下方四十五度绷紧。因为壶的把手低于镊子,所以钓鱼线是如此走向。

绷紧的钓鱼线终于打破平衡,斜向下四十五度的拉力使原本竖直的镊子一下子横了过来,同时带动旋钮旋转九十度。门锁死,书房变成密室。

钓鱼线仍被牵引。这次,镊子在拉动下完全从旋钮上松脱。镊尖的橡胶套似乎正是为了拉扯时不在金属旋钮上留下刮痕而准备的,诚可谓机关算尽。

镊子轻轻落地,密室完成,剩下的工序就是回收机关。

钓鱼线拉着镊子继续前进。

壶把手如同滑轮,将镊子拉上半空。镊子穿过壶把又掉到地上,旋即一溜烟钻进冰箱底部,绕着衣帽架兜了小半圈,又调转方向跑入睡椅下,最终来到墙缝前。由于缝隙太窄,镊子难以通过。但被牵引的镊子很快依照缝隙的宽度收起尖头,像是要夹起什么一样被压缩成扁扁一片,消失于墙壁的缝隙中,大概已由院里的刑警回收了吧。

现场只剩下反锁的房门,针线密室诡计实验成功。

紧张注视着一切的木岛也在实地检验顺利完成后松了一口气。

"Bravo,Bravo(太棒了,太棒了)!"一旁的勒恩寺起立鼓掌,兴奋地说,"太棒了,太复古了,这才是正宗的针线密室。在这科技横行的时代还能重温复古的优雅,在这人人拥有智能设备的现代社会还能一睹真正的针线密室,了不起啊。如此经典的美学、简单而令人安心的实操、古典而纯粹的传统……这就是所谓的'时尚'。怎么样,木岛,看到了吗?厉不厉害?我们现在是古典复兴的见证者,你也表现得骄傲一点儿,抬头挺胸。"

"啊。"除了这个字,木岛再也说不出什么。有那么夸张吗?搞不懂勒恩寺的兴奋点。

似乎对木岛的反应很不满意,勒恩寺皱眉说道:"怎么,你不开心?木岛啊,你真是无趣。不懂这种浪漫吗?一个侦探得积多少阴德,才能亲眼见证人力驱动的针线密室诡计!况且还是杀人凶手亲手所做。你怎么就欣赏不了这种美呢?"

可就算这么说,我也不知该怎么回答——木岛只感到困惑。

勒恩寺好像放弃了唤醒木岛的共鸣,突然转过头说:"接下来另一条线也要实地检验。"

他朝壁炉走去。

导火线还盘在壁炉里。

刚才木岛就注意到了,还有一套跟壁炉内那套一模一样的导火线铺开在炉前的地板上。之前查看尸体和现场时还没有这种东西。

"这是什么?"木岛一边跟着勒恩寺一边问。

此时的勒恩寺却没有因为之前木岛缺少共鸣而不快:"我托警部先生做了一套复制品。毕竟不能放火烧人家证物,所以让刑警先生跑了一趟,买了导火线回来。"

毫无疑问,刑警的脸一定很臭。实际上,现在站在窗边的名和警部脸色十分难堪,让部下去当侦探的跑腿肯定不是他的本意。

勒恩寺丝毫不顾及刑警们心中的微妙情绪,兀自从口袋里掏出一样东西:"侦探七武器之三——迷你点火器。"

不,那只是一次性打火机。

勒恩寺弯下腰,将火焰凑近盘成蚊香形状的导火线前端,尖声叫道:"木岛,时间!"

"啊?"

"计时啊,快点儿,别磨蹭。"

木岛慌慌张张地掏出手机,点开秒表。拜托,有事提前说啊。虽然手忙脚乱,但木岛总算赶上了计时。

就在勒恩寺点火的同时,木岛开始读秒。蚊香一样盘成旋涡的导火线眼看着燃烧起来,发出噼噼啪啪的细微声响,火舌一圈圈向中心烧去。木岛一边盯着秒表,一边用余光追逐着火焰。

火苗在螺旋轨道上绕了几圈,终于到达中心。和壁炉里的正版不同,这根导火线没有加装鞭炮,所以火焰烧到中心就灭了。

"木岛,多长时间?"

"嗯,两分十四秒。"

"嗯，加上途经窗下的时间，大概两分半吧。两分半够做很多事了。"勒恩寺边说边观察着螺旋导火线烧过的地板，"嗯哼，果然还是会留下一点儿灰。大概是为了掩盖灰烬才装在壁炉里吧。至于地板上剩下的灰，也能用昨晚大风吹散了炉灰来解释。"

见勒恩寺对检验结果很满意，木岛问："检验完了？"

"嗯，足够了。"

"那么，能否请听我说几句？有件事我很在意。"木岛决定问一个一直耿耿于怀的问题。

勒恩寺愣了一下，仿佛在说"哦？这个傻瓜也有想法？"一瞬间似乎有些不知所措。但他马上换上一副敷衍的笑容："嗯，铁律之一就是和随行官好好商量。有什么想法说来听听吧。"

"那个，事到如今才说出来有点儿扫兴，不过这真的是杀人事件吗？有没有自杀的可能？"

"自杀？"

"是的。死者右手握枪，头部中弹，毙命桌上。看起来不像是自杀吗？我第一眼见时就有这种感觉。"

木岛不吐不快，说出他从一开始就感觉到的不协调。况且，如果是自杀的可能，密室之谜也能迎刃而解了。

"樱花树倒下时，死者还活着，所以房门也是他亲手锁上的。当相关人员呼喊敲门无果离开之后，他解锁房门，在书房里开枪自杀。如果是这样，就可以解释为什么早上房门是没上锁的状态。"

木岛虽极力主张自杀，勒恩寺却无动于衷："那倒不可能。"

木岛十分困惑，不知道侦探为什么否决得那么干脆，于是坚持追问："为什么？自杀的话，密室就不存在了。有什么理由否定自杀？"

"理由很明确——我的逻辑告诉我不是。"

一开始木岛还以为对方在故弄玄虚，但勒恩寺一脸严肃，表情十分认真。他草草拢了拢那头乱发，直勾勾地看着木岛说："听好了，木岛，我知道你的感觉。如果只考虑桌子周围的状况，乍看之下确实像自杀。但该如何解释刚刚实地检验过的针线以及导火线的机关呢？你觉得是谁做的？"

"呃，如果是自杀，多半是死者本人所为吧。不可能有别的什么人在自杀现场设置机关了。"

"没错，如果是自杀，首先排除的就是第三者制造密室的可能。谁会宁愿被冤枉成凶手也要给自杀者制造密室呢？完全没必要做得那么出格，所以布置机关的只能是自杀者本人。但问题来了，他的目的是什么？"

面对勒恩寺的正面质问，木岛拼命地转动脑筋："那个，比如不希望看起来像自杀？如果留有密室机关，就没人会认为是自杀了吧。专案组定会往密室杀人的方向侦办。"

"呵呵，不让自杀看起来像自杀。"

"是的，他想伪装成他杀。"

听到木岛的主张，勒恩寺轻轻摇头："为这点儿事要搞得那么复杂吗？不合逻辑啊，木岛，性价比太低了。如果想伪装成他杀，多的是更简单的方法，对不对？比如，他可以用一根结实的橡皮筋系住手枪，开枪自杀，橡皮筋会将手枪弹飞到房间角落。或者干脆开窗做出有人跳窗的痕迹。如果凶器出现在远离尸体的庭院里，警察一定会考虑他杀的可能。至于橡皮筋，只要在地板上散落些纸胶带或橡皮管之类的就能掩饰。怎么样，这方法简单吧？一根橡皮筋就能伪造成他杀，还有什么必要布置如此精巧的针线机关？太浪费了。"

"这个嘛,也是吧。"木岛无法反驳,只好吞吞吐吐地接受。

勒恩寺依然冷静地说:"而且昨天死者还叫来了侄子、侄女。要想自杀,何必叫晚辈过来?"

"也许他想见亲人最后一面。"

"可他们的关系也没多好,死者还把自己关起来,见都不见一面,不是吗?如果打算自杀,这样不是很奇怪吗?"

"啊,话是这么说……"木岛一脸茫然。

勒恩寺接着说道:"我不认为死者性格有多优秀,人格有多高尚。他周围的人也都认为他亲情淡漠,心眼很坏。这种人明显跟那些因为自杀会感到非常孤单,希望有亲人陪在身边的类型相去甚远。"

"既然如此,那便假设他叫晚辈过来是出于恶意。没错,就是为了让他们被人怀疑。性情乖戾的自杀者不满足于无聊的自杀,他故意将谋杀罪名栽到某人头上。"

"你说的'某人'具体指谁?"

"谁都可以,就是三个晚辈中的一个。"

"这么含糊?如果死者的目标是诬陷那家伙,那在通常情况下,目标应该是唯一的。而且,比起布置针线机关,还有很多诬陷的手段更加可靠。找个人出来,比如里奈子小姐好了,晚饭后当着大家的面让她单独进书房。等书房里只剩下他们两个人的时候,他突然掏出枪,硬塞进对方手里,同时扣动扳机,射穿自己的心脏。这方法不错吧?听到枪声后,不明所以的其他人会赶过来冲开门,映入眼帘的是义范先生胸口洞穿的尸体、茫然站立的里奈子小姐、掉在地上的手枪和空气中残留着的硝烟味,没有其他人。这样的话,任谁看到里奈子小姐都会觉得她是杀人犯吧。怎么样?操作简单但效果好,性价比极高。如果事先在日记中写下'侄女里奈子似乎想取我性命，真可怕'之类的文字，基本上就板上钉钉了。"勒恩寺朗声道。

与阳光开朗的口吻相反，他脑袋里总在想些阴暗露骨的东西。这位残酷无情的侦探继续说："所以，自杀伪装成他杀还要搞个针线装置就太过了，没必要制造那么精巧的东西。而且没有线索表明死者自杀，而机关另有人为。就像刚才说的，万一搞砸了，杀人嫌疑可就落到制造密室的人头上了，根本没有意义。木岛，你说本案还能是自杀吗？"

"的确，被你这么一说确实很奇怪。警部也是这么想的吗？"木岛又向一直默默站在窗边的名和警部问道。

警部完全没有插嘴，静静地听着两人讨论，半响才开口说："我并没有想得那么具体。不过，我从未见过如此混乱的自杀现场，怎么看都觉得是有人故意布置的。所以当我向课长提交第一份报告时，我说现场极不自然。"

所以一课课长才会动心思请特专课出场吧。

木岛轻轻点头说："我接受了，不是自杀。不过还有一事让我困惑。"

"什么事？趁这个机会有话尽管说。"勒恩寺不嫌麻烦地说。这并不意味着他很会照顾人，而是他似乎单纯地喜欢讨论这件事本身。

"那个机关，针线密室，是凶手布置的吧？"

勒恩寺点点头："恐怕是的。除凶手外，要是还有第三人独立布置机关就太不自然了。只能认为是凶手设下的陷阱。"

"我同意。不过，他是认真的吗？"

"嗯？不是认真的还能是什么？"

面对歪头不解的勒恩寺，木岛主张说："这难道不只是一场表演吗？实验证明装置可以正常工作，但凶手并没有启动。我总觉得这是在装模作样，或者说是展示炫耀，好像就是为了让调查人员仔细观察才留下来的。"

"为什么要做这种表演？"

"比如，为了扰乱搜查之类的。如果现场设置了奇怪的机关，警方就会被分散注意力而疏忽正常的搜查。实际上，警部先生不是也很在意吗？"木岛滔滔不绝地说着。

勒恩寺有些无言，缓缓摇头："哎呀，木岛你根本不了解警察组织。警部先生，调查人员会像他说的那样分心吗？"

"不，不会。说在意，那只是我的个人想法。我手下的人不管在多么奇怪的现场，都不会疏忽正经的搜查。"名和警部断言道。

勒恩寺也点头附和："是啊，警察组织可是非常守规矩的。从某种意义上说，他们只按规矩办事。即使发生意想不到的事情，他们也不会脱离正轨，而是脚踏实地搜查。他们默默地寻找物证，淡然地四处打听，严肃地搜集相关人士的证词，循序渐进地寻找目击者，不会脱离基本的侦查流程。凶手能制造如此精密的机关，不可能预测不到警方步步慎重的查案机制。他事前就该知道，就算故意留下针线装置吸引注意，他也改变不了搜查的进度和方向。只有像我这样的侦探才会过分在意那种机关。"

"这么说来，那个机关并不是为了混淆调查而设的稻草人吗？"

"明显不是。"勒恩寺明确地说。

"凶手是认真的？"

"应该是吧。恐怕他真的打算利用那个机关制造密室。我说，警部先生，如果那个机关在尸体被发现前顺利启动的话，刑警们能看穿诡计吗？"

面对勒恩寺的质问，名和警部一时语塞："嗯，这个嘛……怎么说呢，如果钓鱼线和镊子都被回收，现场什么都不留的话，谁能想到还用过那些东西？我觉得很难。不过，破解诡计是侦探你的主场吧。"

"抱歉，是我多话了。所以啊，木岛，我认为凶手准备机关是真的打算完成密室杀人的，所以我才会兴奋。在如今的现代社会，还有宛如侦探小说旧日美好的全盛期出现的古典机关。能碰上这样的现场，我真是太幸运了。而且我还要用自己的逻辑来解决谜题，没有比这种事更令人感激的了。"

勒恩寺的话让木岛意识到了什么："听你的语气，好像已经破案了。"

勒恩寺愣了一下："嗯？可以啊。那又怎么样？"

"咦，你已经知道真相了？"

勒恩寺非常干脆地对吃惊的木岛说道："哦，当然。"

"虎头蛇尾的密室之谜也解开了？"

"可以说解开了吧。"

"知道凶手是谁了？"

"当然。"

"什么时候知道的？"

"嗯……刚才听完相关人员的证词以后。"

"啊？这么说来，当你说什么所有人都有动机的时候，一切都已经解决了？"

"嗯。"勒恩寺十分坦率地点点头。

木岛不由得拔高声调："不要'嗯'了，那为什么不赶快破案呢？"

"因为想看针线装置启动。好不容易有个机会,想亲眼看看钓鱼线和镊子能否顺利制造出密室,这是人之常情吧。"

勒恩寺一副若无其事的样子,仿佛在说任谁都会这么想。不,一般都会以破案锁凶为重才对吧。勒恩寺的脑回路真是越来越看不明白了,所谓侦探都是一群怪人吗?

木岛惊讶地说:"既然如此,你已经看过机关,现在应该满意了吧?"

勒恩寺天真无邪地点头说:"是啊,我想是时候开始工作了。在此之前,警部先生,还有件事要拜托你。"

名和警部挂着半带厌烦的表情朝这边走来:"这次又是什么?难道又要让刑警砍柴吗?"

勒恩寺装作没听见,转过身来:"不管怎么说,原本就打算今天之内解决的。如果在进入现场的当天结案,警察厅会下发一大笔速通津贴哦。"

说完,他咧嘴一笑。

*

又一次来到客厅。

这回警方来了不少人。名和警部带着两名刑警,那两人看起来精悍强壮,不知是不是为了结案派出的增援。

木岛他们走进客厅,三位亲人正百无聊赖地坐在沙发上,只是不见管家辻村的身影。名和警部示意,一名刑警便朝餐厅走去,从厨房带出辻村。辻村擦着手走出来,一脸诧异。

坐在沙发上的千石登一郎说道:"差不多可以回去了吗?警方该不会一直扣着我们不放吧?"

他毫不掩饰自己的不悦。

旁边的千石正继也说:"该说的我都说了,放了我们吧。"

站在一旁的辻村闻言也点头。千石里奈子垂下眼帘,楚楚可怜地坐着,似乎并不介意刚才展现过黑魔法师般阴暗的一面。

勒恩寺环视众人宣布:"快了,案件就要结束了,各位也可以回去了。不过,除了凶手。"

一石激起千层浪。登一郎不满地说:"你该不会想说凶手在我们之中吧?"

"怎么不会呢?凶手就在几位中,这是逻辑告诉我的。"勒恩寺站姿优美,如是宣告,再次环视因他一句话而升级为嫌疑人的四位,"那么开始吧。"

勒恩寺照例一屁股坐在沙发的空位上,开始讲解。木岛尽量不引人注意地守在他斜侧身后。长沙发上并排坐着登一郎和正继,里奈子则独坐一把与长沙发呈九十度的单人沙发。辻村靠后,立于里奈子与正继中间。名和警部和两名刑警则把住房间的出入口。

"那么,我们先来说说火柴棒吧。"勒恩寺悠然跷起二郎腿,语气略显郑重,"各位还记得吧,管家辻村先生在书房门口安放了一根火柴棒。据他所述,火柴棒相当于一道简单的封印,证明书房的门一整晚没开过。因为证词属实与否直接关系案件根基,我们这就来验证一下。"

"恕我直言,我没有说谎,真的放了火柴棒。"

勒恩寺伸手制止辻村怯生生的反驳:"我正要证明这一点。首先假设辻村先生是凶手。啊,声明在先,只是假设。我只想顾全所有的可能性,请不要误会。"

解释过后,勒恩寺说道:"如果辻村先生是凶手,他会主动做证说出火柴棒的事吗？各位请回想木岛在走廊上提出的猜想，平心而论，'外部来的凶手反锁书房，避过风头后偷偷溜走'非常合理，只是因为有火柴棒这道封印装置，假设才不成立。但如果辻村先生就是凶手，木岛的说法应该极具魅力，对他来说，如果警察能紧抓此猜想不放，那便再好不过了。因为于真凶而言，让人误以为凶手是外来的，更能转移对自己的怀疑。明白了吧？如果辻村先生是凶手，他一不该放置火柴棒，二不该主动向警方提供信息。不管真假，两种情况都对他不利。如果辻村是凶手，他应该不会多嘴才对。"

勒恩寺转向辻村断言道："那么暂定辻村先生不是凶手，但他会不会为包庇或嫁祸某人而在火柴棒的事上说了谎？比如他明知凶手是谁却不想让警方知晓，或者不知凶手身份却出于一己私利而撒谎呢？可能性五花八门，但用火柴棒封印房门能带来什么？是加重了某人的嫌疑，还是排除了某人的嫌疑？是警方得出了什么明确结论，还是辻村先生获得了什么好处？无论哪种情况，答案都是'否'。截至目前，火柴棒的简易封印装置没有产生任何直接收益。既没有包庇任何人，也没有成功嫁祸给任何人；既没有暗示凶手是谁，也没有让辻村先生独吞什么好处。事实上，什么都没有发生，顶多凸显了凶手如何逃脱书房的谜团，但我认为没必要为此而专门谎称放置火柴棒。如果想包庇，谎话编具体点儿就行，比如说看到院子里有两名可疑男子。如果想陷害某人，只要直接栽赃说看到谁溜进书房即可。若想装神弄鬼，那应该编个更夸张的，比如看到一群神秘怪人蹲在书房门前动手脚。跟这些谎话相比，一根火柴棒实在太过渺小，既没有明确的指向，也没有确定的结果。如果辻村不是凶手，他完全没必要撒这种级别的小谎。若是另有理由，那其他谎言效果更好。"

一番长篇大论过后，勒恩寺停顿了一下，确认众人情况。见大家都表情复杂地听着侦探的推论，勒恩寺接着说道："无论辻村先生是不是凶手，在火柴棒一事上他都没有说谎。各位能跟上我目前的推断吧。因此可以得出结论：辻村先生在门口放置火柴棒一事是真的，他没有说谎。"

"感谢你的信任。"辻村恭敬地行了一礼。

然而勒恩寺冷淡地说："用不着道谢。对侦探来说，查明真相理所应当。"

旁边的正继嘿嘿嘲笑道："可你真爱拐弯抹角。说了一大通，重点呢？侦探都这么啰唆的吗？"

登一郎也不耐烦地埋怨："对啊，谁有空陪你在这儿拖拖拉拉聊家常？快点儿放我们走吧。"

里奈子也抬起低垂的视线，不满地瞟了眼侦探。

勒恩寺轻轻拨了拨蓬乱的头发，一本正经道："各位少安毋躁。为了让诸位想通，我总得把事情说清楚才能继续呀。"

然后他改变语气，说："既然放置火柴棒是真的，能推导出什么？那便是作案时间。根据各位的证词，晚饭后喝咖啡时，院里传来巨大声响，是樱花树倒了。各位慌张跑至义范先生所在的书房，打不开门。见他不出来，众人只好返回客厅。"

"是啊，的确如此。"登一郎肯定地说。

"离开走廊时，辻村先生在书房门口放置了火柴棒，直到次日一早尸体被发现前都没倒，说明该时段内房门未动。不仅是义范先生本人，其他人也不曾进出书房。书房窗户反锁，上有积灰，说明多日未用，可以肯定无人从那里进出。这样就能大致推算出作案时间，也就是在火柴的封印装置完成之前，早于樱花树倒地。多亏如此，我才能大致了解凶手的行动。七点晚餐前，登一郎和里奈子单独待在二楼客房，正继先生在客厅，辻村先生则在厨房。不过彼此都无人做证，即所有人都没有不在场证明。这段时间凶手有机会行动。"

勒恩寺停顿片刻，等待大家的反应。没人说话，勒恩寺继续说："模拟一下凶手的行动吧。凶手于晚上七点前在书房里枪杀义范先生，之后和大家共进晚餐。餐后樱花树倒在庭院，书房门口支有火柴棒，封死了进入现场的路，因此凶手在七点前杀人这一点应该没有争议。义范先生独自处于书房，凶手前去拜访，趁机朝他头侧开了一枪，然后在书房里制造机关。各位知道这个机关吗，警部先生？"

名和警部站在门口点头："嗯，侦讯时都告诉过他们了，还大致问过他们知不知道关于机关的线索。"

"有人知道吗？"

"没有。"

听到警部回答，众人也都纷纷点头。

勒恩寺确认之后说："很好。正如警部先生所说，机关是用镊子和钓鱼线远程上锁的装置，壁炉里还有盘成旋涡状的导火线外加爆竹。凶手留下两套装置便离开书房。义范先生事先下令'不准打扰，不准任何人接近'，没人会违抗暴君之命打开书房的门，这才给了凶手直接推门离开的机会。至于钓鱼线和导火线，大概在作案前就已送入书房了吧。只要拆下嵌在外墙的小木板，将钓鱼线和导火线的线头伸进墙缝，便可以在书房内将其抽出来布置机关。但凶手行凶后并未立即启动机关，恐怕是因为当时天色尚早，蹲在外墙边磨蹭太久会有危险。那时正继先生在客厅，登一郎先生和里奈子小姐在二楼，特别是里奈子小姐说她在眺望樱花，辻村先生也不知道什么时候会从厨房出来，被目击到的风险太高了。最好在天黑后，趁夜色操作机关。无论如何，钓鱼线和导火线都得在墙外操作，两件事一起做最高效。所以凶手在晚饭前作案后只布置了机关，却没有启动。"

勒恩寺再次停下，一只手胡乱捋了捋乱发，立刻继续讲述："那么，凶手接下来做何打算？从现场遗留的钓鱼线、镊子、导火线和爆竹大致可以猜出端倪。让我们继续模拟凶手的行动吧。

"当晚的留宿和七点的晚餐应该都被凶手列进了计划。我猜他很可能会在晚餐后大家分头行动时立即启动机关，因为他想制造一个假的案发时间。而以现有技术，基于尸体特征进行的死亡时间推定再怎么精确也无法达到分秒不差，总有一小时以内的误差。尸体被发现得越晚，实际案发时间和假案发时间的偏差就会越大。可想而知，凶手要赶在晚餐后，趁尸体余温尚在之时启动机关，越快越好。计划中，晚饭后众人各自活动，凶手偷溜进院子，蹲在书房外墙操弄机关。这时天色昏暗，不用担心被人看见。凶手拉动钓鱼线，锁上房门，回收镊子和钓鱼线后点燃导火线。导火线很长，还在壁炉里盘了好几圈，末端接着一个爆竹，很明显这是个延时点燃爆竹的装置。凶手大概打算点火之后，迅速且若无其事地返回宅内与其他人会合吧。这时火线燃尽，鞭炮爆炸，'啪'的一声巨响会震惊屋里的每个人。到那时大家会怎么做？"

"当然会去看看情况。"辻村严肃地说道。

勒恩寺点点头："是的，你们会朝着声音的方向跑去。声音从书房传来，但是房门已被凶手用钓鱼线反锁。那么接下来呢？"

面对勒恩寺的询问，正继歪头道："我会先敲门。如果打不开，就只能和昨晚一样大喊：'大伯，你没事吧？刚才那是什么声音？'"

"是的，但里面还是没有反应。这是当然，因为书房里的义范先生早已是一具尸体。门打不开，喊人也不应，接下来诸位又该怎么办？"勒恩寺问道。

这次是登一郎回答道："大概会绕到院子，从窗户看看里面的情况。"

"没错，这么一来，各位就会发现趴在桌上的义范先生。桌面沾满鲜血，手中握着手枪。如果从窗外看到这般景象，里奈子小姐，你会怎么做？"

被点名的里奈子吓了一跳，微微抬起头，小声说："我当然会报警，应该还会叫救护车吧，说不定还来得及。"

"那样警察会来，但现场房间密闭且反锁。如果是负责搜查的警部先生，见此情况会怎么做呢？"

名和警部露出一副无趣的表情，回答道："硬闯啊。不是砸门就是砸窗，总之必须先进现场。"

"警察进屋，发现只手握枪的义范先生，门窗皆被反锁，机关早已回收。在这种状况下，警察会如何判断义范先生的死因呢，木岛？"

"他们当然会认为是自杀。因为房间密闭，凶手无处可逃。"想起上次在书房的讨论，木岛答道。

勒恩寺满意地说："没错。空无一人的密室里有具头部中弹的尸体，手枪也是死者的珍藏品，最合理的判断应该是自杀。而且我认为这大概就是凶手的目的——将他杀伪装成自杀，制造密室的经典动机。没什么比案件被当成自杀处理更中凶手下怀的了，既不会被警察追究，也不会有被捕的危险。届时构思和制造复杂机关所费的力气都不足一提。凶手的最终目的就在于此。"

名和警部闻言皱眉道:"原来如此,这个封闭现场的理由很有说服力,说不定我们就被骗了。"

勒恩寺对警部点点头,话锋一转:"下面让我们把注意力集中在导火线上。刚才说过,为了拖延时间,导火线盘了好几圈,这点显而易见。如果只是想在书房里制造枪响,那么一根直而短的导火线就够了。凶手之所以费尽心思多放出那么多长度,盘成旋涡状,是想尽量拖延爆竹引爆的时间。木岛,你的计时是多长时间?"

突然被问,木岛焦急地回忆:"两分三十秒。"

"没错,我们刚才做过实验,发现可以争取到这么多时间。凶手打算用这两分半做什么?不需要推理,答案显而易见——制造不在场证明。如果我是凶手,点燃导火线后一定会急忙返回宅邸,若无其事地问厨房里的辻村先生说:'不好意思,我想喝杯酒,有冰块吗?''冰块吗?这里有。''哎呀,谢谢。'如此聊着天,爆竹炸响。屋里每个人都会以为是枪声,紧接着义范先生中枪的尸体就会被发现。大家一定会确信刚才那声就是枪响,而此时辻村先生和厨房里的人能够相互做证。凶手原本就打算伪装成自杀,不在场证明只是为了确保能让自己置身事外,给人留下自己不是凶手甚至根本不存在凶手的想法。最理想的情况是,此时宅邸内所有人都有不在场证明,则更能强调本次案件是自杀了。"

勒恩寺环顾众人后说:"反过来想,能用导火线争取到的时间来制造不在场证明的只有宅邸内部人员。外部来的凶手不会布置导火线,因为两分半根本不够用。如果爆炸声只是为了把屋里的人引来书房,那也仅需一截短短的导火线,而不用盘成蚊香状。如果外来者必须有个不在场证明,那也不该用导火线,而该用某种机械装置制造爆炸声。比如凶手定时一个小时自动发出爆炸声,然后离开此地,返回家附近,在某个熟店露个脸,让店主和常客帮忙做证说千石宅邸枪杀案发生时自己就在当地。不过,通常情况下没人会这么自找麻烦吧。不管怎么说,机关的主要目的是伪装成自杀,制造不在场证明只是副产物。"

勒恩寺以尖锐的口吻继续说道:"不过,看起来这个凶手比较稳健,不仅把他杀伪装成自杀,还要确保自己有不在场证明才能安心。只是可用时间仅仅两分半,最多只够从墙外回到宅内,无法去其他城市,所以只有昨晚住在宅邸的四人有可能成为凶手。"

勒恩寺说完,环视四名嫌犯的脸。辻村、登一郎、正继、里奈子,四人都表情僵硬地倾听着勒恩寺的话。

"所以明白我的意思了吧?凶手就在几位之中。顺便说一句,我也查明了凶手是单独作案,没有共犯。要是有共犯,能串供,就能非常轻松地拥有不在场证明,不需要导火线了。导火线的存在,恰恰证明了凶手是单独作案的。"

勒恩寺又胡乱地拢起披散的头发:"对不起,有点儿离题了,回到正题吧。凶手的计划是利用钓鱼线装置让案件看起来像是自杀,并用导火线和爆竹伪造案发时间,但现实并没有按计划进行。一个意外出乎凶手的想象,使计划完全瓦解。你知道那是什么吧,木岛?"

突如其来的提问让木岛头脑一蒙,跟不上思路。

"欸,发生了什么?什么意外?"

见木岛一时答不上来,名和警部伸出援手:"是樱花树吧,那棵树倒了。"

勒恩寺感激地对接话的警部笑了笑:"对,就是樱花树。大风把树连根刮倒,超乎凶手的想象。即使看过天气预报,知道会有强风，凶手也不可能预测到院里的樱花树会倒下。当然更不可能是人为的，如果预谋让暴风吹倒大树，一定会花不少工夫，甚至要开重型机械进院子，拉树干、挖树根才能放倒。凶手怎么敢弄出这么大的动静？又不是山里的独门独院，出动重型机械肯定会引起周围居民的注意，也会在宅子里引发骚动。所以樱花树倒下纯粹是一次意外，出乎凶手意料。"

这时勒恩寺突然回头跟木岛说："啊，对了，和木岛刚到这里时，我说过第一现场肯定不是院子，那是因为我断定不是人为致使樱花树倒地的。既然不是人为计划的，那就是意外。如果在樱花树附近发现死者，也只能是意外死亡，或是树木损坏了尸体。如果是那样，一课的刑警们不可能束手无策到请特专课出山，所以我阻止了你。"

对木岛解释过后，勒恩寺重新面对大家："哎呀，又跑题了，抱歉，我们言归正传吧。樱花树使凶手的计划出现偏差。树倒得不是时候，比预定点燃导火线的时间还要早。那时大家都跑到书房门口，凶手内心一定很焦急。毕竟书房里还挂着钓鱼线呢，要是被发现，伪装自杀的计划不就泡汤了吗？然而，书房的门打不开。凶手松了一口气的同时，应该也大吃一惊。他一定很惊讶，明明没有启动钓鱼线装置，门怎么打不开了？旁人当然会认为是义范先生反锁了房门，只有凶手清楚射杀义范先生并离开房间后房门没上锁。但不知为何，门打不开了。"

"门为什么会打不开呢？"跟刑警一起站在入口处的名和警部好奇地问。

正继也歪头问道："侦探先生，当时房门是反锁的，我一直以为是大伯干的。可照你的说法，不是这样吗？那么究竟是谁锁的门？"

里奈子一言不发，百思不解地摇着脑袋。登一郎也开口道："我们三个都推过门，门肯定锁上了。到底是怎么回事？"

"这个嘛，容我稍后详细说明。在此之前，请允许我继续聚焦凶手。"勒恩寺按下大家的疑虑，"凶手一定觉得不可思议吧。虽然尸体和机关没有被发现让他感到安心，但他心里一定很紧张吧。之后大家以为义范先生像往常一样闹脾气，不开门也不回话，那么既然倒树未造成损害，就随他去吧。于是众人离开书房。可凶手慌了手脚，既然发生了意外，自杀是伪装不成了，钓鱼线机关必须尽快回收。于是凶手绕到庭院，打算从外墙缝隙里抽走钓鱼线。不过凶手进入院子必然会惊掉下巴，理由很简单。木岛，请回答。"

这次木岛马上明白了，点头说："是樱花树，倒下的树枝遮挡了外墙。整面外墙，包括隐藏机关的地方，都被树枝覆盖了。如此一来，凶手完全无法操作机关。"

勒恩寺重重点头，似乎对木岛的回答很满意："没错，大量树枝交叠缠绕，覆盖了外墙，以至于五名刑警花了三十分钟才砍掉一小部分。黑暗中，靠凶手一人的力量根本碰不到外墙。既然无法回收钓鱼线，也无法点燃导火线，干脆放弃制造密室，破窗而入吧？可凶手再怎么焦急，见窗户外也有密密麻麻的树枝拦路，就会意识到任何想法都实现不了了。房门不知道什么原因打不开，窗户也无法靠近，装有机关的外墙被树枝挡住，书房里还留有钓鱼线、镊子、导火线等一系列机关。凶手进退两难。"

木岛一下子焦躁起来，好像自己是凶手一样。

"那么凶手后来怎么办？"名和警部问道。

勒恩寺轻轻耸耸肩："没办法。凶手无法接近书房，只得与其他人一边看和暴风相关的特别新闻，一边虚度夜晚，但他内心一定很慌张吧。待到夜深，众人回房。凶手辗转难眠，恐怕还几度偷偷跑去书房门前，尝试能否打开。伪装自杀的企图破灭了，门又打不开，机关无法回收，他什么都做不了，束手无策。次日天亮，管家发现尸体。就这样，警部和他的手下看见了被枪杀的尸体，以及门上奇怪的机关。"

说到这里，勒恩寺深吸一口气，继续说道："好了，倒霉凶手的故事就此结束。我想他昨晚一夜没合眼，也焦躁不安地度过了今天一整天吧。伪装自杀的计划搁浅，现在又被侦探步步紧逼。这个故事告诉我们，天网恢恢，勿行恶事啊。"

"对了，房门是怎么回事？现在还不清楚昨晚是谁通过什么手法反锁的呢。"

木岛的问题让名和警部颇有同感，微微点头。门口两名刑警也露出好奇的表情。

"啊，差点儿忘了，那就实际动手试试吧。各位请立刻移步书房门口。"

勒恩寺站起身，穿过名和警部把守的门口，快步来到走廊。

大家面面相觑片刻，慌忙跟在侦探后面，木岛也在其中。为了跟上这位怪侦探的行动，他已经竭尽全力了。

所有人都聚集在书房门前的走廊。因为多了两个健壮的刑警，走廊比之前询问证言时更挤了。勒恩寺加上木岛、辻村、登一郎、正继和里奈子，还有名和警部跟两名刑警，大家挤成一团。

勒恩寺挤出这个沙丁鱼罐头，来到众人面前实地讲解："那么，昨晚这扇门为什么打不开呢？包括警部先生在内的所有搜查人员都很清楚，原因不是凶手的钓鱼线机关，镊子和钓鱼线都没被操作过。会不会是凶手或其他人另外设计了一套上锁装置呢？

不,这更不可能。凶手之外的人设置密室机关实在太荒谬了,凶手则没必要重新设计机关。最重要的是,门锁的旋钮被一把镊子夹住,没有加装其他机关的余地。啊,木岛,请你打开门试试。"

"好。"

木岛钻出人群,来到门前,握住门把推门。门毫无阻力地打开了。

"开了。"

木岛喊了一声,同时觉得这个行为非常蠢。

"很好,关上吧。"

木岛依言关上门。这是在做什么?

"那么,警部先生,刚才交代的事拜托了。"

接令的名和警部向其中一名刑警使了个眼色。刑警拿出手机说道:"开始吧。"

紧接着,远处传来声音:"一,二!"

那是一大群人的吆喝,像黑道兄弟的那种粗嗓。"一,二"?什么声音?此时勒恩寺命令还摸不着头脑的木岛:"好,再开一次门试试。"

"好。"

木岛不明白为什么要做同样的事,不情不愿地握住门把,往里推。

门没有打开。

厚重的单板木门纹丝未动。

咦?怎么回事?房间里有人吗?木岛不由得疑惑起来。是不是有人在屋里上了锁?不对,刚才开门时里面没人啊。

木岛又推了推门。还是打不开。这是怎么回事?

"打不开。"

木岛又报告了结果。由于结果过于惊人,这次他倒没觉得自己蠢。

登一郎走过来:"怎么可能打不开?明明什么都没做。"

他半强硬地换下木岛,抓住门把,用力一推后露出惊讶的表情,大概是感受到了纹丝不动的触感吧。

"让我试试。"

正继带着看热闹的表情走上前,将身体贴在门上。

"真的,打不开。和昨天一样。"他茫然地说。

里奈子和辻村距离稍远,都不可思议地眨着眼睛。

木岛忍不住朝勒恩寺逼近一步:"这到底是怎么回事?怎么就打不开了?明明刚才打开过。"

瞬间就无法打开的门,这正是谜团之一。

勒恩寺坏笑道:"没什么,很简单,木岛。我刚才说了,房门打不开不是人为造成的。既然不是人为,那会是什么?恐怕只有一种可能性——自然现象。而昨晚,打乱凶手计划又让门打不开的自然现象是什么?它只发生在昨晚,而且范围很大。看,都不用动脑,那个大规模自然现象是——"

"风!"正继叫道。

他没了那副瞧不起人的冷笑,难得露出严肃的表情:"新闻特别节目说过。昨晚,整个关东地区都在刮大风。"

"哦,原来是风啊。"登一郎也吃了一惊,茫然地喃喃自语。

勒恩寺不顾周围人的反应,非常冷静地环视众人:"正如各位所说,是风。此外再没有其他特别的自然现象了。那是数十年一遇的大规模暴风,从昨天日落时分刮到黎明。凶手动手杀人时尚在傍晚,风并不大。但在那之后,风势越来越强。"

"第一轮强风吹倒了樱花树。回想一下树倒下的方向,树冠朝西。也就是说，风是从东往西吹的。当然，不只是树木，整栋宅邸都会承受风压。东侧墙壁受力，建筑略有歪斜，而这幢宅邸是木头老房——不好意思，说难听点儿，到处破烂不堪。被几十年一遇的超级强风吹袭，建筑整体扭曲一点儿也不奇怪吧。尤其是书房所在的西侧一楼，堪称最受影响之处。门框与风向几乎垂直，木制门框不比金属门框，在强大的冲击力下更容易倾斜变形，就像长方形变成平行四边形一样。"勒恩寺说着，隔空两掌相对，做出平移的动作，"而门板是一整块厚实的原木板。由于门框歪斜，门板夹在中间，这才被固定住。没错，房门根本没上锁，只是门板被扭曲的门框夹紧了而已。凶手设置的装置还没有启动，狂风的推力转化成固定门板的压力，因为风很大，所以一个人根本推不开门，这就是密室的真相。房门暂时打不开只是一种自然现象。等到早上风停了，门框的扭曲力自然消失，门又可以自由开关了。"

原来虎头蛇尾的密室是强风造成的。木岛目瞪口呆，说不出话来。自然现象嘛，反复无常，不以人的意志为转移，所以才会虎头蛇尾吧。这么说来，木岛最初从外面观察宅邸时的第一印象没错，这座建筑物太过老旧，就像搞笑短剧中的老宅道具，推一下都会散架。

和惊讶到失语的木岛一样，其他人也不知是惊讶还是无语，只是一脸茫然，一言不发。

只有勒恩寺一个人还在饶舌："所以我拜托警部先生重现强风，对东墙施加与暴风相同的压力，让十几名刑警推墙，完美地再现了建筑物的扭曲。"

木岛终于想起刚才那"一，二"的吆喝声，是推墙时的号子啊。话说回来，十几名刑警聚在一起拼命推墙，该是多么超现实的画面。

"侦探,可以了吧?"

名和警部询问后,勒恩寺若无其事地回复:"啊,当然可以了,实验结束了。"

刚才的刑警又打通电话:"喂,行了,别推了。"

在刚才勒恩寺长篇大论时,刑警们也一直推着墙吗?哎哟,真是辛苦。

"好了,案件解决,密室真相也已查明。应该没有谜团了吧。侦探的工作到此为止。"勒恩寺极其优哉地说。

名和警部连忙打断:"欸?等一下,还不知道凶手是谁啊。这时候还不指认凶手,岂不跟画龙不点睛一样吗?"

没错,案件已完全解开,但凶手尚不清楚。木岛看向勒恩寺,后者不好意思地笑了,再次用手梳理凌乱的头发:"啊,真是失礼。重要部分说完不知不觉就忘了。"

似乎指出凶手在他看来无关紧要。

"那就说说凶手吧。凶手就在管家辻村先生、千石登一郎先生、千石正继先生和千石里奈子小姐四人之中。"

被点名的四人神情紧张地互相看了看对方。勒恩寺的神情极为悠闲,与之形成鲜明对比。

"刚才说过,因为大风,凶手苦于无法回收书房的钓鱼线等机关。那些东西留在现场的话,不仅无法达成伪装自杀的目的,而且会作为物证全部落入警方手中,所以凶手应该会想方设法回收,却没能做到。"

勒恩寺再次环视嫌疑人们:"我们先来想想发现者辻村先生吧。今天清晨,风停了,门能打开,辻村先生独自开门发现尸体后报警。如果他是凶手,当时没有其他人在场,完全能够抓住这个绝佳的机会回收证物，但辻村先生不仅没动钓鱼线和导火线，还原封不动地交给警方。凶手不可能这么做，因此，他明显不是凶手。"

辻村恭敬地行礼回应。

"镊子和钓鱼线的装置做得相当精巧。实地检验之后，连我都忍不住兴奋起来。而这样精妙的机关不是一朝一夕就能完成的，一定是几经检验、反复试错后才有如此完成度。书房地板角落的缝隙、外墙上容易脱落的地方，更是要对这幢宅邸相当了解才有机会发现。而里奈子小姐说这是她第二次来。无法想象她能有多少时间去熟悉房屋结构或安放钓鱼线。当然，她的证词有可能是假的，有可能她偷偷来过好几次。但住在这里的辻村先生说，主人义范先生每周除了去两趟市里的公司之外，大多时间都在书房工作。要想瞒过他们踩点儿，几乎不可能。所以里奈子小姐也可以排除嫌疑。"

里奈子仍低着头，但似乎松了一口气，唇边露出一抹浅笑。

勒恩寺继续说："剩下的是登一郎先生和正继先生。听说两位经常出入宅邸找伯父借钱，被义范先生训斥、丢在书房不管也是家常便饭。二位应该有足够的时间彩排诡计才对。那么谁才是凶手？"

勒恩寺站在拥挤的走廊，轮流看向两名凶手候选人："我们再来看看凶器手枪。那把枪被放在被害人的书桌抽屉里。那么在行凶前，是谁从抽屉里取出了枪呢？被害人的衣物上没有争斗的痕迹，凶手不太可能从被害人手中硬抢。花言巧语诱骗被害人交出枪？太牵强了。因为凶手作案时为了不留指纹，极有可能戴着手套。这个季节在室内戴手套非常不自然，被害人不可能不起戒心，也不会轻易交出枪。所以我认为，从抽屉里拿走枪的不是被害人，而是凶手。"

勒恩寺接着说："那么他是何时拿走枪的呢？这次犯罪的流程如下：凶手拜访关在书房里的被害人，谈话期间突然开枪。当时被害人坐在书桌前，凶手若无其事地靠近书桌右侧。为了日后伪装成自杀，让被害人保持坐姿是最理想的，尸体被发现时也确实是那样的。可偏偏手枪被放在被害人面前书桌正中间的抽屉里，完全被被害人挡住，不可能偷拿，也不能说'我现在要拿枪杀了你，请让一下'。如此一来只有一种可能，那就是枪是在被害人闭关之前被拿出来的。凶手一定是趁昨天被害人不在时偷偷溜进书房，悄悄取走了手枪。他不可能提前来偷，因为如果义范先生发现手枪不见了，肯定会引起骚动。所以凶手只可能是昨天来到这里，趁义范先生回家之前偷走手枪的。让我们回想一下昨天各位抵达的顺序。首先是里奈子小姐。这时，义范先生不在家。接着是登一郎。然后义范先生回家，心情不快，立即闭关，命令辻村先生不要打扰。几乎前后脚，正继先生也到了。怎么样？现在知道了吧，正继先生没有偷枪的时机，因为他到家的时候，义范先生已经在书房里了。"

正继噘起嘴，无声地吹了个口哨。

"这样就只剩下一个人了。登一郎先生，你就是凶手吧？"

听到勒恩寺语气平静的指责，登一郎目光游移地说："胡说，你有什么证据？这可是损害名誉啊。"

他虽然嘴上否认，额头上却冒出豆大的汗珠。

勒恩寺一脸冷漠："证据？死者中枪身亡，无人听见枪响，你开枪时用了消音器吧。因为不想暴露真正的作案时间，凶手行凶时应该会想办法消除枪声。以前大伯向你炫耀手枪的时候，你记住型号，私下买到了与之匹配的消音器吧。比起枪，消音器还算是容易买到的。或者你用了个小垫子来掩盖枪声？不管怎说,证据不就藏在你的行李里吗?带血的消音器、备用钓鱼线和多余的导火线,这些东西应该都能在你的行李中找到吧。因为打算把案件伪装成自杀,所以认为警方不会检查个人物品,再加上你从昨天就被关在这里,根本没时间把它们处理掉。"

勒恩寺话音刚落,名和警部使了个眼色,一名刑警脚步轻快地迅速离开了现场。

登一郎似乎就此认命,颓丧跪倒,低头垂肩,等同认罪。

"动机应该还是钱的问题,但我对那种事没有兴趣。我更在意钓鱼线密室。登一郎先生,你为什么要使用那个机关呢,有什么特别的理由吗?"勒恩寺恢复谦逊的语气问道。

登一郎依然低着头,声音像挤出来的:"没什么特别的理由。就像你说的,只是想让他看起来像是自杀,想反锁房门,于是模仿起以前读过的推理小说里出现的机关。"

"你对密室并没有什么特别想法或美学追求吗?"

"什么美学追求?没有!可恶,要不是大伯小气不肯出钱,事情就不会变成这样,该死!"

登一郎头也不抬,用拳头狠捶膝盖。

见此一幕,勒恩寺仿佛一下子失去了所有的兴趣:"警部先生,特专课的工作真的结束了,后面的事就交给你了,我可以回去了吧。"

听到这种自以为是的要求,名和警部有些不满:"啊,没问题。"

警部点着头,仿佛在说"没办法,随便吧"。顺利的话,或许功劳还能归一课,事实上,勒恩寺和木岛也已无事可做。

"走吧,木岛。"

说完,勒恩寺快步走了出去,头也不回,毫无留恋。

木岛忙向在场的人鞠躬。

登一郎仍垂头跪地,正继和里奈子则呆呆望着侦探离去的方向。只有辻村管家恭敬地还施一礼。

打完招呼后,木岛跟着勒恩寺走向玄关。

刚走出玄关,他就追上了勒恩寺。太阳西斜,眼看黄昏将至。

勒恩寺边走边说:"这次的收获只是看到了正宗的、由凶手制作的针线密室机关而已啊。"

他不太开心的样子。

"但我想看的不是那种出于功利动机的,而是凶手怀揣某种美的意识打造的密室。密室杀人是一种浪漫。对侦探而言,那是如蜃景般淡然却遥不可及的永恒憧憬。虽然这次未能如愿,但我希望有朝一日能与它相遇。木岛,我真心希望着。凶手仅凭对犯罪的美学和形而上的探究精神创造出的艺术般的密室,我想遇到这种东西,像富有感性之美的结晶般的密室。我一直梦想能遇到一个足以匹敌名侦探勒恩寺公亲的名罪犯。不过这次密室形成的原因并非人为,而仅仅是自然现象,所以没什么意思。风吹房斜形成了密室,如果要给这起案件命名,应该叫斜屋犯——"

"总有一天你会遇到的,在那如梦般美丽的密室里。"木岛慌忙说了句不走心的安慰,打断勒恩寺。

但侦探意外地单纯直率:"这样啊,木岛你也明白我的浪漫了吗?谢谢。嗯,你还是有优点的,说不定是个优秀的随行官呢。"

即使被称赞,也高兴不起来。

两人并肩向大门走去。

木岛斜眼看着走在身旁的自称名侦探的家伙,心想:真希望能早点儿离开这个鬼部门,这份差事果然还是不适合我。

木岛但求能做个普通的公务员,向办公室生活迈进。

案卷2　粗糙且含糊不清的怪盗预告

大滨富士太阁下：

您拥有之蓝宝石将纳入吾囊中。

怪盗 石川五右卫门之助

另附取货之期，下日择一：
　　七月十四日（周三）15:00—20:00
　　七月二十一日（周三）15:00—20:00
　　七月二十八日（周三）15:00—20:00

"这是怪盗寄来的预告信。"警部补说。
接过信仔细通读一遍。
"感觉写得很粗糙，连偷盗时间都表述得含糊不清。"侦探说。

*

木岛自觉必定被人遗忘。
三个月都没出警。
那起密室杀人案过后，木岛一直在霞关中央政务区二号馆整理打扫警察厅刑事局的资料室，整日与成捆未经整理的文件、不知夹着什么的不详卷宗、厚得出奇的大档案袋和小山似的作废单据搏斗。阴暗、潮湿又闷热的房间里满是灰尘,木岛壮介真担心如果继续呼吸这里的空气,身体表面可能也会积上一层毛茸茸的灰尘。

自从入职警察厅,被分到可疑的特案专职搜查课已过去了三个月。就在他过着每日整理资料,宛如流放的日子时,不知不觉已进入梅雨季,资料室里的不适指数直线上升。

就在这时,他突然接到了出警命令。

木岛反而吃了一惊。啊,原来自己并没有被遗忘,偶尔也会出警。毕竟需要"名侦探"出马的案件并不频繁发生,或许三个月一次本就是常态?可这工作仅此一份,没人知道常态是什么。

就这样,在梅雨季的天空下,汽车载着木岛出发了。

虽然阴云密布,全然不见太阳,但对于平时闷在潮湿资料室里的眼睛来说,连阴天都觉得刺眼。木岛生出了些自弃情绪——哎呀,真是久违的红尘俗世。

司机是个沉默寡言的中年男子。这次开的不是警车,只是一辆普通轿车。至于什么时候用警车,什么时候开轿车,木岛也无法判断。

行车途中,木岛一直望着飞驰而过的街道。好久没看到工作日的外界风景了,不过这趟行程也够远的,轿车自东京都向东,开过隅田川仍不见停。木岛不安起来,不知究竟会被带去哪里。就在这时,车已停在房总半岛的外侧,俗称外房。开门下车,闷热的湿气扑面而来。木岛重新打好领带,想着这里总比满是灰尘的资料室好吧。

"木岛随行官,这里是今天的现场。"

司机脸上没有一丝笑容,单刀直入,交代完后就一脚油门,留下木岛一个人。

笔直的乡间行道，无甚新奇。行道一侧是连绵的石墙。

木岛拿出智能手机确认位置。这里好像叫新滨市，是一座没听说过的小城。

马路对面的石墙外，只有一片小树林。树林好像无人打理，荒芜得不成样子。放眼望去，路上没有一个人影。

石墙在前方不远处断开，那里立着门柱。门柱也是石砌的，很是气派。木岛走过去，见墙上嵌着块门牌，上书"大滨"二字。铁栅大门里面是座大宅。宅院占地很广，两边石墙一直延伸开去，望不见尽头。

想必这里就是案发现场，又要面对凄惨的他杀尸体了。想起春天那位被子弹射穿头部的死者，木岛的心情阴郁起来。光是想想就觉得害怕，自己果然不适合这份工作。

虽说发生了杀人事件，周围却格外安静，安静得有点儿可疑。如果那幢房子里惊现尸体，现在这条路上应该挤满警车才对。但梅雨季潮湿的空气十分静谧，感受不到一丝紧张的气氛，仅有一只性急的蝉在远处微鸣。

木岛正在纳闷，身后突然传来人声："是木岛随行官吧。"

声音来得突然，木岛几乎跳了起来，慌忙回头看。不知何时，一个男人悄无声息地站在木岛身后，吓得他心脏狂跳不止。

男人四十五六岁，形象朴素，身着颜色暗淡的西装，打着颜色暗淡的领带，容貌平平无奇，发型无功无过。木岛想，啊，像那种经常出现在政府机关窗口的柜员，文静、平凡、无个性、没人味儿。如果从所有都道府县的政府机关随机抽取一千名四十多岁的男职员，拟合出一张平均画像，估计就是他这副模样。

"抱歉，您没听清吗？请问是木岛随行官吗？"毫无个性、缺乏人情味儿的声音又重复了一遍。

"啊,不好意思。没错,我是木岛。"木岛半晌才从慌乱中平复,慌张回答,"这么说,您是……"

"嗯,我是侦探,鄙姓作马。制作的作,骏马的马。请多指教。"

"彼此彼此,麻烦您了。"木岛回礼,"您认识我?"

"我有照片。"

自称作马的男人朝木岛晃了晃手机屏幕。定睛一看,那是一张木岛的面部特写,侧面斜拍。照片中的木岛的镜头感极差,视线没有看向镜头,脸上表情松弛。他不记得自己拍过这张照片,但仔细辨认发现背景眼熟,原来是四月案件中的书房墙壁。看来被偷拍了。那么偷拍者只有一个。

木岛不由得皱起眉:"请问,这张照片是不是勒恩寺先生拍的?"

"是的,我是从勒恩寺先生那里拿到的资料。"

不出所料,果然没错。偷拍对于那个目中无人、随心所欲的侦探来说应该是小菜一碟。话说回来,那个自由散漫的侦探就没点儿肖像权、隐私权的概念吗?

"今天的侦探是作马先生,那么勒恩寺先生不来吗?"木岛忽然觉得有些奇怪,试着问道。他还以为今天一定又要和那个怪人在一起工作了。

"勒恩寺先生啊,听说他今天要出庭。"作马淡淡地说道。

木岛有些惊讶:"咦?他犯了什么事?"

"没有,出庭做证而已。"

"做证?"

"刑事案件的凶手被逮捕归案后会依法接受审判。因为案件由侦探解决,所以检方在提起公诉时会要求侦探说明逮捕凶手的始末,这也是侦探工作的一部分。"作马公事公办的语气中丝毫感觉不出情绪波动,脸上连个亲切的笑容都没有,听得人恍若身处政府办公窗口。

木岛感慨道:"勒恩寺先生好像挺烦这些事的。"

"为什么这么说?他正高高兴兴地站在证人席上呢。"

"真没想到。"

木岛有点儿吃惊。这跟他印象中不太一样,那位自由随性的侦探不是最烦这种拘谨的场合吗?

作马解释道:"因为有钱拿。勒恩寺先生是全职侦探,也是特专课里唯一的全职侦探。如果没有案件的日子里也能拿到一天的薪水,他很乐意出庭。"

"哦,为了日薪吗?"

如此说来,那个自称名侦探的人意外地也有精明的一面。想到这儿,木岛开口:"那么作马先生是兼职侦探喽?"

"是的。"

"今天不上班吗?"

今天周三。不用说,是个工作日。

"按规定可以公休,跟国民裁判员[①]一样。当警察厅提出对侦探的需求时,本职单位会批我带薪假期。"

"您的本职工作是什么?"

"个人隐私,恕我不便透露。"还是公事公办的语气。什么能说、什么不能说在他心中好像有道严格的界限。木岛心中嘀咕,果然像政府机关出来的。

这时,有车朝木岛驶来,还是好几辆。车辆排成一队,自乡

[①]国民裁判员,日本司法评判制度之一。面对重大刑事案时,通常会从普通市民中随机抽选出六名裁判员,和三名法官组成合议庭,共同审理案件。

间公路疾驰而来。

木岛不知道出了什么事,最前面的汽车停在他眼前,后车也陆续停下,一共三辆普通轿车和两辆面包车。车门打开,一群男人齐齐冲出来。从面包车上下来的人身穿制服,一看便知是警察。那么前三辆轿车上的就是便衣警察了。

警察们浩浩荡荡地走近大滨家大门。领头的是个表情如佛像般沉稳的男人,年纪大约和作马侦探相仿。作马在木岛背后低声道:"正好。木岛,和他们会合吧。"

什么?要我上?木岛吃了一惊,他原以为这种场面侦探得冲在前面。木岛不过是随行官,就像是侦探的跟班。算了,他出面总好过厚着脸皮胡乱四散印有"名侦探"头衔的名片吧。想到这儿,木岛上前说道:"请问,各位是警察吗?"木岛问领头那个有如佛像般沉稳的刑警。

一脸沉稳的刑警停下脚步,歪头看着木岛。从他身后冲出一位眉毛浓密、目光锐利的男人,挡在前方:"不好意思,警方执行公务,普通市民还请回避。"他语气严厉,不容分说。

木岛结结巴巴地说:"那个,其实我们也是执行公务,您看。"

说着,他从西装内袋里掏出身份证明。那是一张警察证,上面印着木岛的照片和与之极不相称的头衔——警部补。木岛羞得无地自容。他非常清楚,一个刚入职三个月的毛头小子戴不起这顶帽子,但不亮明身份,断不可能和警方搭上话。

"我是特案专职搜查课的,从警察厅赶过来。"

佛像般的刑警和浓眉大眼的刑警都目瞪口呆:"那个传说中的特专课?"

众刑警议论纷纷,每个人都很惊讶。

"就是那个特专课？"

"警察厅的。"

"还真有这个部门啊？"

"我也是第一次见。"

好消息是，不同于春天那起案件时被无情嘲讽，这次没招来恶意；坏消息是，木岛成了珍禽异兽，被人围观。

佛像般的刑警佩服道："这么说来，你就是侦探？还很年轻嘛。"

"啊，不，我只是随行官，警察厅的内勤。侦探是这位作马先生。"

一经介绍，市政府办事员模样的侦探便点头致意。与喜欢引人注目的怪人勒恩寺正好相反，这位侦探怎么也抹不掉存在感淡薄的印象。

作马低头不语。他应该有很多话要问，但只是一动不动地站着。跟警察吵成一团固然麻烦，但这么闷葫芦也不好办。没办法，木岛只好担任起提问的角色，指着挂有"大滨"门牌的门柱问道："案件就发生在这座大宅里？"

"是的。特专课的同事们都没听说吗？"浓眉大眼的刑警问。

谢天谢地，他不再是刚才那种高压态度了。

"不好意思，我只接到了出警命令。是杀人事件吗？"木岛惶恐地确认。

露出佛像般柔和表情的刑警说："不，没那么危险。这边和大城市不同，没什么大事。"

的确，从刑警和其他警察身上都感觉不出杀气，空气中也没有调查杀人案件的紧张。既然如此，应该没机会和惨死的尸体打照面吧。

想到这里,木岛稍微松了一口气:"各位是县警吗?"

根据手机定位,现在他们在房总半岛的东端,早已超出东京警视厅的管辖范围。

"我们是新滨警署的,微不足道的乡下警察而已。"佛像般的刑警语带优哉,谦虚地说,"我们只管新滨市及周边的三个村镇,安稳地守着乡下这块小地方。哦,忘了介绍,我是井贺,井贺警部补。这位是三户部巡查部长,我的副手。"

井贺警部补大方地一鞠躬,旁边浓眉大眼的三户部刑警也端正敬礼。三户部的年龄大约三十五岁,精悍的五官看起来很可靠。

"案件方面,我们会追查到底。别站着了,进去说话,外面太闷热。"

井贺警部补手扇衣领,走近门柱,按下门铃对讲的按钮,慢条斯理地说:"我是新滨署的。"

对讲机里传来一个男声:"好的,恭候多时。"言毕,铁栅大门缓缓开启,好像是电动遥控门。

大门完全打开后,井贺警部补回过头来说:"那么,我们走吧。哎呀,有特专课助阵真令人安心,我们可都靠您了。"

他说着就往前走,三户部刑警步调一致地紧随其后。他们身后跟着八名便衣刑警,再后面是十五名身穿制服的警官。这支队伍走出了点儿贵族出游的感觉。为了不显拖拉,木岛连忙追上领头的井贺警部补,作马无言地跟在后面。

井贺警部补率领的队伍朝大宅正门走去。宅院很大,从大门到屋子尚有段距离,正对面的是幢气派的洋楼。与其说这里是住家,不如说是宅邸,不,或许称为馆更为合适。

"这家真大啊。"木岛心里佩服,话便到了嘴边。

井贺警部补慢悠悠地说道:"是啊。说起大滨家,在新滨地区可是一等一的大户。当家的这代白手起家发了财,经历都能写进励志故事。他经营有方,是本地人人仰慕的名士,到处都有人脉。哎呀,真让人羡慕啊。"

众人鱼贯进门。这是个能用庄严来形容的华丽玄关。巨大的木门打开,一个男人从里面探出头。该男子三十岁左右,五官端正,但嘴唇上总挂着轻笑,有种吊儿郎当的轻浮感觉。

"谢谢你能来,井贺先生,好久不见了。三户部先生也是,自从那件事之后就没见你了。我一直在等你们,快进来吧。"男子嘿嘿笑着说。

这人就是那个传奇社长?感觉不像啊。

大概是读懂了木岛的疑惑,井贺警部补说:"这位是大滨社长的公子,鹰志先生。"

"你好,这位年轻刑警先生是新面孔呢。我叫大滨鹰志,写作雄鹰的志向。这名字太夸张了,自我介绍有些尴尬,但老爸非它不可。老爹叫富士太,又很信'一富士二鹰三茄子'① 那套东西,于是给我起了这么夸张的名字,请多体谅。"大滨鹰志轻浮地说个不停。

原来如此。如果他有个弟弟,就会叫茄子太或者茄子雄吗?就在木岛胡思乱想之际,三户部迅速指挥部下:"便衣组各自换上拖鞋;警服组前往庭院,依原计划搜查可疑物品。照明灯呢?搬进院子然后待命。"

一帮刑警在玄关慌张地脱鞋,木岛和作马也被卷入乱局。未曾自备拖鞋的两人只好借用大滨家的拖鞋。屋里开着空调,很凉

---

① 日本民间认为,在新年第一天晚上做梦梦见富士山、老鹰和茄子代表好运。因为"富士"谐音"不死","老鹰"谐音"高升","茄子"谐音"心想事成"。

快。即使人群拥挤,木岛也不感到憋闷。

但他没忘记工作。进屋时,木岛轻轻点开藏在胸前口袋里的录音笔,电器店的店员说这个型号能连续工作二十四小时,非常好用。上次的案件报告写得很是不顺,事后很难记起那个人生地不熟的现场以及其中每一点细节,于是木岛这次打算全程录音,方便他后续工作。

*

警官们被引进金碧辉煌的客厅。

长毛地毯,柔软的组合沙发,古董餐具柜上摆着高级洋酒的瓶子,墙边高大的落地钟正咔嗒咔嗒地走着。墙上挂着西亚的手工编织墙饰,花纹精致得令人眼前一亮。墙上还装饰着大户人家常见的鹿头标本。

便衣刑警在宅邸走廊待命。只有井贺警部补、三户部刑警、木岛和作马侦探被允许进屋。四人坐在沙发上,立刻陷下去,几乎要向后躺倒。沙发太舒服,反而坐不稳。

跟扭着屁股、坐立不安的木岛形成鲜明对比,大滨鹰志习以为常地坐在对面的沙发上,说:"房间太乱,让这位新警官见笑了。都是些老爸的爱好,乡下暴发户的品位就是要把房间里堆满贵重的东西,离真正的富豪还差得远呢。"

所谓的新警官怕是在指木岛他们。可作马兀自静坐,沉默不语,面无表情,目不转睛地盯着脚下。或许他有种公务员独特的拘谨,认为闲聊是分外之事。

木岛无奈地回应鹰志:"不,会客室很豪华,很漂亮。想必令尊的经营手腕也很高明吧。"

"唉,我这老爸说来古怪,有点儿赚钱的才能,内里却是个俗不可耐的老头儿。啊,各位稍等,老爸马上就来。他这人喜欢摆架子,经常让别人干等他,真不好意思。"

"没关系。顺便问一下,令尊经营什么行业?"

"水产。公司也叫大滨水产,老土吧,老爹的品位实在不行。公司做的是海鲜加工销售。咱这乡下小镇什么都没有,只有个小渔港,能进到外海的长尾鳕、黄线狭鳕、无须鳕等深海鱼。公司会将来料做成炸鱼排和鱼肉饼,供应给快餐店、便当店。某家全国连锁的汉堡店几乎全用我们提供的炸物。另外,我们还会将分割好的鱼片和鱼块批发给中间商,打包封装香煎鱼、黄油煎鱼、味噌炖鱼之类的加工食品,发往全国。"

井贺警部补跟着鹰志的话补充道:"哎呀,确实厉害。新滨地处偏僻,人口却不少,正是仰仗大滨水产提供的就业岗位啊。乡下小城就是地多,但十分之一的地盘都是大滨水产的厂区,了不起吧。能造这么大一座宅邸也不奇怪了。"

"那么鹰志先生将来会继承公司吗?"木岛真的很羡慕。

"我确实在老爸的公司工作,但还在基层,每天就是打打下手,干干杂活。真怀疑他会不会爽快地让我继承家业。但不管怎么说,那些都是之后的事了。老爸身体好着呢,再活个三四十年不成问题。估计不等他放权,我都老了。"鹰志嘿嘿地笑着说。

这时,传说中的主人登场了。

一位五十多岁的男人粗鲁地推门进来。他身板敦实,一个大鼻子盘踞在面盘正中。不用介绍也一看即知,这位气场强大的男人定是家主大滨富士太先生。

大滨社长走进会客室,一见到井贺警部补就皱眉,沙哑的声音中带着不悦:"怎么又是你?警署没人了吗?"

第一句问候竟是这个，木岛感觉对方未免失礼。但三户部等社长一屁股坐下后，便规规矩矩开始说明："我们新滨署刑事课只有两组人马，各由一名警部补指挥。您遇到我们井贺警部补的概率是二分之一。不巧的是，目前另一组正在市中心调查一家便利店的盗窃未遂事件，所以没办法——"

"知道知道，别说了。"大滨社长不耐烦地挥手打断三户部的话，闷闷不乐地皱着眉，"我可不想重蹈上次的覆辙。这次应该没问题吧？"

井贺警部补神情如佛像般稳重："哎呀，真是毫不留情。当然，这次我们准备充分，请不必担心。"

"真的吗？你说的话可靠不住。"大滨鹰志仿佛在帮腔他那个板着脸的爹，"事情过去很久了，也没见那案子解决啊。"

三户部刑警正襟危坐道："关于这件事，二位能否别太责怪警部补？这三个月以来，警署署长也是不分昼夜一个劲儿催促，警部补他已经很操劳很疲惫了。"

井贺警部补宛如佛像般宝光熠熠，看起来并不憔悴，但在三户部眼中并非如此："所以这次请暂且把前几天的事放一放吧。"

面对如此恳求的三户部刑警，鹰志讽刺道："可他之前还自信满满地说一定能解决的。"

"再给我们一些时间。赎金是新钞，号码也都记着，只要罪犯按捺不住花了钱，我们一定会得到线索，定会捉到他。手握难得的巨款，罪犯不可能忍耐多长时间，近期必然会花钱。解决他们只是时间问题。"三户部刑警拧紧粗眉，严肃地说。

发生什么事了？怎么又是赎金，又是罪犯的？木岛虽然在意，但气氛让他插不进话。

大滨社长才不管警方什么说法，没好气道："茶就不上了，因为内人不在家。再说了,你们又不是客人,没有喝茶的必要。"

井贺警部补语气沉稳地打听:"夫人去哪儿了?"

"回老家了。如果强盗闯进家里来大闹一番,那可就糟了。所以我昨天就打发她回大宫的老家,女儿也一起回去了。我女儿还兴高采烈地说一定要看见怪盗现身,可内人硬是拎着她的脖子把她带走了。"

"老妹那家伙也真是的,都上高中了,还摆脱不掉孩子气,伤脑筋。"鹰志说。

"别多嘴!"大滨社长大喝一声,"你也要配合警方,想点儿办法阻止犯罪。"

"好好好。"鹰志打着哈哈,耸耸肩。

井贺警部补缓缓地说:"正因如此,这次我们还请来了强力外援,就是这两位。"

说着,他摊开手掌指向木岛和作马侦探。

"哦。"大滨社长第一次把视线转向这边,"他们是什么人?"

"是东京警察厅为了本案特地赶来处理疑难案件的专家,相信他们定能帮上忙。"

"哦?"大滨社长似乎来了点儿兴趣,"是东京警视厅的人吗?其中一个还很年轻的样子,也不知能力如何。嗯,拜托了。"

"啊,幸会。"木岛含糊地点点头,不知道该怎么回答。

作马在这种场合下还沉默不语,降低存在感。明明他才是侦探,却这么不靠谱。

警察厅和警视厅明明是两个完全不同的单位,大滨社长却似乎分不清二者的区别。不过对一般民众而言,两者也没有太大区别就是了,不必较真儿。

另一方面,井贺警部补之所以如此热情恭维特专课,一定是出于他在警察机构内部的立场。毕竟警察厅不仅管理警视厅，更统管全国各都道府县的警署，属于井贺警部补等人领导的领导，所以他才这般大献殷勤吧。这倒和上次警视厅的刑警们态度截然不同，估计是基层地方警察心思淳朴吧。只是新手木岛自觉丢脸，明明没做出什么成绩，实在担不起如此恭维。木岛心中恳切希望对方别再抬举了。

这时三户部刑警像突然想起了什么："对了，特专课的二位好像还不清楚具体案情。社长，能否耽误您一点儿时间，我们向两位专家说明一下？"

"没事，反正还有时间。"大滨社长瞥了眼墙边的老爷钟。

木岛也跟着看表，现在是下午一点四十分。

"警部补，那件东西你带着吗？"

在三户部刑警的提醒之下，井贺从西装内袋里拿出一张对折两次的纸片，说道："您请过目，一个自称怪盗的可疑人物寄给了大滨社长一封信。"

警部补说着，把纸片递了过来。

"不好意思，这是复印件，原件已由县警鉴定人员保管。"

一旁的木岛看向作马手里的纸片。纸上是一排排打印出来的文字，毫无疑问，是怪盗的预告信。

"感觉写得很粗糙，连偷盗时间都表述得含糊不清。"作马用公事公办的语气开口道。这是他进入房间以来的第一次发言。

木岛与这位沉默寡言的侦探感觉相同。

没错，非常粗糙。

指定的备选偷盗日期有三天，具体时间也很模糊，给人一种散漫、没有干劲的印象。

木岛接过作马递来的预告信，仔细观察。

今天是七月十四日,也是预告日期的第一天。原来如此,接到预告,井贺警部补所在的警署开始行动,同时木岛也接到了出警指令。

话说回来,这封预告信越看越浮皮潦草。一般来说,这种预告信上不是都会写明几月几日几点准时来偷吗?不对,谁也不知道怪盗"一般"会怎么样。况且无法想象怪盗会出现在今时今日,而且这名字也太胡闹了。五右卫门之助①?什么名字?

木岛正歪着脑袋想入非非,旁边的作马却在方才说了一句话后又陷入沉默。明明有很多问题需要确认,他却一直沉默,还想当侦探吗?

木岛不耐烦地干咳一声。即使如此,作马依旧面无表情地坐在旁边,一点儿反应也没有。

没办法,木岛只好问大滨社长:"这个蓝宝石就是那种真正的宝石吗?"

"嗯,是我的宝贝。待会儿也让这位年轻刑警看看,准保你眼珠子掉下来。简直太漂亮了。"大滨社长依然以为木岛是警视厅的刑警,得意扬扬地回答。

木岛转而问井贺警部补:"这个怪盗石川五右卫门之助究竟是何方神圣?"

"是啊……何方神圣呢?"井贺警部补不动声色地把话题抛给旁边的三户部。

刑警粗眉一挑:"很蠢的名字吧。此人目前身份不明。我们也查过县警署的数据库,没发现该姓名有前科。不过,我个人感觉没人会取这样一个可笑的名字。"

---

①该化名来源于日本战国时期的著名侠盗石川五右卫门。

"虽然在虚构世界里经常看到，但这样事先预告的盗窃有过先例吗？"

面对木岛的询问，三户部刑警正襟危坐："没有相关数据，本人也不知道。"

大滨社长板着脸说："怪盗、预告信，这种东西只存在于电影或是小说中吧？我可没听说过实际发生的。"

说得对，木岛确实也没听说过。

"可日期为什么要三选一呢？又不像运动会有因雨天而延迟的可能性。而且偷盗时段也很长，从下午三点到晚上八点，五个小时，这也太久了吧。"

木岛发表感想之后，井贺神情祥和地说道："特专课那边有没有什么技术资料？对付怪盗的技巧之类的？"警部补对年纪较大、看着老练的作马问道。

可作马侦探依然沉默不语，仿佛自己不存在于这里一般。

人家跟你说话，多少还是得回答啊，低调也得有个限度。即使木岛略带不满地看向作马，他也依然不为所动。

没办法，木岛只好代为回答："我们这边应该也没什么资料，毕竟没有先例。"

如果有的话，作马应该早就说了吧。

大滨社长愤懑不已："他是在嘲笑我。不管是这个蠢名字，还是拖得过长的时间，都只会让人感觉到他在嘲笑我。"

"说不定上次那个绑匪盯上了老爸，还想再勒索你呢。"鹰志冷笑道。

大滨社长更是面含怒色："不光拿我当笨蛋，还蹬鼻子上脸，真当我好欺负是吧？开什么玩笑！"

绑匪？这个奇怪字眼是什么意思？木岛一个激灵，但还没来得及插嘴，鹰志就说："不管是不是在嘲笑我们，这种云山雾罩的行为本身就让人恶心。模糊时间可能是有策略地让警察懈怠。没准确指定时间，警方也许会松懈警备，那人就瞄准了这个疏忽的瞬间。"

"日期三选一也是这个原因吗？第一天和第二天都是烟幕弹，就等着趁第三天警方疏忽大意时下手？"

大滨社长这么一说，三户部刑警认真地否定道："不，我们不会掉以轻心。高度警备几个小时是家常便饭。如果这就是盗贼的如意算盘，我只能说他太天真了。"

"嗯……他若不天真，也写不出这么奇怪的预告信啊。"鹰志歪着头说。

的确，暧昧的预告给人一种田园牧歌般的悠闲感，并没有那种死盯着目标的狡诈感。怎么说呢？松松垮垮？心不在焉？总之完全没有犯罪预告的犀利杀气。倘若真有贼心，罪犯应该会更明确地预告在哪日几点行窃。真不明白这封信为何会写得这般粗略。备选日期都在周三，感觉像垃圾回收日一样，真傻。

木岛向那位存在感稀薄的侦探请教看法，得到的却只有一句冷淡的"目前看来，没什么可说的"。

所以说，靠不住就是靠不住。

木岛束手无策，只好再问井贺："调查过预告信的原件吗？有没有什么发现？"

"没有，什么都没发现。"警部补慢条斯理地说，"没有指纹。纸张是市面上随处能买到的打印纸。打印机来自国内最大的文具厂商，从大公司到个人事务所，产品已经售出了几百万台，追查不到打印这封信的机器。信封也一样，收信人姓名是打印的，无法鉴定笔迹。预告信一周前寄到大滨社长家里，但邮戳是大手町的。"

"大手町？东京的大手町？"

"是的，不过这个信息能算作有效线索吗？和乡下不同，那边是大都市，人来人往的，实在无法查清是什么人把信投进邮筒的。"说着，井贺警部补缓缓地摇摇头。

原来是这样，很难从预告信追查到嫌疑人啊。

嗯……木岛开始有种感觉：这封预告信写得既拙劣又马虎，该不会只是个恶作剧吧？万一搞得警察大举出动，大动干戈，结果一只老鼠都没出现可怎么办？

听到木岛的想法，大滨社长苦着脸说道："县警也这么说，说只是一场无聊的恶作剧。"

"啊，是吗？"

"哼，上周收到这封信时，我便慌忙打了一一〇。宝贝被人惦记，我可不会装瞎。县警署的警察的确立刻赶了过来，但他们说是恶作剧。"

的确，这种毫无紧张感的文字不免让人感觉是闹剧。怪盗石川五右卫门之助的名字更是增添了一丝恶作剧的感觉。

"真是的，那帮刑警竟然一脸傻相地说：'不就是恶意骚扰吗？从寄信人名字来看也应该是恶作剧吧。'我们交税养警察，他们却只想着偷懒，真是岂有此理！"大滨社长愤然道。

坐在旁边的鹰志也说："县警的人随便糊弄了两句，说会通知这边的辖区，让他们加强巡逻，敷衍了一下就匆匆回去了，真是够了。"鹰志边说边嘿嘿坏笑。

三户部刑警皱着粗眉："但我们署长接到通知时可紧张了。当他知道收到预告信的是大滨社长时，眼神都变了。"

井贺警部补面容依旧如佛像般沉稳："不管怎么说，大滨社长是本地名人。我们署长好像也承蒙社长很多恩情，所以平时很关照社长。"

"对,他很关照我,市长、消防队队长和市议会议长也很关照我。特别是新滨警署的那家伙,可以说就是靠我的力量才坐上了署长的位子,他看见我当然抬不起头来了。"大滨社长哈哈大笑。

井贺警部补带着佛祖般的微笑看着他:"正因为大滨社长有大恩,所以署长亲自下令命我们出警,还找来了特专课。有了专家协助,安保工作更能万无一失。"

"嗯,如果是专家,应该可以信赖。拜托了。"

面对大滨社长的夸奖,作马侦探也只是淡淡一点头。真不靠谱。

三户部刑警扬起浓眉:"那么,差不多该准备安保了吧。"

说完,他猛地站起身。差五分到两点,距离怪盗的预告时间还有一个多小时。

*

众人一起往里面的房间走去。

宅邸很大,每次在走廊转弯,木岛都会搞乱方向。如果让他一人走,估计会迷路吧。

就这样,他被带到一间宽敞的西式房间。令人惊讶的是,房间里空空荡荡,几乎看不到任何家具。虽然看着像空房间,但这里也开着空调,隔绝了外面的闷热。

众人陆续走进空房间。领头的是大滨社长,第二位是大滨鹰志,接着是负责指挥警备工作的井贺警部补和他的手下三户部刑警,八名便衣刑警整齐划一地跟着四人,最后才是像赠品一样的作马侦探和队尾的木岛。木岛意识到,在一群老练的刑警当中,只有他年轻到与现场格格不入,于是缩手缩脚。作马侦探的年纪毫不逊色于那帮老警察,但不知为何,他鬼鬼祟祟地躲进了房间角落。你是侦探,再怎么没有气场也得有个限度,这人到底行不行啊——木岛想着。

大滨社长站在这间宽敞的西式房间中央,用沙哑的声音自豪地说道:"看,这里是我平时办公的房间。但为了今天,我让员工清空了所有的家具和物品。我想,房间空空荡荡的,也更方便你们开展安保工作吧。不仅房间里没有乱七八糟的东西,窗户也加装了铁栅栏,都是我的员工做的。找承包商要花很多钱,员工就全免费了。他们中间有些人很擅长木工活,用起来很方便。看,免费劳力就要物尽其用,这是我的行事风格。怎么样,成品不错吧?铁栅栏正好嵌进窗户,完全堵住了从庭院进入房间的路。"他鼻孔翕张,十分得意。

的确如社长所言,整个房间完全没有杂物,无处藏身,方便警员监视。空无一物的木地板十分宽敞,宛如练舞房。

话说回来,正因为一件家具都没有,房间里的某样东西才引人注目。它就端坐在进门后的左墙边,是房间里唯一的人工制品。

一个大型保险箱。

背靠墙壁的保险箱十分气派,黑得发亮。它高约一米半,宽略窄于高度。对一般家庭来说又大又笨重的保险箱,放在这里却那么妥帖,不愧是镇上最有钱的人家。

井贺警部补再次露出佛祖般的表情,缓缓看向众人:"我们马上检查房间,可以吗?"

"嗯,尽管去做吧。"

得到大滨社长的许可，三户部刑警扬起浓眉一声令下："好，按原计划开始调查，任何缝隙都别放过。行动！"

八名刑警应声而动。他们大概早有分工，半数警察夺门而出，剩下一半留在房间里，四处敲击墙壁、抚摸地板。出去的那组肯定正从外面检查这个房间。

大滨社长瞥了眼忙碌的众人，说道："走，去看看保险箱。"

于是社长、鹰志、井贺警部补、三户部刑警、作马和木岛走近房内的保险箱。黑乎乎的铁疙瘩就像趾高气扬的大滨社长的分身，近看之下更具压迫感。正面左侧有一根银色的L形压杆、一个大锁孔外加一个老式旋转密码盘。

"真不得了。"井贺警部补佩服地说。

大滨社长挺起胸膛满意地说道："是吧？模具有点儿老旧，但坚固程度没的说。抗震抗压，防水防火。销售员说，就算原子弹丢过来，也伤不了这保险箱分毫。"

鹰志也轻佻地笑着说："就算怪盗再狂妄也无计可施。听说不管用什么钻头都无法在保险箱表面留下一丝痕迹。"

"宝石在里面吗？"

"是的。"鹰志点头回应警部补。

耿直的三户部刑警一脸认真地说："太好了，简直无可挑剔。那么，可以确认一下宝石的情况吗？"

"嗯。"大滨社长应声蹲到保险箱前，右手放上转盘，左手挡住右手，"别盯着看，密码就是我的命。"

木岛等五人闻言爽快地移开视线。虽然没有直视转盘，但木岛还是将社长的行动置于视野一角，保持着一种既关注又不关注的微妙状态。

转盘在转动，发出咔嚓咔嚓的金属摩擦音，向右转了几圈，向左转了几圈。不知为何，木岛有些心跳加速，就像凑近偷窥秘密一样兴奋。

"好了。"

大滨说完，五人转回视线。密码盘已解锁，社长又从口袋里掏出一把凹点钥匙，大大的钥匙闪着银光。

"接下来就是这个了。"说着，他将钥匙插进锁孔，转动两圈，拔了出来，"这样就打开了。鹰志，打开门。"

"好、好。"

鹰志受命，得意地应了一声，手伸向L形拉杆，用力下压四十五度后向外拉。伴随"咚"的一声闷响，保险箱缓缓打开。木岛不由得捏了把汗，原来箱门也厚得惊人。

打开保险箱后，鹰志让到一旁。保险箱内部一览无余。

木岛不由得瞪大了眼睛。

映入眼帘的是成堆的钞票。

保险箱内分为上、中、下三层。在占用了最大空间的中层里，塞满了成捆的钞票。

出乎意料，木岛不禁倒吸了一口气。

他从没见过这么多现金。扎钞纸白得发光，纸币新得能割手，似乎还能闻到新钞特有的油墨味。整个保险箱的中层被巨款塞满，有多少钱呢？两亿？三亿？这些大概是社长备在身边的现金吧，果然不是平民可以比拟的。只有这样亲眼见到，才真切感受到大滨社长的富有。即使知道自己的行为不礼貌，木岛还是无法移开视线。

但井贺警部补不为所动，以佛像般无色无相的微笑说："请允许我一睹那颗传说中的蓝宝石吧。"

"好。"大滨社长应道，将手伸进保险箱上层，拿出一个黑色小匣。小匣比文库本大上一圈，外面涂了一层哑光黑漆，看材质像是木头。

"小心点儿，好好看着，这可是我的宝物。"

大滨社长像开音乐盒一般翻开匣盖，盖子下是一层黑色的天鹅绒布。大滨社长小心翼翼地掀开绒布，露出下方碧蓝的光辉。

就连井贺警部补也"哦"地叹出声，站在最后的作马向前跨了一步。

蓝宝石。

那样湛蓝的光似乎不属于这个世界，仿佛凝聚了深海的幽蓝，仿佛掬取了天空的蔚蓝，仿佛压缩了全世界所有湖泊的宁静。那是如此完美的一颗宝石。

这颗泪滴形的宝石没有镶嵌在金属底座上，但已经足够了。不需要多余的装饰，这一滴碧色的泪散发出奇迹般的美，蕴含着无边的深邃，似要吸走众人的灵魂。

如此耀眼的一颗美的结晶，呈于黑色天鹅绒之上。

这就是蓝宝石。

木岛也不觉叹了口气。是啊，这般宝物别说怪盗石川五右卫门之助了，任何人都想弄到手。

三户部刑警坦言："真是一件绝美的作品。"

大滨社长得意地说："对吧、对吧？厉不厉害？这可是克什米尔产的三十克拉上等货，未经热处理，不含杂质，顶级澄清，顶级色泽，举世无双。诸位好好养养眼，以后可没这机会了。"

不知何时，敲墙摸地的刑警也聚了过来，站在三户部刑警身后，伸长脖子望着宝石。每个人都睁大了眼睛，似乎被这种可怕的美所吸引。

"好了好了，宝石鉴赏会结束。回去工作吧。"

井贺警部补的声音让大家回过神来，刑警们当场散去。

大滨社长似乎对刑警的样子很满意，欣然道："看够了？不多看看吗？真遗憾哪。"

他煞有介事地用天鹅绒布重新包好蓝宝石。木岛产生了一种错觉，好像房间里的灯光突然熄灭，自己也从梦中醒来。

大滨社长盖上盒盖。井贺警部补用悠闲的口吻说："社长，这些能否暂时清空？"井贺转向保险箱，似乎没看见满满当当的现金，"我要调查一下保险箱内部，您不会介意吧？哦，还请允许我们全程摄影留证。"

"哦，没事。"

警部补得到许可，戴上白手套，将手机交给三户部刑警。

"录像。"

"收到。"

三户部刑警举起手机，镜头越过蹲在保险箱前的警部补的肩头，对准保险箱内部。井贺随手拿起一沓钞票说："钱里面要是夹带了卡片状的发烟装置就糟了，且让我检查一下。"

警部补随手拿出一捆钞票，检查其中有没有夹带可疑物品，随后将它们放在地板上："问题是保险箱的后壁以及底部。如果那里开了个大洞，从隔壁房间伸手就能掏空保险箱。要是被这等伎俩骗到，我们可就傻透了。我会仔细检查后壁和底部，以及保险箱的各个角落。"

于是乎，那堆装满保险箱的现金反而成了阻碍，需要移开。多么贵重的累赘啊。

不久之后，现金全都堆到了地板上。警部补的兴趣似乎始终放在保险箱，看也不看那堆钱山，整个上半身钻进箱体，伸手小心细探:"嗯,里面也很坚固,应该没有问题。"

大滨社长抱着胳膊说:"应该没问题。保险箱其他面和前门的材质相同,基本破坏不了。地板上也没有洞。因为我担心保险箱的自重会压塌地板,所以建房初期地板下面就浇了混凝土。即使怪盗想打地洞,地板下的混凝土也会让他束手无策吧。"

"那就好。"

井贺警部补从保险箱里探出头,又将手伸向下层架子。

"等、等、等一下。"

大滨社长立刻面露难色,挡住三户部刑警正在拍摄的镜头。

"等等,我自己来。只要确定没有可疑的东西就行了吧?"

一边是心慌意乱的大滨社长,一边是神态安详的井贺警部补:"话是没错,但社长您是不是怕我发现什么让人伤脑筋的东西?"

"嗯,伤脑筋啊。啊,不不不,没什么伤脑筋的……不对,没什么,我只是不想让别人碰我的东西罢了。就是这样,别在意。"大滨社长眼神游移,竭力辩解。

他将宝石匣往保险箱上面一放,推开井贺警部补,从保险箱下层抽出三个档案袋和两本文件夹:"你看,就这些,只有这些。"

社长将红色封面的文件夹倒过来摇了摇,又拍了两下褐色的档案袋:"看,里面只有文件。放心吧,没有怪盗机关。嗯,这里没问题。"

看到喋喋不休的大滨,木岛恍然大悟。想来文件夹是账本之类的,档案袋里装的是资料文件,还是见不得国税局的那种。

井贺警部补似乎也明白了情况:"档案袋和文件夹不用管,我只关心这里。"他再次蹲在保险箱前,把手伸进下层,检查起保险箱的底部。

有钱人大概都有一两份文件不想被税务署看到吧，但那种东西不可能和预告信有关。就像井贺警部补所说，木岛也对褐色档案袋里的东西完全不感兴趣，事不关己，高高挂起。

井贺警部补检查完下层后坐起身："看来没什么问题。"

大滨社长似乎松了口气："那这些就可以收起来了吧？"

他把褐色档案袋和文件夹放回下层，然后拿起装着蓝宝石的小盒，小心翼翼地护在胸口。与此同时，井贺警部补检查起保险箱的上层，那里还有十几本存折和三盒印章。井贺警部补看都没看，随手拿出它们，放在那堆钞票上。看来他的目标只有保险箱本身。

井贺警部补伸手进上层，小心翼翼地探着："里面拍清楚了吗？看看有没有暗门？"

一声令下，三户部刑警手拿手机，仔细拍摄起保险箱的内部。

片刻后，井贺警部补满意地说道："很好，保险箱里什么机关也没有。"

他那张宛如佛像般的脸上绽开笑容，迅速将地板上的现金归位。三户部刑警结束摄像，也来帮忙。三户部刑警谨慎地将成捆的钞票整齐地重新码放在保险箱中层，足见其一丝不苟的性格。

最后，大滨社长将宝石匣放进保险箱上层。小黑盒平安地被收进了安全的地方。

"哐当"一声闷响，鹰志关上了保险箱的门。

"转盘密码只存在于这里。"大滨社长用手指轻敲两下太阳穴，"钥匙也只有这一把。"他又从口袋里掏出钥匙，炫耀似的在众人面前晃了晃，"有密码盘和钥匙双重保险，保险箱绝对打不开。"

听到大滨社长的宣言，井贺警部补从容不迫地应道："那我就放心了，只要不连着保险箱一并被偷就行。"

"挪都挪不动。要不是下面有混凝土加固，这保险箱能压塌地板。"

好像为了验证社长的话，又好像是以防万一，三位刑警从旁边用力推保险箱，保险箱自然纹丝不动。

三户部刑警见状说："好，那么我们进入警备状态了。"

警方的室内检查好像结束了。

与此同时作马侦探在做什么？什么也没做，只是呆呆地站在房间角落，注视着刑警的动作。他的存在感稀薄到让人搞不清他还在不在场，而且以目前的状况来看，他存在的意义也不大。木岛越来越怀疑这个侦探是不是个只有自己才看得见的精灵，虽然精灵长着一副大叔模样也够让人讨厌的。

"社长，感谢您传真给我们宅邸的平面图。托您的福，我们已提前做好准备。署长也感谢您协助警方的工作。"井贺警部补圆滑地说。

"宅院内外同时有人监视。"三户部刑警也如同报告一般地补充道，"屋内每处关键点都有刑警课的便衣警察负责，确保每处有人把守。另外署长这次还特地抽调了地区课警服组的十五名成员前来助阵。"

所谓地区课，应该是平日挤在派出所，偶尔骑车巡逻周边的部门。

"警服组负责整个庭院和宅邸外墙。一半人守在墙根，一半人巡逻警备，不间断地监视是否有企图翻墙入侵的盗贼。等太阳落山，我们就用探照灯照亮整个院子，让怪盗无法借夜色溜进来。以上是警部补制订的警备计划。"

三户部刑警严肃的语气令大滨社长连连点头:"好啊、好啊。人手够吗?要是不够,我还能叫来二三十名员工。他们都挺能干的,平时装卸货练出了一身力气。"

"不用、不用,不劳您费心。民众介入只会打乱阵脚,这里就交给我们专业人士吧。"

"是吗?员工可以不花钱随便使唤,不用太可惜了。"

"不必了,您的好意心领了。"井贺警部补婉言谢绝了社长的提议。

三户部刑警在他旁边恭敬道:"这个房间的地板和墙壁都没发现异常,会再派人监视房间门口,确保谁都无法闯入。好,全员按原计划行动,让外面的警服组也开始监视。"

后半句命令一下,刑警们行动迅猛地离开房间。其间,木岛先检查了窗户,窗户上嵌着新的铁栅栏,栅栏空隙窄得只有拳头宽,只容得下小猫通过。业余施工队都能做得这么漂亮,真难以想象。

目送刑警悉数离屋后,大滨社长说道:"那我们就在房间里看守保险箱吧。别站着了,喂,鹰志,搬把椅子来。然后叫那家伙过来。"

"嗯嗯。"

鹰志态度轻佻,脚步也轻浮地走向门口。

"可警察在外面真的没问题吗?只要换上警服,谁都可以乔装成警察。万一怪盗五右卫门之助穿着警服混进来怎么办?"

井贺警部补温柔地安抚着不安的大滨社长:"不用担心。我们新滨警察署不大,满打满算只有八十个人,大家互相认识,甚至知道彼此的家人。只要有陌生面孔混进来,立刻就会暴露的。"

"哦,是吗?那就好。这方面来看,乡下警察真方便。"

"怎么样？以您专家的眼光，我们这种警备部署还可以吗？"三户部刑警拘谨地问木岛和作马侦探。

欸？你问我，我也很难评价啊。木岛将视线投向作马，作马公事公办地说："看不出有什么问题。"

评论得极其简短。这个侦探的存在感真薄弱。

门开了，鹰志搬来了椅子，一共两张单人沙发和四把餐厅的木椅。看他搬椅子时气喘吁吁的样子，似乎平日里与体力活无缘，木岛慌忙上前帮忙。

木岛正搬着椅子，突然被跟在鹰志身后进入房间的物体吓了一跳。

一瞬间，木岛甚至以为是个罩上西装的办公柜走了进来。当然，这只是他的错觉，穿西装的肯定是人，或许"擎天柱"指的就是这种巨汉。他体格健壮，容貌魁伟，光头配两个骨碌碌转的眼珠，肩头的腱子肉快把衣服撑爆了。

大滨社长摇着便便大腹，愉快地笑了："至少让我加个保安帮忙吧。向各位介绍，这是我的员工。这人头脑迟钝但很忠诚，只要是我的命令，他什么都听。喂，樫元。"

大滨叫了一声大块头，对方立刻瞪大眼睛看着他："是，社长。"

男子的声音和他魁梧的外表一样低沉粗犷。

"记住他们的脸，这些人是警察——新滨警署两位、警视厅两位。从现在起，除了我们以外，任何人都不准进入这个房间。如果有人想进来，立刻给我拿下，明白吗？"

"是，社长。"

"好，明白了就站去那边待命。"

大滨社长像唤狗一样吩咐大块头。而樫元面不改色地说：

"是，社长。"

他慢吞吞地走到保险箱对面的墙边立正站定，双臂交叉背后，俯视整个房间，魄力十足。

大滨社长满意地点点头，指示鹰志摆好椅子："好了，我们也来看护蓝宝石吧！"

六把椅子呈半圆形围住保险箱，就像要聆听保险箱的独奏。大滨社长坐进摆在保险箱正对面的单人沙发，鹰志占据了社长左手边的另一张沙发。再往左，井贺警部补和三户部刑警并排坐在两把木椅上，社长右侧的两把椅子则由木岛和作马侦探使用。没什么存在感的作马侦探坐在最靠墙的那把椅子上。

现在监控准备就绪。

下午两点五十五分。

距离怪盗预告的时刻已然不远。

*

下午三点已过。

终于进入了怪盗的预告时间。

鹰志机灵地拿来座钟放在保险箱上。那是个方形机械钟，奶油色的廉价塑料和厚重的保险箱有些不协调。

就这样，木岛六人以保险箱和座钟为中心围成一个半圆，木岛可以看到保险箱的正面和左侧。黑乎乎沉甸甸的金属疙瘩，观感很是可靠。

每个人都盯着保险箱。

大滨社长双手抱胸，露出丰满的腹部。

旁边的鹰志有些沉不住气，坐立不安。

井贺警部补带着佛像般的微笑，安静地坐着。

三户部刑警的背脊挺得笔直，浓眉紧锁。

回头一看，背后墙边的巨汉樫元昂首挺立，瞪大眼睛看着这边。

而在木岛旁边的座位上，作马侦探佝偻着背，一脸沉静，就像地方政府某个机关职员在窗口闲得发呆，毫无威严和紧张感。虽然上一次案件里随心所欲的勒恩寺侦探让木岛震撼之余还伤透了脑筋，但像作马这样太没主见也是个问题。这样的话，你来这儿干什么？

算了，还是专心看守吧。

木岛清空思绪。

必须提高警惕。就算天塌下来，眼睛也得盯住保险箱。井贺警部补他们大概也是这么想的。

一切注意力都在保险箱上，蓝宝石就在里面。闪耀着深蓝色光辉的宝石，是怪盗的目标。

可他准备如何偷取呢？木岛盯着保险箱思考。保险箱很坚固，箱门只有大滨社长才能打开。如今它在六双眼睛的环伺之下，身后不远处还有一双巨人的眼睛投来目光。此外，宅邸内有八名便衣警察四处张望，以防可疑人员入侵。屋外还有十五人的警队巡逻。这样一来，怪盗连溜进院子都难，他会有何预谋，采取怎样的行动呢？陷入思考会招致不安，时间一久更是焦躁难耐。嗯，沉默也是一种压力。对啊，没必要保持沉默。

为了缓解紧张，木岛试着开口："井贺警部补，你说预告信是一周前寄来的？"

"是，对，没错。"警部补神态自若地点点头。

"那么，有没有人提议过将蓝宝石寄存在别处呢？比如警署之类的地方,这样就不用派这么多人在这儿大费周章地监视了。"

"我们当然也考虑过,但是……"

井贺警部补瞥了大滨社长一眼。

"被我驳回了。"社长说。

"为什么?"

听到木岛的问题,大滨社长依然抱着胳膊:"因为无法保证运输途中的安全。预告信可能是在诈我,是让我把蓝宝石运出去的诱饵。"

三户部刑警挑起半边浓眉:"我说过,我们负责运输途中的安全。"

"我不是不相信警察,但万一对方有枪怎么办?要是真有好几个歹徒逼停运输车,拿枪指着你们,你们能还击吗?"

"这……"三户部刑警一时语塞。

"不敢开枪吧?我没说这是坏事,但你们的习惯是不用枪还击。"

大滨社长说得也有道理。与其他国家相比,日本警察对开枪极为谨慎。他们很少拿枪指着别人,更不会设想与强盗团伙交火。

考虑到武装抢劫的可能性,运输时的风险确实很高。如此一来,也许宝石留在原地更为安全。

想通后,木岛又说:"我还有一件事放心不下。"

"什么事?"三户部刑警坐正聆听。

"怪盗是怎么知道大滨社长拥有蓝宝石的?如果只有极少数人知道这个信息,应该就能筛查出怪盗石川五右卫门之助的真面目了吧?"

听到木岛的话,鹰志哼笑道:"哎呀呀,缩小嫌疑圈是不可能了。"

"为什么？"

"因为老爸经常邀请别人来家里炫耀他的宝贝。刚才提到的市长、消防署署长、市议员，还有公司里所有的人，应该说这附近的大小名人都知道。哦，还有……"

鹰志起身，轻快地走出房间，又旋即折返："你看这个。"

他嘿嘿笑着递来一本杂志。这本经济杂志以专业严肃著称，从不刊载明星八卦。内容都是诸如今年下半年政府和经济产业省的经济方针对财界的影响、日元升值是否会成为股价上涨的推动力、各国对原油价格上涨的反应等经济报道文章。读者圈层是各行各业的管理者。

鹰志翻到杂志最后一页，一篇附上全彩照片的访谈占据了半个版面，标题为《我的宝物》。这好像是个采访全国企业家的专栏，也是这本以严肃著称的杂志中唯一的轻松角落。

主人公无疑是大滨社长。他手拿蓝宝石，喜笑颜开，在采访中大肆吹嘘他的"宝物"。粗略浏览过后，木岛把杂志递给作马。作马沉默不语，目不转睛地盯着那篇报道。

"这是上个月出的那期，全国都传遍了。"鹰志笑着说，"看过这本杂志的都知道他有蓝宝石。"

原来如此，这样一来就无法缩小范围了。虽不知这本经济杂志的发行量到底有多少，但毕竟是本主流杂志，不管是书店、车站小卖部还是附近的便利店都能买到。

鹰志淡淡地说："老爸的坏毛病就是一旦得到什么书画古董、宝石珍藏，就控制不住地向周围炫耀。宝贝放在手边只为了炫耀，玩腻了就卖掉，不过售价比购入价高就是了。这方面我不否认老爸颇有些商业头脑，但接受杂志采访时还自吹自擂，真就是无药可救了啊。"

"那是因为杂志社非要我这么做。"

大滨社长闪烁其词的辩解反让鹰志更加不屑："得了吧，我和老妈都建议他放弃这种暴发户的爱好，但他就是不听。特别是妹妹最受不了他，只要他招呼人来家里开鉴宝会，妹妹都会不高兴，一个星期不和老爸说话。但即使这样他也不放弃，真让人伤脑筋，越是昂贵的东西就越会不停地炫耀，真受不了。"

"顺便一问，这颗蓝宝石的价格是？"木岛怯生生地问道。

大滨社长露出无畏的笑容："我不知道警视厅的刑警工资多高，不过劝你别打听，对心脏不好。"

蓝宝石如此昂贵，那么也不能排除如下可能：某人看到杂志，出于好奇寄来预告信骚扰大富豪……也就是说，预告本身果然是恶作剧吗？或许正如县警的判断一样，只是单纯的骚扰。那么，如此森严的警备本就是一种浪费。不对，不怕一万只怕万一。如果蓝宝石没有失窃，那就再好不过了，报告都更容易写了。

木岛想着想着，四点已过。

一个小时过去了。

大滨社长慢吞吞地站起身："都一个小时了。怎么样？看来没事，我们去确认一下吧。"

他走向保险箱，其余五人也跟着聚集到保险箱前。

大滨社长用左手遮住右手，转动转盘，然后从口袋里掏出钥匙解锁。

三户部刑警走上前说："接下来交给我们。"

说着，他把L形压杆旋转四十五度。"哐当"一声，厚重的门打开了。

大滨社长伸手拿出小黑盒，打开盖子，揭开盖在上面的天鹅绒布。

耀眼的蓝宝石宛如一捧凝固的深海，闪耀着幽蓝的光辉。

大滨社长松了口气，连连点头："平安无事啊。"

他将宝石收进匣子，放进保险箱，再度关上厚重的箱门。

全员回座，长舒一口气。

熬过一个小时，距离预告的结束时间晚上八点还剩四个小时。木岛再次感觉警备不是个轻松差事，同时担心自己在中途会注意力涣散。现在连快递都可以指定派送时间，为什么怪盗不严格限时呢？这种松弛感到底是怎么回事，难道预告就不能写得更精确一点儿吗？不，现在不是抱怨的时候，再坚持四个小时吧，加油。

为保专注，木岛向旁边的侦探搭话："这个，需要每小时确认一次吗？"

可作马没有回答，只是用空洞的眼神看着木岛。木岛不死心地问："如果频繁开关保险箱，只会给怪盗更多机会吧。我觉得在开箱确认的时候，很容易露出破绽。"

"有破绽又如何？明抢是不可能的。就算明抢，在这种警备状态下他根本就逃不掉。"作马终于开口，虽然还是非常公事公办的口吻。

"那怪盗会不会用赝品调包真品呢？只要赝品制作精良，短时间内我们也发觉不了，还给他争取到了逃跑的时间。"

"赝品？不可能。"作马斩钉截铁地说。

"为什么？"

"那颗蓝宝石给人的印象太过深刻，形状和颜色都很容易印在我们的记忆中。若想仿制到一眼分辨不出真假的程度，工匠必须有高超的技艺，倾注极大心血来仿造。如果没亲眼观察过实物，就凭刚才那张杂志上的彩色照片，根本做不出以假乱真、足以骗过众人眼睛的假货。因为只要切割角度偏差一点儿，光芒都会不一样。如果想要完美复制，就必须把真品放在手边，边比较边制作吧。"作马的语气淡淡的，不带一丝感情，"可这样就产生了矛盾。工匠需要真品在手，才能伪造出足以以假乱真的赝品，所以如果怪盗事先委托工匠制作用来调包的赝品，就说明他已拿到真货。但既然怪盗手握真正的蓝宝石，又何必多此一举地调包、寄预告信？如果真品在怪盗手中，他就没必要偷出来。如果怪盗没有得到真品，他就无法伪造精巧的赝品。因此赝品并不存在。"

作马毫无情绪波动的话，却让木岛大吃一惊。怎么回事，这不是可以好好说话吗？而且还很有条理。那从一开始就有个侦探的样子好不好？

对面座位上的井贺警部补露出佛像般温和的微笑："侦探二人组在说什么悄悄话呢？如果和事件有关，不妨说给大家听听？"

"啊，如有冒犯还请见谅，我知道私下谈话很不礼貌。其实没什么大不了的，只是分析了一下，证明无法用赝品调包盒子中的目标。"

鹰志又轻浮地嘿嘿笑起来："说到只偷走目标，那起勒索案件不也一样，只有里面的赎金被偷了吗？"

之前让人在意的"勒索""赎金"又冒了出来。而且除了木岛和作马，其他人都心领神会的样子也让人挂心。

实在觉得可疑，木岛鼓起勇气问道："请问，所谓的'勒索案件'指的是什么？之前发生过什么案件吗？"

鹰志爽快地点头回答:"是,大约三个月前。那时也受到了井贺他们的关照。"

"鹰志,够了,别说那些无聊事。"大滨社长不悦道。

但鹰志毫不介意:"没什么关系吧,这些人也是警察,聊两句打发时间正合适。我说,井贺先生,聊聊没问题吧?"

"没关系。"井贺警部补慈悲地点点头。大滨社长板着脸沉默不语。

许是有人撑腰,鹰志得意地打开话匣:"事实上,老爸曾遭到绑票勒索,绑匪拿走了所有的赎金。这在东京并不稀奇,但落到这种乡下可就是前所未有的大事,所以当时闹得沸沸扬扬。"

"谁被绑架了?"木岛问。

鹰志若无其事地回答:"啊,不是人,是画。"

"哈?"

"不是'哈',是'画',绘画的画。老爸为炫耀而买的昂贵的画被抢了。"

或许是嫌儿子多嘴,或许是觉得自己来解释比较好,大滨社长臭着脸说道:"你知道有个画家叫查理·理查德吗?他虽是法国印象派画家,却没有马奈、塞尚、莫奈那么主流,但有一定知名度,世界各地都有人收藏他的画。我得到了他的《红湖畔》,放在身边欣赏过一阵子。"

"顺便又照例请人来家里炫耀一番,吹得天花乱坠。"鹰志插进来半句。

大滨社长无视他继续说:"可后来画就被抢了。有人找我借画,说是参加东京银座的画廊举办的印象派画展。我借了,当然也收了租金,可就这么出了问题。展览结束后,我去他们的庆功宴上稍微露了一面,就把画装进车里,打算直接开回家,没想到半路上被打劫了。也许坏人从哪里闻到了味儿，专门堵我呢。"

"那幅画可以装进私家车？"木岛插嘴道。

"嗯，P5号油画，就这般大小，没多大。"大滨社长双手展开，与肩同宽，"那是三个男人，穿着迷彩服，戴头罩，看不见脸。在弯道减速时，他们从黑暗中冲出来，其中一人手里拿着枪，左轮手枪。我觉得是模型枪，但不敢赌，万一受伤就亏大了。对面三个人，我一个人，毫无胜算，所以我没反抗。刚才我不是说不愿意把蓝宝石交给别人保管吗？也是拜那次经历所赐。运送途中是很危险的，被人用枪指着，你动都动不了。"

"那您当时一定很害怕吧。"

"与其说是害怕，不如说是懊恼。我竟然不得不唯唯诺诺地听那些小混混的安排，真是耻辱。"大滨社长撇着嘴说，"后座上的画被抢走。他们说想要拿回画，就准备两千万，不准报警。然后我听到一阵摩托车的声音，三个人便不见了。"

"两千万？画的赎金吗？"

"嗯，如果这些钱就能换回画，那还算便宜。理查德值这个价。"大滨社长说。

鹰志在一旁说道："听老爸回来说遭遇了打劫，我们都吓了一跳。妹妹完全兴奋起来，一个劲儿地追问劫匪长什么样、什么装扮、哪里人。老爸只说他们套了头罩，看不见脸。"

三户部也加入谈话："然后社长秘密联系了我们署长。"

"劫匪警告我不要报警。我若冒冒失失地打一一〇，事情闹大搞不好会刺激到罪犯。要是因此伤了理查德的那幅画，那可就惨了。"

大滨社长这么说，鹰志却插嘴道："于是我提议偷偷去找新滨警察署署长。因为老爸平时经常公开表示自己和署长非常熟，这时不找人家商量更待何时？所以我催促犹豫不决的老爸，去找署长说了这件事。"

三户部刑警补充道："说到底，大滨先生只是前来私人咨询。署长也很机灵，让我们井贺组秘密调查，避免惊动罪犯。"

"第二天，我收到手机，是快递送来的。接下来就是电视剧里的经典套路，手机响了，按照电话指示，我被迫带着装满两千万日元的旅行袋，跑这儿跑那儿。"大滨社长苦着脸说。

三户部刑警也皱起粗眉："对我们来说，这项工作难度很高。昂贵的画作被劫，如果画出什么问题，就前功尽弃。因为不能公开行动，追踪也很困难，我们竭尽全力只能确保不被甩掉。啊，顺便说一下，手机是被盗的赃物，无法通过它找到罪犯。"

"警方最后还是跟丢了。劫匪在新滨港口以我的名义租了艘摩托艇，他们甚至事前查到我有船舶驾照。"

"出海一招出乎意料。因为我们是秘密搜查，无法请求海上保安厅的协助，只好放弃跟踪。"三户部刑警不甘心地说。

大滨社长也绷着脸说："之后就没什么事了。我被叫去附近的小码头，那是外房一处停靠我的巡航快艇的码头。等在码头的三人把现金全掳进了他们带来的布袋里。"

"我还在旅行袋底下装了追踪器，真是太遗憾了。"三户部刑警说。

大滨社长无趣地说："钱被抢了，什么都完了。"

"画呢？"

面对木岛的问题，社长的语气更加冷淡："还回来了。可笑的是，第二天一早，画被用塑料膜和油纸包得严严实实地立在我家门外。我女儿早上第一个发现了它。画作没有污损，安然无恙。"

"可两千万日元还是被抢走了吗？"

"对啊。"

"真是损失惨重。"

木岛这么一说，鹰志在一旁用轻浮的口吻说："但事实并非如此。画上了保险，这方面老爸精得很。赎金是理赔的钱，老爸的开销为零，我们家没损失。"

"别傻了，我的精神损失才是最重要的。他们从我这儿抢钱，害我第一次蒙羞，精神压力很大。"

"那幅画后来怎么样了？好像没挂在这里。"木岛环顾四周。

大滨社长哼了一声："没了，早卖掉了，晦气。"

"当然，售价比购入价高，对吧？就算吃亏，老爸也会从别处赚回来。"鹰志似在调侃，"而且这案子警察还没解决，一直没有逮着那可恨的三人组，所以老爸依旧难消对刑警的不信任。"

三户部刑警拼命反驳："不，那是因为从一开始罪犯就占尽先机。他们手上有画，我们无法随心所欲地行动。而且没有县警的增援，我们的追踪也大受影响，仅凭辖区警力无法覆盖到海上，这点绝不是我们一方的疏忽。然而署长每天纠缠不休，吵着要我们尽快抓到罪犯。他责备井贺警部补说：'这是大滨社长的案子，别让我丢脸，快点儿结案！'压力之下，警部补犯了胃病，身体完全崩溃了，让我非常担心。当然，没能逮捕罪犯，我也很不甘心。"

鹰志仿佛出言嘲弄："那就更得尽快解决了。"

"所以我一再强调，只是时间问题。"三户部刑警规矩地反驳道。

原来如此，之前还有一起画作勒索案没解决。木岛终于想通了，为了看起来和蔼可亲的井贺警部补，真希望能尽快破案。木岛看向身旁，作马侦探一副漠不关心的表情默默独坐，仍旧存在感很弱。作为侦探，为什么对未解决的案件缺乏兴趣，甚至无意提出建议？再消极也该有个度吧。

木岛的心声应该没能传递出去，作马侦探只是面无表情地盯着地板上的一点。

就这样聊聊旧案，时间来到五点。

大滨社长起身："好，又过了一个小时，我来确认一下。"

这好像是他擅自立的规矩。果然，不亲眼确认，他内心也难安。

在众人的注视下，社长打开保险箱的锁。

转动密码盘，掏出钥匙开锁。

"那这次我来。"

鹰志走上前，握住压杆，打开箱门。就这样，鹰志取出小黑盒，揭开绒布后，毫无疑问，蓝宝石就在那里。

众人满意点头。

鹰志一反之前的轻浮，慎重地盖上天鹅绒布，合上匣盖，将宝石轻轻放回保险箱。

三户部刑警很有眼力见儿地上前，"咣当"一声闷响关上保险箱。

大家都松了一口气。

不，还不能松懈，距离指定时间结束还有三个小时，还是要保持警惕。木岛握紧拳头。

正当他要坐回椅子时，作马侦探做出了意想不到的举动。他没有走向椅子，而是走向门口。

什么意思，上厕所吗？好歹打声招呼啊。

木岛想着，也追着他朝门口走去。

作马毫不犹豫地开门走向走廊，木岛也追了出去。在门口守卫的刑警诧异地问："怎么了？"

"没什么。"木岛自己都不明所以地搪塞了一句，追上作马。

他在走廊里拦住作马："作马先生，你要去哪里？厕所在那边。"

作马面不改色地说："木岛，先说一下我的预测，这起事件也许会以意外的方式结束，什么都不会发生。"

木岛吃了一惊："啊？真的吗？"

"虽不确定，但大抵如此。"

"那么怪盗不会出现吗？还是说，他很快会在庭院一带落网？"

"不会有抓捕行动，我觉得就要结束了。"

"证据呢？"

"没有证据，只是直觉。对了，木岛，五点了，我下班了。"

"啊？"

这个侦探在说什么啊？

"你刚才说什么？"

"我说，我要回家了，到下班时间了。"

"别开玩笑了。怪盗预告的时间不是还没结束吗？"木岛半笑着说，以为侦探在耍笑。

结果对方一本正经地说："听好了，木岛，我是公务员，公务员应该严格遵守规定。准时回家是规定，是规定就得遵守，我又错在哪里呢？"

"大错特错。眼下的情况，要等到指定时段结束才行。"

"哪条法律或条例规定了结束时间？哦，说到底，不过是个自称怪盗的身份不明的人在私人信件上擅自设定的时间限制。我只是个公务员，没有义务服从哪个阿猫阿狗的决定。"

"这是什么歪理？简直是胡说八道。"

"胡说八道？听好了，木岛，我们这些小职员平时就被'自愿'加班，哪个月的工作时长不超过标准的一百五十小时呢？你不了解地方基层公务员的残酷，所以才会说出这种冷血的话。我们被迫加班，任人使唤，工资低得可怜，干多少年都不见涨。一出问题，哪怕是再小的瑕疵，社会上第一时间就会来骂我们糟蹋纳税人的钱。即便这样，我们却连发牢骚都不被允许。有哪个职业是像我们这般累死累活还得不到回报的？所以，承接像侦探这种特殊业务时，我会恪守工作时间。这么一个小小的请求，可以答应我吧？所以，不管别人说什么，我都一定会态度强硬地坚持准时下班。我觉得我的做法没理由被批评。"作马以极为事务性的冷淡语气发完一通牢骚，转身走向玄关。

追上去也没用。

木岛望着那道代表了地方公务员的均值、充满哀愁的蜷缩背影，说不出话来。

孤零零的木岛被遗弃在走廊，一时茫然无措。

不久后，他终于回过神来。欸，等等，哪儿有这种事？侦探会因为到点儿下班，连案子都不查了吗？没听过，闻所未闻。话说回来，那人真的一如外表，是个公务员吗？

不，这些都不重要。问题是他真走了，现在又该怎么办？侦探不在可怎么办？

木岛无精打采地往回走，脑袋里纠结着该怎么办。

转过弯，他差点儿和迎面走来的人撞个满怀。

"哎呀，抱歉。"

木岛闪身，对方浑身一哆嗦，看向他。

木岛也吃了一惊。原以为是便衣刑警,但那人不仅没穿西装,衣着还异常随意。

那是个年轻男子,一身灰色运动服,身材微胖,一头长发油腻腻的,胡子拉碴,脸色苍白,看上去既不健康又不卫生。

"啊,失礼了。"木岛向他道歉。

但他并未回答,用带着敌意的眼睛盯着木岛,嚅动起厚厚的嘴唇,嘟嘟囔囔,自言自语。

他是谁呢?看起来绝不是警察。

正当木岛感到不安时,对方突然大叫道:"走路没长眼睛啊?你这混账东西,啊!"

木岛吓了一跳。这个微胖的男人怎么回事?

邋里邋遢的长发男又瞪了木岛一眼,然后缓缓走过他身边,拐进通往楼梯的走廊。

那是谁?木岛依旧惊魂不定。求求你不要突然大声吓人,心脏受不了。可是他到底在说什么呢?

木岛一路平复心跳,回到保险箱所在的房间。

开门踏入房间之时,墙边像罩了西装的办公柜般的巨人桎元瞪了眼木岛,什么也没说,似乎认出了他是自己人。

木岛返回自己的座位。

这时,井贺警部补语气沉稳地说道:"咦?和您搭档的那位侦探先生呢?"

警察果然问了。当然会让人好奇啊,木岛内心叫苦。

"啊,不,呃,这个嘛,对了,外、外面。他担心外面的情况,所以去巡视一圈,检查一下。"

"外面有我署警察在巡逻啊。"三户部刑警狐疑地说。

"哦,那个,他说要以侦探的视角独自调查。"木岛语无伦次起来。

现场气氛如此，他怎么敢说侦探先回去了？太不合常理了。

木岛为了掩饰，拼命转移话题："对了，刚才我在走廊上遇到了一个人，不是警察，是个年轻男子，留着长发。"

如果有可疑人物闯入，本来就必须引起警觉。更何况那人一会儿自言自语，一会儿怪叫，很是可疑。木岛有报告此事的义务。

但不知为何，大滨父子尴尬地面面相觑。井贺警部补依然如佛像般沉静，悠然开口："哦，别管那个人。忘了吧。"

"不过他的样子明显很可疑。"

面对紧咬不放的木岛，大滨社长板起脸不悦地说："真的不用在意。那是我儿子，小儿子。"

"是……您儿子？"

木岛愣了一下。鹰志为难地解释道："是我不争气的弟弟，让您见笑了。"

啊，原来真有茄子太啊。

"老弟名叫鸿次，是个宅男，这年头宅男也不稀奇了。他都二十五岁了，还整天关在房间里玩网络游戏，只是个浪费粮食的造粪机。"

"喂，闭嘴！有必要什么都跟外人细说吗？我不是叫你别管那个人渣了！"大滨社长语气强硬起来，鹰志就此噤口不语。

场面一度陷入尴尬。

木岛似乎踩到了这家人不可碰触的雷区。

这样一来，作马的事就更难开口了。

真让人受不了。

房间里充斥着沉重的沉默。

井贺警部补面色平静，悠然地坐着。

三户部刑警挺直腰板，拘谨地坐着，两道浓眉是两个笔直的"一"字。

大滨社长一脸不快地背靠沙发，鹰志则坐立不安，调整了好几次坐姿。

每个人都盯着保险箱。

而在众人背后的墙边，也就是保险箱对面，耸立着巨汉樫元。他瞪着一双圆眼，面色可怕地凝望半空。

木岛出了一身冷汗。

怎么办？还有超过两个半小时，作马早退之事迟早会被发现，调查庭院的借口撑不了多久。如果直到最后侦探都没有回来，再怎么也说不过去。

该如何蒙混过去呢？为了不暴露，能争取一秒是一秒，不过恐怕连我也会被认为是怪人。我可不想被人翻白眼。为什么每次都遇上这种事儿？什么倒霉事都要侦探的随行官来兜着，太伤脑筋了，到底怎么蒙混过关呢？

冷汗直流，越坐越难受，没有比这更令人不舒服的了。

就在木岛心神不宁之际，保险箱上的时钟指向五点半。有人敲门，门开了，一名刑警模样的男子探出头来："井贺警部补，地区课二班——"

男子刚开口，异变发生了。

一开始，木岛不知道发生了什么。

那名刑警刚踏进房间半步，瞬间飞到半空，刚被举到天花板的高度，转眼又被摔在地上。刑警身上压着一个"办公柜"。整个过程大约有一秒钟，简直快如闪电。

刑警被巨大的躯体压得动弹不得。方才那招是柔道寝技——

横四方固。

"啊,疼死了。"刑警发出惨叫。

即便如此,骑在他身上的庞然大物还是毫不留情,更加用力地勒住。

"啊啊啊,救命啊!"刑警大叫道。

原本优哉游哉的井贺警部补慌忙站起,三户部刑警也准备冲过去。

大滨社长抢先说:"樫元!停!停!放开他!樫元!那个人是安全的,停!"

樫元听令,迅速从刑警身上移开,站了起来。那张瞪大眼睛的脸上连一滴汗都没有。

"樫元,那个人是刑警,进来没关系,懂吗?"

"是,社长。"

樫元返回原处,又如刚才一样昂首挺胸立正站着,就像没事发生,脸上全无表情。

三户部刑警扶起倒在地上的刑警:"没事吧?"

"嗯,总算……疼疼疼。"刑警揉着身体坐起来。

是命令,木岛明白了,大滨社长曾下令"从现在起,除了我们以外,任何人都不准进入这个房间",巨人樫元忠实地遵守了命令。

鹰志这时一本正经地说:"对不起、对不起,他脑子笨,实在对不起。"

"没关系。木下,有没有受伤?"井贺警部补询问下属。

刑警摇摇晃晃地站起来,龇牙咧嘴答道:"嗯,应该没事。"

三户部刑警扶着木下,问道:"对了,木下,你有什么事?"

"啊,对了。地区课二班到了,随时可以和一班换岗。"

"哦,已经这么晚了吗?那么让他们赶快换班吧,拜托你了。对了,告诉他们天黑后就打开灯。"井贺警部补下令。

那名刑警回道:"收到。"

他似乎落下了伤,跟跟跄跄地出了门。

鹰志又恢复了平常轻浮的语气:"哎哟,吓我一跳。唉,都是意外。"

说完他开心地笑了,使房间里沉闷的空气为之一亮。

就这样,又过了三十分钟。

晚上六点。

井贺警部补不慌不忙地说道:"又过了一个小时。"

"嗯,再确认一下吧。"说着,大滨社长起身,同前几次一样打开保险箱。

井贺警部补走上前:"这次由我来。"

警部补把手伸进保险箱,慢慢取出小黑盒,站在原地打开盒盖,掀开天鹅绒布。

从木岛的座位都能看见碧蓝的光辉。

井贺警部补取出蓝宝石给大滨社长看:"平安无事啊。"

"嗯,确实。"大滨社长也点点头。

木岛松了口气,又过一关。

警部补重新盖好天鹅绒布,合上盒盖,正要将宝石放回保险箱时,门外突然一阵嘈杂:"不是说了吗?让我进去就都明白了。嘿,你们这些人,真是死脑筋……放手!"

那是个目中无人的大嗓门。众人回头看去,不知道发生了什么事。这时房门猛然打开,一道人影以迅雷之势冲进来。糟了!和木岛不谋而合,井贺警部补也似乎察觉到危机,慌忙关上箱门,将保险箱挡在身后,摆好架势看向对面。来人个头挺高,左右手臂被两名刑警抓住，却还要往房间里闯。糟糕的预感是正确的，就在高个儿男子踏足室内的瞬间，原本站得笔挺的西装"办公柜"以惊人的速度出手，又是一阵电光石火。

在门口纠缠的三人齐齐吃了一记飞踢。两名刑警直接被撞飞到门外，只有中间那个高个子勉强撑了下来，但也只是刹那间的事。一眨眼，他的身体就被抛上天花板，转眼又被办公柜一样的肉体牢牢接住、缠绕起来——横四方固。"啊，疼死了！"男子口中发出和刚才的刑警相同的惨叫。

木岛不禁一怔。他看见那张熟脸，忍不住上前一步："勒恩寺先生！"

没错，来者就是三个月前密室事件中和木岛结伴的侦探——勒恩寺。只不过对方可没闲工夫为久违重逢而惊讶。

"啊，好痛，快放开我，疼疼疼！"

他正在忙于应付横四方固带来的剧痛。

大滨社长慌忙上前："樫元，停！停！可以了！放开他！放开他！"

"是，社长。"

樫元轻松解开固定技，回归原位，面无表情，昂首挺胸地站好。

高个儿男子当场瘫倒在地。

木岛冲过去说："不要紧吧，勒恩寺先生？"

木岛想抱他起来，对方却皱着眉头仰起脸看向木岛，毫无反应。那副茫然的表情仿佛在问"这家伙是谁"。

又忘了。木岛有些失望地说道："是我，木岛，随行官，警察厅的新人。"

对方终于想起来了

"哦,原来是你,真巧啊。哎哟,疼、疼啊。"

"你没事吧?"

"嗯,没事,大概吧。"

勒恩寺揉着腰,颤颤巍巍地起身,牢骚话跟连珠炮似的:"不过你们的欢迎仪式真够粗暴的。把来客抛起来勒死是本地习俗?还是说今天过节?"

眼前之人身材修长,随意地披着一件宽松的夹克。看那英俊的五官和与之不相称的一头乱发,无疑是侦探本人——勒恩寺公亲。

勒恩寺好不容易站起来,突然伸出双手,紧紧抓住木岛的脸,用力往两边拉。

"疼疼疼!"这次轮到木岛惨叫了。

他拼命挣脱:"干什么?"

勒恩寺却一脸冷漠地说道:"没什么,你们收到怪盗的预告信了吧。怪盗嘛,通常会伪装成内部人士混进来。如果想同我对决,他不会打扮成与我今天初次见面的陌生人,那样没有意义,他只会扮成熟人。木岛,所以我才试试你,看看这张脸是不是张人皮面具。但好像剥不下来呢,你是真的木岛。"

这是什么鬼话?什么生面孔熟面孔,明明刚才把我忘得一干二净,木岛想。不过意外的是,他竟挺怀念上次勒恩寺折腾他的种种怪异行为。作马的离开让他心里打鼓,现在勒恩寺好歹来了,木岛内心也能踏实一点儿。

勒恩寺才不管木岛所想,环顾四周:"哪位负责警备工作啊?"

"是我。"井贺警部补战战兢兢地走上前去。

勒恩寺直截了当地说:"房间门前设置岗哨是不对的,怪盗一眼就能看出好东西在这儿呢。刚才我就直奔这里，结果正中目标。不然你在每个房间门前都留警察站岗也行，可以混淆视听。"

"哦，是这样啊。"井贺警部补被突如其来的闯入者一通大放厥词唬得睁大了双眼。

大滨社长似乎也觉得奇怪，气势汹汹地问道："你是谁？擅闯民宅是不是太不懂礼貌了？"

确实很有威严，但勒恩寺才不管什么威严，优雅地行礼："我是侦探。传说中的名侦探勒恩寺公亲就是我。很高兴认识各位。"

"勒恩寺先生，你怎么会来这里？"木岛问。

勒恩寺装模作样地整理夹克领子："嗯，我问过上面，上面说今天负责案子的是作马先生。既然是那个人，肯定会准点儿回去的，所以我就来替班了，还可以拿一天的日薪呢。"

三户部刑警的耳朵很灵："什么叫'回去'？'准点儿'是什么意思？"

"不，那个，应该说是换班了，所以就由这位新侦探——"

木岛还在吞吞吐吐地解释，勒恩寺一席话直接让木岛的努力全白费："上一位侦探已经回家，准点儿下班了。不过有我这位名侦探接手，算你们赚到了。好啦，放心吧，我不会让怪盗靠近一步的，交给我这位名侦探吧。"

"不好意思、不好意思，这位是我的上司。啊，准确地说，他不是我的上司，而是搭档，总之不是什么可疑的人。他的身份有警察厅担保，请不必担心。"木岛越说越觉心虚。

大家的视线都向他投来，完全已将他视为怪人一类。作马放着案件不管直接回家，这也太离谱了，如今果然败露，令人难堪。啊，露馅儿了，太丢人了，木岛不知所措。

勒恩寺毫不在意木岛的尴尬，潇洒地说："好了，木岛，在座这几位我完全不知道谁是谁。来，给我介绍一下。"

勒恩寺环视在场人群，但大家的眼中充满了怀疑。

虽说木岛现在的立场很模糊、很痛苦，但随行官的工作还是得做。木岛把房间里的成员一一介绍给勒恩寺，包括现场负责人井贺警部补、得力干将三户部刑警，还有刚才放倒侦探的壮汉樫元。

"嗯，好的，人物关系我已了解。各位，既然我名侦探勒恩寺公亲来到现场，就没什么好害怕的了。怪盗算什么东西？我一定会守住宝物，漂亮地拿下那小贼让你们看看。大家只要放宽心，欣赏我的表现就行。我来让大家见识见识名侦探的华丽风采吧。"勒恩寺朗声道，但揉着腰的姿势还是缺了点儿气势，或许还没从横四方固的伤害中缓过来，"木岛，放心了吧？话说回来，直到现在我都不知道事件经过。如果名侦探没有获得任何情报，实在让人有点儿不安。所以告诉我，到目前为止都发生了什么，包括今天你来到这里后发生的事。"

"知道了，你先坐下。"

木岛拉着引人注目的侦探去最角落的椅子，也就是之前作马的座位。

木岛正想说明发生的事，忽然想起录音笔还放在胸前口袋里没关，应该录下了之前全部的对话，于是拿出来。

"原来如此，这个确实方便。木岛，你帮上大忙了，果然很适合这份工作呢。"勒恩寺摩擦着双手，说着惹人厌的话。

木岛把耳机塞进他的耳朵，按下播放键。这么说来，白天看过的预告信复印件还放在口袋，他顺便也递了过去。

勒恩寺摆开架子，坐在椅子上跷起二郎腿，听着录音笔的录音。他偶尔会询问一些环境音，比如听记录了大滨社长的宝石收藏的杂志的声音、刑警检查房间的声音等。每次听完木岛的解释，他就用鼻子哼一声当作回答，很没礼貌。勒恩寺似乎在倍速播放，被加速的对话声从耳机里漏出来。他很聪明，听一遍就基本了解了大概。

许是勒恩寺的傲慢态度令人讨厌，大滨父子偷瞄侦探的眼神里带着责备，三户部刑警也皱着粗眉窥视勒恩寺和木岛的动作。刚建立良好关系的几人都投来冰冷的视线，再次让木岛如坐针毡。但就立场而言，他必须行使随行官的本分，服务好侦探勒恩寺。受夹板气令木岛左右为难，压力很大，心想自己果然不适合这份工作。必须时刻照顾好随性的侦探，神经要多么迟钝才能胜任这份差事啊？反正木岛怎么都觉得自己不适合。

因为倍速播放，勒恩寺比预想中更快地听完了音频。他摘下耳机，态度依然傲慢："木岛，作马先生不是说这事儿会平安结束吗？"

"是啊，但他无凭无据。"

"不，我跟他想法相同。说不定今天什么事都没发生就结束了。"

"为什么？"

"作马先生的直觉很准，几乎百试百灵。而且，"勒恩寺不怀好意地笑着说，"这是我的逻辑告诉我的。"

*

"对了，六点半多了。老爸，肚子饿不饿？"鹰志问道。

大滨社长点点头："嗯，你一说，还真到吃饭的时候了。"

三户部刑警问道："社长，餐饮方面有防备吗？盗贼可能会下毒。"

"不必担心。喂，鹰志，把那个拿来。"

听到老爸的吩咐，鹰志说："嗯嗯。"随即轻佻地站起身，走出房间。

目送儿子离去后，大滨社长说："你刚才长篇大论说你是侦探，你也是警视厅的吗？"

勒恩寺回答道："准确说来是警察厅，他们委托我的。"

"你不是警察厅的职员？"

"那还用说吗？正如你所见，我就是一个市井百姓。名侦探还会隶属于警察系统吗？那有什么意思？一点儿意外感都没有。"勒恩寺仰靠在椅子上，自信满满地说着莫名其妙的话。

大滨社长显然对这个回答感到困惑。木岛叮嘱社长，别和怪人正经闲聊，聊不明白。

这时鹰志返回，搬来一张小桌，仿佛是用双手把它捧进房间的。

"久等了。"鹰志语气轻悠地将桌子放在父亲面前。

"对，就是它。我在公司加班时也吃这个。"大滨社长满意地说。桌上，盒装能量棒和吸吸果冻堆成一座小山。

"来来来，大家也别客气。"

大滨社长说着便伸手拿了根能量棒。这么说来，木岛也是长途劳顿，午饭都没吃。饥肠辘辘的他也起身拿了一个。能量棒是独立包装的，不用担心会被人下药。吸吸果冻也是塑料包装，木岛仔细观察后没在外包装上发现针孔。

估计是因为正在执行公务，两名警察没有拿，勒恩寺似乎也不感兴趣。也对，如果侦探刚到，什么事都没干就吃起零食来也太过分了，木岛觉得勒恩寺不吃比较好。

一时间，房间里只有大滨父子和木岛嘎吱嘎吱嚼能量棒的声音。

众人就这么无所事事地度过了一段无聊时光。

晚餐虽无味，但也能饱腹。接下来只需继续等待。

保险箱上的廉价时钟嘀嗒作响。

窗外开始暗了下来。

还能听见外面警察交班的声音。

时间静静流逝。

作马侦探预言不会出大事，勒恩寺也这么说。的确，照这样下去确实会无事发生。院里有警队巡逻，宅中有刑警监视，蓝宝石在保险箱里，而能打开保险箱的只有宝物的主人大滨社长。有这种警备部署，看来真没问题了。

木岛稍稍放下心来。

就这样，七点到了。

大滨社长站起来说："又过了一个小时。"

接下来是惯例的确认环节。

大滨社长一如往常，遮住旋转密码的手，掏出钥匙开锁。"哐当"一声，保险箱开了。社长从保险箱里掏出小黑盒，只手打开盒盖，掀开天鹅绒布，里面应该装着闪闪发光的蓝宝石……

"没有了！"大滨社长惊叫。

其他五人一齐站起。

全员慌忙聚拢到社长身边，看着他手中的小盒子。

确实没有。

大滨社长提起天鹅绒布，轻飘飘地抖了两下。什么也没掉下来，盒里是空的。

木岛立刻怀疑盒子是否被偷换了。也许一共有两个小黑盒，社长拿的是那个空的，装宝石的还在保险箱里。木岛赶紧往保险箱里看，那里当然没有另一个黑盒。保险箱中层被现金塞得满满的，上层只放着一沓存折和印章。

木岛抬起头来。大滨社长脸色苍白地说："这是怎么回事？怎么会不见了呢？我的蓝宝石去哪儿了？"

鹰志也一脸严肃地说："没掉在附近吧。"他趴在地板上，四处张望。

三户部刑警跑去开门，问值班刑警："喂，有人进出吗？"

"没、没有人。"从走廊方向传来刑警优哉的回答。

"保险箱里面呢？会不会掉进深处了？"

井贺警部补说完，大滨社长慌张地将上半身钻进保险箱，但一阵蠕动后又立马退了出来，露出死心的表情："不，没有。哪里都没有。"

鹰志焦急地说："怎么会没了呢？刚才看的时候还在啊。"

"可就是没了，到处都找不到。"

大滨父子俩一会儿看看保险箱，一会儿摸摸地板，手忙脚乱。

井贺警部补拿出小型对讲机指挥外面的警察："紧急警戒。特别注意逃跑者。可能会有人从宅院逃走，绝对不能放过。一经发现，立刻拿下！"

三户部也从门口回来，挑起粗眉："蓝宝石真的消失了？"

他紧张地看着保险箱下面，但保险箱紧贴地板，连一丝缝隙都没有。

鹰志慌张道："是怪盗，怪盗石川五右卫门之助来了。他神不知鬼不觉地偷走了蓝宝石！"

大滨社长火冒三丈："别胡说八道！我们可是一直盯着呢，

他怎么可能偷东西？"

"可是老爸，现在真就不见了啊，被偷了。"

"怎么可能？总之先找找吧。盗贼根本没有出入过房间，蓝宝石一定在什么地方。"

听着父子俩吵吵嚷嚷，木岛只感到茫然和不知所措。因为太过惊讶，他呆站在原地动弹不得。

消失了？蓝宝石不见了？

难道真的是怪盗石川五右卫门之助出现了吗？

不，正如大滨社长所言，保险箱一直在他们六人的监视之下，怪盗哪里偷得了东西呢？

难道怪盗石川五右卫门之助会隐身？

莫名其妙。

到底是怎么回事？

好不容易从震惊中缓过来一些，木岛问站在一旁的勒恩寺："勒恩寺先生，这是怎么回事？"

勒恩寺从容地笑着："怎么回事？你很在意吗？"

"当然在意了。现在是摆出优哉样子的时候吗？蓝宝石被偷了啊。侦探的颜面岂不是丢尽了？"

即使木岛激将，勒恩寺依然不慌不忙："木岛，不用这么着急。放心，宝石很快就会出来的。"

"为什么这么说？"

"为什么？还用问吗？我的逻辑是这么告诉我的。"说完，勒恩寺咧嘴一笑，兴高采烈地摩拳擦掌，"我现在就证明给你看。"

他向前跨了一步。

勒恩寺突然提高嗓门："到此为止了，怪盗石川五右卫门之助。我已识破了你的所有企图，蓝宝石定是被你藏了起来，但你瞒不过我名侦探勒恩寺公亲的眼睛。乖乖地认命吧，怪盗石川五右卫门之助。"

突如其来的巨大声音让大滨社长一众愣住，仿佛中了怪人的毒气。现场鸦雀无声。

勒恩寺不顾微妙的气氛，继续说道："怪盗石川五右卫门之助，你的真实身份已经暴露了。若还不肯出面，那别怪我名侦探勒恩寺公亲亲自揭露你的真面目。"

即使频频呼喊这个蠢名字，现场也没有一个人出来认领。勒恩寺兴高采烈地说："好，无论如何都要我来帮你揭下假面吗？如你所愿。怪盗石川五右卫门之助的真实身份，就是你！"

他伸出右手，直指一人。众人的视线被吸引到手指指向之处。

井贺警部补沐浴在众人目光之下，不禁大吃一惊，眨巴着眼睛莫名其妙地说："我吗？"

他的态度分明发自肺腑地感到意外，但勒恩寺情绪高扬地继续说："没错，你就是怪盗石川五右卫门之助。快快现出原形，别再演拙劣的戏码了。我勒恩寺公亲已经把你逼到绝境了，束手就擒吧。"

说到这里，勒恩寺突然降低了音调，面露难色地商量道："那个……警部补先生，你配合我一点儿行吗？别光一副吃惊的表情，让我演独角戏。比如你可以说'名侦探勒恩寺公亲，你居然识破了。我早就感觉你很危险，你果然还是看穿了我的真面目。可惜已经太迟了，蓝宝石落入我手，这次是我赢了。哈哈哈，名侦探勒恩寺公亲，下次再见吧。再见！'之类的台词，然后扔下一颗烟幕弹。待烟雾散尽，你也消失不见，诸如此类的。"勒恩寺像是在发牢骚。

井贺警部补则露出佛像般从容的微笑："哎呀，饶了我吧。

演这种戏还是太难为我这个乡下刑警了，我不是那种能灵活应对、即兴发挥的人。"

"这样啊，真无聊。我还以为终于能热闹起来了呢，结果只有我一个人兴致勃勃，像个傻瓜一样。"

面对不满的勒恩寺，警部补挠挠头："真是不好意思。就像你看到的，我是个木讷的死脑筋，跟侦探先生的这种玩世不恭完全无缘。"

"真拿你没办法。那么至少请你把宝石拿出来吧。"

"好的。"井贺警部补说着，很自然地从口袋里掏出一物。他打开外面包裹着的手帕，里面出现的毫无疑问是蓝宝石！

大滨社长睁大了眼睛："在这里。"

鹰志也愕然道："为什么井贺先生……"

三户部刑警也张大了嘴巴。

勒恩寺又上前一步："为什么？很简单。保险箱坚固无比，若想拿出里面的宝石，只能趁门开的时候。最近一次开箱是六点的例行确认，我只能认为宝石是在那时被拿走的。而六点正好我被樫元先生制伏，引发了骚动，大家一时分散了注意力。警部补当时负责确认宝石，所以能拿走宝石的也只有他。宝石盒构造简单，盒盖用一只手就能打开。在他把小盒放进保险箱之时，只用一只手轻松拿出盒中的东西，然后把空盒放进保险箱。怎么样？很简单吧。只要冷静思考，就会发现只有这一种可能。"

木岛愣了一下："那怪盗石川五右卫门之助的真实身份是什么意思？"

"当然是开玩笑，只是我得意忘形的发挥。只要稍微想一想，谁都知最后一个接触蓝宝石的是警部补先生吧，此时盗贼没机会出手。而负责人藏起宝石只为保护蓝宝石，让众人以为宝石在保险箱，但暗地里将宝石放进口袋贴身保管。仔细想想，没什么比这种方式更安全的了。那时距离预告的时间结束还有两个小时，如果能瞒过怪盗，让他只关注保险箱，就是警部补先生的胜利。而刚好发生了我被樫元先生制伏的变故，他瞬间有了实施贴身保管宝石计划的机会。"

听到勒恩寺的解释，大滨社长的脸色很是复杂，不知是安心还是愤怒："别开玩笑了，井贺警部补。玩这种偷换把戏对心脏不好，我真以为被偷了呢。"

"对不起，要想骗过敌人，必须先骗过自己人。实在对不起，宝石还给您。"井贺警部补平静如佛地说着，将蓝宝石交还到大滨社长手中。

社长立刻用天鹅绒布包好，收进小盒，锁进保险箱。

在场众人都松了口气。

鹰志故意夸张地说："哎呀，吓了我一跳，我还以为怪盗真的伪装成井贺先生了呢。还得是警视厅的人，演得太逼真了。"

"名侦探有时也需要扮演名演员。"勒恩寺一脸严肃地说道。

大滨社长也苦笑着说："可是真的把我吓了一跳。我以为宝石从保险箱里蒸发了。"

"我也是，那一瞬间我都不敢相信自己的眼睛。所谓'如烟似雾'就是这个意思吧？"三户部刑警说。

鹰志佩服道："看来井贺先生的手法相当高明。虽说我们的注意力被骚动分散，但他的动作还是要快，不然仍会被发现的。简直像魔术师一样。"

"哎呀，只是临时起意，我自己都是下意识地动了手脚。我在想，若想蒙蔽窃贼，最好的办法就是将宝石放在身边。"

"可我们也被蒙蔽了。"

"对，所以针对这一点，我要向各位再道一次歉，对不起。"井贺警部补向大滨社长连连点头致意，气氛十分融洽。

时间是七点多，距离时限不到一个小时。

看来今天到此为止了。预告信的备选日期有三天，第一天总算快熬过去了。

想到这儿，木岛松了一口气。太好了。

这时，勒恩寺说道："木岛，麻烦你帮我叫辆回去的车。"

"啊，好，但离八点还有一段时间呢。"

"不，不是。我的意思是，马上进入解决篇。名侦探解决完案件要回家，需要车。"勒恩寺一本正经。

*

"各位请听我说，后面的话可能有些长，大家先坐。"勒恩寺说。

众人面面相觑，不明所以。大滨社长坐回正对保险箱的沙发，他左边是大滨鹰志，再往左是井贺警部补和三户部刑警，社长右侧则是木岛的座位。

只有勒恩寺站着，背对保险箱看向众人。众人以勒恩寺为中心围成半圆，仿佛在聆听勒恩寺的演唱会。不，其实侦探的演唱会才刚要开始。

勒恩寺朗声道："反正直到八点都要监视这个保险箱，不如大家听我闲聊案情，打发时间之余顺便破案，一举两得。"

"顺便破案"的说法让大家惊讶不已，大概是不习惯侦探装模作样的开场白吧。

勒恩寺不顾听众反应，继续说道："好了，先生们。本次案件以怪盗来信开篇，是推理小说和影视剧中常见的桥段。按照剧情发展，在预告当天，怪盗会为偷盗宝物而来，纵使目标周围戒备森严，怪盗也会采取行动。怎么行动呢？用安眠药放倒看守，从空调或通风口放出催眠气体，在宅邸另一侧制造小型火灾声东击西，用烟幕弹和发烟筒制造混乱，在宅邸外的墙边引发交通事故趁乱潜入，化装成看守混入家宅……

"你能在虚构的世界中看到上面诸多方案，但可以发现，在现实生活中这些手段的成功率都不高。现实中的看守人员会更注意食物和饮料的安全。如果有警察守在院内，催眠气体和小火苗也全无效果。再说了，人根本靠近不了建筑物，怎么可能将道具运进去？怪盗要冒充看守也很难，警察不允许身份不明的人进入宅邸，而电影中用人皮面具乔装打扮的经典手法也不可能实现。如此想来，虚构作品中怪盗寄信预告的桥段只是为了让故事更热闹罢了。现实世界中，按照预告偷窃难比登天。"

这时，鹰志插嘴："可是，刚才井贺先生不是藏起了蓝宝石吗？"

"碰巧而已。"勒恩寺爽快地说，"因为关保险箱和樫元先生大展拳脚的时机恰好吻合，所以大家才会分心，属于意外情况。既然如此，那么别说怪盗，根本没人能预料到保险箱开启之时必然发生意外。"勒恩寺手搔乱发，驳斥鹰志的意见。

他继续说道："想到这里，预告信本身的意义就受到了挑战。寄预告信对窃贼有什么好处呢？寄了信，警备就会严密如斯，院里有警察巡逻，房里有刑警放哨，保险箱还被大家盯得死死的，即使用刚才列举的虚构故事中怪盗的手法也不可能得逞。如果想偷蓝宝石，最好不声不响，趁没警察保护之时轻松接近保险箱才是上策。至于怎么打开保险箱，不想自己动手的话，只要用枪指着大滨先生让他打开，同时注意避免引起骚动就行。相反，发预告信招来警察，盗窃的难度也会大幅提高，不管怎么想，对窃贼都没好处。既然如此，他为什么还要寄预告信呢？这就是问题所在。"

"是自我表现欲吧，比如窃贼想引人注目之类的。"木岛发表意见。

勒恩寺从容地微笑着说："你想说剧场型犯罪？那种事先预告好，偏要在森严戒备之下偷给大家看的表演？这样确实能满足罪犯的表现欲。可是这样的话，他为何不再闹大一些？把预告信发到县警总部，发给媒体，上网宣传，最好招来更多警备人员，让媒体的摄像机和记者把宅邸重重包围，再叫来好事的网民搞场网络直播，'共襄盛举'。在这种情况下偷盗成功，罪犯的表现欲可以得到极大满足。反正发了犯罪预告，警察一定会来，如果有自信，大闹一场应该会更华丽气派。但这个罪犯没这么做，他只给大滨先生寄了一封信，就这样结束了，完全没有对外宣传。"

"正出于这个原因，县警才会觉得是恶作剧。"木岛说道。

勒恩寺点点头："于是可以判断，这次不是剧场型犯罪。明明可以制造更大的舞台，罪犯却没有这么做。由此判断，罪犯不是愉快犯。"

勒恩寺停顿一下，看向在座的每一个人："我再问一次，罪犯为什么要寄预告信？他提高自己的偷窃难度想干什么？有什么好处？细想之下你会发现没有任何好处。别说好处了，情势对罪犯只会有百害而无一利，警备变得森严，他根本无法对宝石下手。因此我可以说，罪犯完全没必要寄一封信，挑明了要蓝宝石，所以这封预告信很可能是假的，罪犯之意不在宝石。"勒恩寺如是断言。

大滨社长不可思议地说道:"那么你的意思,说来说去还是个恶作剧吗?"

"不怪你会这么想。不过他特意打印预告信,并且谨慎地没留下任何指纹,还从东京大手町投递,可见相当花工夫。如果大滨先生在杂志上的炫耀惹来了某些偏执狂的骚扰,骚扰者会费如此心思吗?同时出现另一个问题:在如今对个人信息保护越发敏感的时代,骚扰者是如何知道社长家住址的?当地人的确知道,毕竟是大门大户,但当地人有必要特意跑到大手町去寄信吗?如果只是恶作剧,直接把预告信塞进这家的信箱不就行了?这样想来,罪犯的目的不是恶作剧,不是单纯想看大滨一家出丑。但是刚才我也说了,如果他是认真的,就没必要寄信公开表明要偷蓝宝石。既不是恶作剧又不像认真行窃,那么罪犯寄信就有其他目的,对不对?因此,我又有一个问题。"勒恩寺转向大滨社长,"如果有人收到自称怪盗寄来的预告信,他会怎么做呢?"

"当然是报警。"大滨社长一脸理所当然地回答。

勒恩寺也点点头说:"对,当然要报警。不过这封信上明确写了只为蓝宝石而来。作为宝石的主人,您看到预告信后的一瞬间会如何行动呢?"

"嗯,我一定会感到不安,然后会亲自检查一下蓝宝石。"

"怎么检查?"

"打开保险箱确认。"

"对,就是这个。"听到大滨社长的话,勒恩寺一拍巴掌,提高了声调说,"我认为这就是罪犯的目的。只要预告说要偷蓝宝石,宝石主人就会忍不住去确认,从而打开这个保险箱。"

勒恩寺指着身后坚固的黑铁疙瘩说:"所以我推测,罪犯寄出预告信的目的也许就在于'打开保险箱'。只要寄出预告信,平时紧锁的保险箱就一定会打开,这么想最合适不过了。"

听着勒恩寺笃定的语气,三户部刑警怯生生地说:"可又是为了什么呢?我实在想不出大费周章让人打开保险箱到底想干什么。"

"没错,想到上一步自然会产生这个疑问。罪犯让人打开保险箱想干什么?木岛,你怎么想?"

突然被勒恩寺点名,木岛一脸困惑地说:"嗯……我想想,会不会还是要偷东西?就算不偷蓝宝石,保险箱里也还有别的东西。"

木岛回答之时,脑海浮现出那堆钞票。不知道是两亿还是三亿,总之谁看见那笔堆积如山的巨款都难保不生歹心。

"偷东西吗?嗯,怎么说呢?"勒恩寺似乎对木岛的回答感到有些疑惑,歪了一下头,接着说,"就像我刚才所说,偷取蓝宝石的难度极大,这种难度同样适用于保险箱里的其他物品。如此完备的保护措施下,众目睽睽之下偷走保险箱里的东西可以说是不可能的。思维简单的木岛刚才想到钞票了对吧?但蓝宝石很难偷,一堆钞票更难偷。体积越大,难度越大。"

被点中了想法,木岛有些尴尬地低下了头。

勒恩寺毫不理会木岛,继续说:"所以我认为,罪犯所图的不是有形物质,而是无形的东西。"

听到这话,鹰志露出不可思议的表情:"无形的?空气吗?"

勒恩寺得意地回答:"嗯,真有意思。罪犯想把保险箱里的空气换成这梅雨季节闷热的空气,想法相当独特,当笑话听确实不错。不,也许不是笑话。如空气般无形的,不一定是物体啊。凶手的目标也许就是那个。因为无法盗出有形的物体,所以打算偷无形的东西,如此思考也是理所当然的。"

无形的？不是物体？如参禅一般的问题让木岛不禁歪头思索。无形的东西能被偷吗？

勒恩寺似乎看出了他的脸色："还不明白吗，木岛？在保险箱里，平常不会被发现，很重要，非物质。说到这儿，答案呼之欲出——情报。"

勒恩寺表情严肃："若说什么东西没有体积，却被严密地封存在保险箱里，恐怕只有情报信息了。罪犯编造了偷窃蓝宝石的预告，目的就是一窥保险箱内部，取得情报。"

情报？木岛明白了，原来是放在保险箱下层的东西，那个装有文件的褐色档案袋和红色封面的文件夹，那里面就是情报信息。罪犯是想得到大滨社长不愿公开的那些秘密吗？

木岛这样问，但勒恩寺还是一本正经地摇头："我认为不是。不管是档案袋还是文件夹，不打开就得不到信息。如果主人拒绝，什么借口都没用。打开保险箱只是为了检查蓝宝石，很难找到借口查看文件。事实上，大滨的确拒绝透露文件夹和档案袋里的内容。我不知道那些东西有多糟糕，也不感兴趣，总之如果主人拒绝，外人是看不到的。所以我不认为那些文件是罪犯的目标。"

"如果不是文件，还能有什么情报？"木岛终于流露出不耐烦，完全想不出还有别的什么情报信息。

勒恩寺胡乱地抓了几下头发说道："肯定有啊，木岛，回想一下，很重要的情报。"

"就算你这么说……"

想不出来也没办法。除了档案袋和文件夹，保险箱里还有成捆的钞票、存折和印章。存折上当然也有信息，但和信封一样，大滨社长若拒绝公开，旁人无权查看内容，印章同理。除此之外，什么都没有了。那情报在哪里？难道保险箱的内壁上刻了字吗？不，那是小说和电影里的情节，现实里不会有人在那种地方刻字的。

木岛的思考陷入僵局。这时勒恩寺突然加快语速："啊，听说三个月前发生了一起绘画勒索事件，和这里的许多人都有关系。在那起事件当中，有一个人的行为突然变得不自然，我最初得知时就感觉非常不对劲。各位还记得吗？"

众人稍显吃惊，感叹着"话题太过跳跃"，但面面相觑过后，都不知道勒恩寺指哪里不自然，连木岛也没有头绪。

勒恩寺朝着听众摇摇食指："看，就在那边，为什么想不起来呢？勒索案开篇，大滨先生带着理查德的画，从银座的画廊开车回家，结果在半路被三个强盗打劫。他说以一敌三根本没有胜算。对，就是这里。奇不奇怪？大滨先生为什么要单独行动？他运送的可是光赎金就高达两千万日元的画作啊。这种时候，难道不应该有另一位人物陪着他吗？"

啊！除了大滨社长，所有人一起回头。在正对着保险箱的墙边，昂首挺胸立着一位大汉——樫元，唯社长之命是从的大块头，忠心耿耿，力大无穷。

"干我们侦探这一行，多少也得有点儿力气，但这位仁兄能瞬间将我撂倒，其臂力和格斗技术非常适合担任保镖的工作。那么事发当天，大滨先生为什么没带上他一同去取画呢？如果有他在，击败三个强盗也就是一脚的事儿。"

"不、不，那天樫元碰巧有私事，就是那个、那个……"

大滨社长支支吾吾，语无伦次了半晌，最后放弃辩解，默认了自己古怪的行为。

"大滨先生，您的信条是'免费员工不用白不用'吧？您会顾及樫元的私事？我反正不信。就算樫元真的有事，您也能再找两个膀大腰圆的员工陪您。这次的警备工作，您甚至主动提议加入，可见您手下有的是保镖人选。退一万步说，哪怕您只有樫元一个保镖，也可以改日再去取画嘛，有什么理由非得展览刚结束就要拿回来呢？您甚至可以让画廊派车把画送回来，根本不存在非一个人行动不可的理由。所以无论怎么看，您独自驾车取画这件事都很不正常。"

面对勒恩寺的追问，大滨社长似乎已无心辩解，板着脸不高兴地抱起胳膊，沉默不语。

"无话可说？看来我的直觉果真对了。"勒恩寺得意地笑着，"大滨先生的行动很不自然。那么他为什么要这么做？答案很简单，他需要让遭劫丢画的故事成立。如果身旁有保镖，则抢劫无法成立，因为如果有其他证人在场，三个强盗抢劫的谎言就会被拆穿，所以您无论如何都只能独自运送。各位即使不像我这般善于揣测人心，大概也看明白了吧，大滨先生的企图显而易见。没错，抢劫就是一场闹剧。"

"闹剧？"三户部刑警发出惊呼。

"没错，自导自演的闹剧，假冒的勒索案。怎么样，大滨先生，您还不坦白那是一起捏造的案件吗？"

面对逼问，大滨社长依旧不置一词。他既不抗辩也不反驳，只是绷着脸双手抱胸。鹰志斜眼看着父亲说："可是，这样做对我父亲有什么好处？"

"有啊，大赚一笔。保险金。"勒恩寺以理所当然的语气说，"听说你们买了失窃险，赎金也是保险公司支付的。赎金看似被劫匪抢走，其实完整地留在令尊手上。你看，卖画赚一笔，保金又赚一笔。"

勒恩寺愉快地摩擦双掌:"也就是说,那起勒索案是为骗保而捏造出的假案件。所以一开始大滨先生不愿警方介入,但在鹰志先生的坚持之下,不得不与警方联络。与大滨先生私交甚密的新滨署署长过分重视,派出了搜查员。虽然事情闹大了,但大滨先生不愧是有勇有谋的大老板,胆识过人。他按照最初的计划,假装听从手机里的指示四处乱转,甩掉一路跟踪的搜查员,最后成功出海。至于那两千万日元赎金是藏在他的快艇上还是藏在目的地码头的储物柜里,我不清楚,总之大滨先生策划了整场勒索闹剧,骗取保险金。"

大滨社长依然一言不发,一脸不悦地瞪着保险箱,肩膀微微颤抖。他似乎对侦探的指控一点儿反应也没有。勒恩寺瞥了眼社长,露出邪恶的微笑:"算了,先别管那些无关紧要的小罪了,之后警察想怎么处理都行。"

他向井贺警部补使了个眼色,拢了拢杂乱的头发:"好了,言归正传。刚才说到哪儿了?哦,罪犯想从保险箱里找到什么情报。为此,他撒下怪盗预告信作为诱饵。现在又加上'绘画勒索是闹剧'的条件。这么说各位应该明白了吧,罪犯想要的情报是什么呢?"

勒恩寺好像在说一件不言自明的事,但木岛没有未卜先知的能力,围坐成半圆形的众人也都歪头不解。

勒恩寺继续说道:"大滨先生扮演被害人说赎金被抢,但事实上两千万的赎金并没有被夺走,还留在大滨先生手里。那这笔钱怎么办呢?大额现金不能直接存进银行,因为会被怀疑资金来源。同时,一大笔现金需要妥善保管。银行的出租保险箱存取手续麻烦,用公司的保险箱也可能被秘书或员工看到。所以,最让人放心的还得是自家保险箱,只有它。"勒恩寺转过身,轻轻敲了敲黑色保险箱,"在风头过去之前,两千万日元的现金最好待在保险箱里,而自家保险箱可以确保除了主人没人会打开,不用担心被谁发现。"

鹰志无奈地看向身旁的父亲,仿佛在说"老爸怎么会做出这种事"。

"罪犯恐怕和我的思路一样,得出了同样的结论。可就像刚才所说,保险箱别人打不开,于是他心生一计,那就是发出盗窃蓝宝石的预告。正如之前所说,收到怪盗预告信的人为了确保宝石安全,会先打开保险箱查看。所以偷盗预告可以诱使主人打开保险箱,露出里面的现金,同时有机会偷看情报。这下明白了吧?罪犯想要的情报是什么呢?"

勒恩寺环视众人后说:"蓝宝石上没有任何信息,查看褐色档案袋和文件夹里的文件则很难逃过大滨先生的眼睛,存折亦然。那么保险箱里的东西只剩下现金,而说到现金上记载的信息,也只有一个。没错——钞票编号。除此之外,没有别的可能性。"

片刻过后,勒恩寺平静地说:"罪犯以收到盗窃蓝宝石的预告为借口,查看保险箱里钞票的号码。这就是本次事件的全部内容。就是这样,警部补先生。"

勒恩寺说完,转向井贺警部补:"听说你都用视频记录下来了,还编了个理由,说什么钞票里可能夹带可疑物品,因此一捆一捆地检查钞票,并用手机全程取证。我的随行官可是看得清清楚楚。钞票都是全新连号的,只要拍到最上面那张,下面一百张万元大钞的编号就都能推出来了。警部补先生,你们之所以欣然接待我们特专课,不也是为了多一些证人吗?因为证人越多,影音证据就越客观,可信度也越高。这就是你们的目的,对不对?"

勒恩寺向井贺警部补逼近一步。对方露出佛像般平静的微笑，表情温文尔雅，闭口不语。

"对了，你们说过赎金的纸币编号全都记下来了，以便今后追查罪犯。那么只要赎金中的任何一捆跟保险箱中的钞票号码一致，就能证明大滨先生自演勒索案骗保。这就是你的目的，警部补先生。"

再次被点名的井贺警部补依然没有开口，只是默默地、安详地微笑。旁边的三户部刑警错愕地看着警部补，好像完全不知道上司的计谋。

"警部补先生，听说贵署署长承恩于大滨先生，名画勒索案久久不破，他这几天一直唠叨你。可被害人证词是胡说八道，强盗也不过是谎言虚构出来的，这样凭空捏造的案子就连我也解决不了。"勒恩寺微微耸了耸肩。

"在调查过程中，警部补先生也发现了闹剧的迹象，但苦于没证据让署长信服，对吧？说到证据，最直接的就是那笔被抢的赎金吧。如果在大滨先生手中发现赎金，就会成为他自导自演的物证。不过得抓紧时间，稍有不慎，那些被记录在案的现金就会被洗干净，消失进黑市之中。时间紧，压力大，你被逼无路，身体差到引来下属担心，无奈之下行非常法，就是这封怪盗预告信。警部补先生，那封预告信就是你发的。"勒恩寺直视井贺警部补说道，"之所以取'石川五右卫门之助'这个滑稽的名字，恐怕是为了让县警一口咬定是恶作剧吧。如果预告信过于逼真，惊动了县警，警备的主导权就会被那边夺走，辖区警署的刑事课估计只能在庭院里巡逻。为了不让县警参与其中，自己掌握安保主动权，你才取了那样可笑的名字吧。"

勒恩寺目不转睛地盯着井贺警部补继续说道："现在你成功

地拍到了钞票,下面只要回去查询备案的号码,就可以证明大滨先生的闹剧,让唠叨的署长闭嘴,同时还能以骗保的罪名对耍得刑事课团团转的大滨先生严加惩戒。"

说到这里,勒恩寺又转向木岛说:"怎么样,木岛,这案子的结构有意思吧?当警备开始之时,罪犯的目的就达成了。我们以为搜查保险箱是在防范宝石窃案,但罪犯在拍摄保险箱内部时就已经得手了。在准备阶段就已结束的案件,与常识相反,也十分罕见。"

"所以事情到此为止了,蓝宝石不会失窃,对吗?"木岛茫然地问道。

勒恩寺咧嘴一笑:"是啊,罪犯的计划大致如此吧。只是发生了一个余兴小节目,或者说时机碰巧出现了破绽,所以警部补把蓝宝石藏了起来,想强调罪犯的目标始终是蓝宝石。最后按照原计划,以平安无事收场,大家还会感叹果然是恶作剧之类的。"

原来如此,作马侦探和勒恩寺都预测到了大概不会出事。木岛总算明白了。

大滨社长一脸愤懑地说:"井贺警部补,你干什么?竟然给我寄预告信,太过分了。"

这时鹰志错愕地说:"不不不,老爸你怎么好意思说别人?骗保?我从没听说过这件事。这不是板上钉钉的犯罪吗?"

大滨社长听到儿子正确无比的反问,咕哝一句就沉默了。

勒恩寺根本不理会这些杂音:"好了,警部补先生,在原计划里,你打算假装在警卫过程中无意发现了大滨先生自导自演的物证吧?这样取证过程公正合法,证据提交后法庭也会受理。可现在的情况有点儿微妙。如果是警备负责人寄出的犯罪预告,那么取证的手段就谈不上合法了。犯罪预告相当于恐吓罪,法院可能不认可通过恐吓的手段获得的证据。暴露了你的计划，曝光你非法取证，我自觉多事，对你深表歉意。若警部补你因恐吓获罪，虽不知会被处罚到什么程度，但搞不好会被惩戒免职。若果真如此，我也十分痛心。警部补先生此举值得同情。只是我身为侦探，揭开真相是本能与天性。对不起，请你多多包涵。"勒恩寺转向警部补郑重道歉。

木岛冲着他的背影说："我已经明白预告信是井贺警部补寄出的了。可为什么要写得那么含糊？犯罪日期三选一，指定时段还长达好几个小时。"

勒恩寺回头答道："如果知道寄信人是警部补先生的话，应该能理解他为何会这么写。警部补先生必须亲自指挥蓝宝石的警备工作，但新滨警署刑事课有两个班，如果预告当天发生了别的案件，他无法保证自己一定会被派来大滨家，也许会被调去其他现场，由另一组警员负责蓝宝石盗窃案。所以他要多写两天备用，如果前两天是另一班负责，当然什么也不会发生，第三天井贺先生就可以主动请缨，名正言顺地拍摄视频了。你是这样计划的吧。"

勒恩寺对木岛解释道："偷窃的时段之所以很长，是因为偷盗时刻一旦确定，新滨警署就会投入全部警力。小警署警力本就不足，如果全来大滨家，估计连派出所和联络站都会空无一人，也没人会在镇上巡逻。身为新滨警署的警部补，井贺先生大概是想避免镇上的警力空虚吧，毕竟维护治安是第一位的。指定日选在周三，多半也是这个原因。周六周日街上人多，派出所和巡逻的工作本就很辛苦。如果是一周里最中间的工作日，对地区课的警察轮班也不会有太大影响。指定时间模糊成五个小时就是特意安排的，留出时间让警服组轮班，不影响地区课的正常业务。"

啊,木岛终于想起来了,来报告换班的警察还惨被"办公柜"先生无情压扁。如果警力全部投入于此,派出所的基层业务难免松懈。木岛明白了,原来是担心影响基层警察的正常工作,才设置了这么宽松的时间。

"现场指挥官也需要考虑很多事情。身为警察组织的一员是很辛苦的。"

勒恩寺侦探本是自由职业,与束缚无缘,却摆出一副谙熟体制的老资格样子。接着他又转向众人:"就这样,案件到此结束,谜团已全部解开,侦探也该告辞了。感谢各位静听。"

勒恩寺如音乐剧谢幕般夸张地深鞠一躬,起身迈步离开:"好了,木岛,我们回去吧。这儿没我们什么事了。"

这就走了?不需要善后吗?木岛有些不知所措。房间里的气氛尴尬无比,但可以放任不管吗?木岛虽然很困惑,但眼看勒恩寺快步走出房门,实在没办法,只得慌忙追了上去。

木岛又回头瞥了一眼,只见大滨社长正闷闷不乐地抱着双臂陷在沙发里,一旁的鹰志无奈地看着不悦的父亲。井贺警部补悠闲地坐着,即使罪行被揭穿,他那佛像般平静的脸上也没有一丝阴霾。直到最后,他也没有承认是自己写的预告信,甚至从他的态度中感觉不到丝毫愧疚。三户部刑警不安地看着上司,耷拉着两道粗眉,一脸阴沉。

木岛向在场相关人员鞠了一躬,走出房间。

*

木岛追着勒恩寺的背影,从玄关走到外面。

七月闷热的夜气缠身。警队的探照灯从四面八方齐射过来,令人眼花缭乱。

木岛走在庭院，抬头看向勒恩寺修长的身躯："那些人接下来该怎么办？"

"不知道。将一切都公之于众也好，大滨先生和警部补先生背后交易、互相包庇也罢，我都无所谓。"勒恩寺似乎并不关心，随口答道。

"这也太不负责了。"

"哪里不负责了？谜团已经彻底解开，侦探的工作结束了，后续处理与我无关。"

为了日薪，勒恩寺明明乐于出庭做证，对这种事却敬谢不敏。

"先不说这个，得知怪盗寄来预告信，我可是兴奋不已呢，谁知是这么个浑蛋事件。真是无聊啊，木岛。我一直想见识见识那种真正的、厉害的怪盗。"

"如果那种人真的存在，会给社会带来麻烦的。"

"没什么麻烦的，我是名侦探，自会抓他。劲敌才能给侦探增光添彩。若能将怪盗胆大妄为的犯罪华丽地解决，我名侦探的称号也会更响亮吧。木岛你想想，'怪盗与名侦探对决，令人窒息的头脑战'，还有什么比这个更有趣呢？这次虽然抱憾，但我希望来日能和这样的怪盗邂逅。啊，好想现在就大展身手，直面怪盗，尽情较量。作为名侦探，我死而无憾。啊，会不会有真正的怪盗寄来犯罪预告呢？"

仰望阴沉的夜空，勒恩寺如痴如醉地自语。

木岛深感对方果然是个怪人。

案卷3　费劲却一目了然的比拟杀人

龙神湖中有龙神，司掌湖水与风云。

一日，龙神曰："献人国公主为祭。"

闻言，王怒喝："命吾女为祭，虽神亦欺人太甚。速速出兵，屠杀恶龙！"

遂鼓号举兵攻之。

龙神亦怒，催动狂风。风啸雷动，暴雨如注。

川水漫溢，冲散王师攻势。武骑、弓兵、步卒皆溺毙。

龙神怒气正盛，风暴亦无止休。

公主簌然落泪："父王，倘若放任，农田民家必遭水淹。女儿不忍万民饥馑，自愿献祭龙神。"

王为难："不可。若爱女殒命，吾该如何是好？"

"非也。为国为民，女儿自愿献身，望父王成全。"

暴雨之中，公主飞奔出城，赤足立于龙神湖畔，合十念佛，几欲投湖。一方土地神怜惜，裹其足，定其身。

公主临湖不前，见王追至，涕零曰："僵持此地，女儿心愿难了。盼父王慈悲，圆女所愿。"

公主牵挂黎民，不禁号泣。国王闻声抽刀咆哮，声若狮吼。刀光横闪，断公主足胫。

残躯被狂风卷入湖中，水泡浮泛，王女沉湖。

既得献祭，龙神大悦："甚好，甚好。"

风立息。

碧空如洗，雷云消散。万民重获安宁。

方才风雨仿若幻梦，龙神湖水微澜不漾，澄澈如镜。唯断足两截兀立湖畔。

断胫公主之传说，流传至今。

*

脚尖指向湖面。

就像投湖自尽之前一丝不苟地摆好鞋子。

但如今，并排放好的不是鞋子，而是里面的东西——从小腿处草草切断，其上空空如也的人类残肢。

"被害人的双脚就这样并排放在岸边。"刑警解释道。

现场画面太过超现实。从某种角度来看，就像是膝盖以上透明的隐身人伫立湖畔。

此情此景宛若错觉画，让人看着感觉混乱：这是人体的一部分，还是只是双长靴？

可侦探丝毫没被迷惑，极为冷静地开口："原来如此，和刚才听到的断胫公主传说一模一样，简直就是比拟杀人。"

*

时隔三个月，终于再次等来了出警。

九月某个周日的清晨，被电话铃声吵醒的木岛壮介十分纳闷：这是出警频率的规则吗？

不过没时间去想这些无聊的事，接他的车很快就到了。这次也是辆普通轿车，开车的司机不是上次那个。不过，都是沉默寡言的中年男人。

司机没做任何说明，把木岛推进后座，发动车子。

车程比预想的要长。

沿中央自动车道向西,穿过笹子隧道,快到甲府时在一宫御坂收费站下高速公路,沿一三七国道南行。本以为会直走去富士五湖,孰料中途拐进一条岔路,开了没一会儿便停了。

木岛一下车,轿车很快撤离。直到最后,木岛都没听见那位沉默寡言的司机的声音。

木岛伸展了一下因长途久坐而发僵的腰背。到了这里,富士山应该近在眼前,可惜天空阴沉,名山不见踪影,木岛只觉此地残暑不似都市那般闷热。这一带似乎是别墅区,环顾一圈,四周占地宽敞的潇洒建筑在竞相攀比优雅,但木岛站立之处只是一块面向车道的宽阔空地,看着像是停车场。光秃秃的土地不生草木,从这里望不到尽头,尽头大概是个悬崖吧。现在这片空地上横七竖八停着很多车,其中还夹杂着警车,恐怕其他汽车也是警方用车。看来案发现场就在此处。

这里明明位于别墅区一角,却不见建筑物。大片土地上停满了汽车,只在空地尽头面向悬崖的地方有两个小型人工建筑——一间简陋木屋和旁边的四方形混凝土建筑物。虽然不知道有什么用途,不过大小和制式与仓库差不多的混凝土建筑很结实,有一扇坚固的铁门。奇怪,这小屋是做什么的?木岛歪头想着。

透过汽车的缝隙能看见几道忙碌的身影,大概是警方人员吧。

那么接下来要怎么做呢?木岛犹豫不决。

"是木岛先生吧?"突然有人从后面叫住他,"是警察厅的木岛先生吧,木岛随行官?"

木岛慌忙回头,却没看见人,愣了半天才意识到声音位置比预想的低矮很多。

"啊?"

木岛不由得哑口无言。跟他打招呼的是个孩子,大概还在上初中。小男生怪可爱的,一双圆圆的大眼睛像小松鼠一样灵光扑闪。

木岛瞠目结舌,一脸茫然。松鼠般的少年扑哧笑了。

"和我想的一样。勒恩寺先生的笔记写得没错,木岛先生确实很容易看透。"男孩用中学生特有的清晰口齿说道。

木岛一时语塞。"啊?勒恩寺?那你……"

"没错,我是侦探。我姓志我,全名志我悟。今天请多关照。"少年恭敬地行了个礼。

木岛还是不知所措,困惑地问:"勒恩寺先生的笔记是怎么回事?"

"勒恩寺先生发来邮件,里面有和木岛先生相处的注意事项,同时附上照片。可以说是木岛先生的使用说明书。"少年志我露出可爱的笑容说,"像什么如何让新任随行官更有工作积极性、他是什么性格、哪些地方要多加注意之类的,勒恩寺先生好像把邮件同步给了所有侦探。"

照片一定是偷拍的那张。

木岛自觉对中学生用敬语很奇怪,便直言道:"侦探一共有几个?我只认识勒恩寺先生和作马先生。"

"这个嘛,我也不知道,我们之间不经常联系。总之,今天由我担任侦探。"

"可是,初中生当侦探,这可能吗?"

"真讨厌,我看起来有那么小吗?我可是高中生啊,高中二年级。"少年不满地鼓起脸颊。

不,初中、高中都一样,都很出人意料。木岛之前遇到的两位侦探都很有个性,没想到这位更甚,还是个高中生。警察厅刑事局选侦探是什么标准？真搞不懂上层人士的所作所为。

少年志我催促还在发呆的木岛："我们先过去吧。'勒恩寺笔记'里提过，行动迟缓是木岛先生的坏习惯，果然拖拖拉拉的。"脸蛋可爱如小动物，说起坏话却一点儿不客气，没准这位少年侦探的性格意外地不好。

好吧，无论如何，不行动当然无法开始。

穿过车子间的空隙，两人朝空地深处的小木屋走去。小木屋前站着一名刑警，是个年纪颇大的资深刑警。

在少年志我的催促下，木岛掏出证件，上面写着与本人最不相称的头衔"警部补"。他战战兢兢地表明立场和来意。唉，无论做多少次都不习惯。

木岛的举止十分可疑，年长的刑警明显露出惊讶的表情："你等一下，我去叫负责人。"说完便离开了。

木岛转向少年志我："我们两个人在一起果然很奇怪啊，感觉很不搭。"

虽然觉得向一个高中生倾吐心声有些不妥，但心生不安不得不发。在旁人看来，这两人算什么组合？一个新到不能再新的新人，加一个外形比年龄小得多的少年？这对搭档像警察厅派来的特案专家吗？实在让人不安。

"哎呀哎呀，木岛先生真没自信，跟勒恩寺先生在笔记上写的一样。"少年志我倒显得很成熟，无奈地说，"虽然他的话只能信一半，但他看木岛先生的眼光还挺准。"

"勒恩寺先生的笔记上都写了什么？啊，还是算了，我不想听。"

反正肯定没一句好话。

"看吧，又说中了。他还写了你的缺点之一是很容易怯场。"

"果然没有好话。"

"也不是,值得夸奖的地方他也不吝赞美。"

"勒恩寺先生会夸别人?"

"木岛先生是有什么被害妄想症吗?要不我把这条信息补充进笔记?"

"不用了,没必要。"

就在这时,有人上前搭话:"是警察厅的人吧?"

来人五十多岁,仪表堂堂,尤其是他那大肚子,气宇轩昂。

"我是县警搜查一课的熊谷警部,负责指挥搜查。"身材魁梧的警部自我介绍道。

面对两位年轻人,他的态度依旧客气,也许是一路从基层走来,身上虽无精英的高傲,却充满自信。熊谷警部身后跟着两名刑警,都四十岁左右,一个精悍如黑豹,一个酷厉似孤狼,皆是机敏、能干的警察。

木岛完全被对方的气势压倒,吞吞吐吐道:"哦,我是警察厅特案专职搜查课的随行官木岛。这位是志我,侦探。"

木岛结巴地介绍完,熊谷警部对这位初中生模样的少年侦探却并不惊讶:"久仰特案专职搜查课的大名。不过这次我们可以应对,害二位白跑一趟,请回吧。"

"哎呀,这就有点儿……"木岛不知如何作答。

的确,交给这些实力派刑警,案件似乎也能顺利解决。但他们不能直接回去,毕竟公务在身。

"不行吗?"

"嗯,靠县警的能力足够了。"

"您看能否……"

"唉,不能啊。"

"想想办法?"

"没办法。"

正当两人你来我往之际,一旁的少年志我和颜悦色地说:"警部,要不您问一下上级的意思?这样万一发生什么紧急情况,您也不担责,对不对?"他和颜悦色地提议道。看来这位少年侦探还挺懂人情世故的。

"也好,我联系一下。"

说完,熊谷警部掏出手机往旁边走,绕到小木屋的背后打电话。

黑豹般精悍的刑警瞪了木岛一眼,用低沉沙哑的声音问道:"听说你们专门处理特殊案件,是真的吗?"

"啊,差不多吧。"木岛慌忙答道。

"哦,没想到侦探课真的存在。"

"喂,别叫他们侦探课。"

"哦,这样啊。"

在孤狼刑警的责备下,黑豹刑警闭嘴了。

随即是尴尬的沉默。

木岛完全不知该对职业刑警说什么,无奈地抬头望天。天空一片阴霾,一只鸟滑过视野。

就在尴尬达到顶峰之时,熊谷警部回来了,态度好得跟方才截然不同:"失敬失敬,特专课请自由搜查。我会告知现场搜查员,为二位提供方便。"

他之所以如此通情达理,似乎包含了上级的意思。一定是县警某个大人物想巴结警察厅吧。

"请原谅我无法陪同,我派个人给二位带路。喂,红林,过来一下。"

警部一喊,一个年轻刑警立刻跑来。此人大约三十岁,与精悍的"黑豹"和"孤狼"不同,他相貌平平,给人感觉不太可靠。

"这两位是特专课的。好好带路,尽最大努力协助两位搜查。年轻人还是和年轻人结伴比较好。"警部笑呵呵地看向木岛,丢下最后一句话,便把最没有战斗力的年轻人推了过去。

看来他的言下之意是"既然如此,几位自便"。

尽管如此,少年志我还是郑重其事地说:"连带路的刑警先生都安排好了,多谢您关心。"嗯,情商很高的小孩。

"那么恕我们不奉陪了,告辞。"说完,熊谷警部便带着两个野兽刑警走远了。

只剩三人,年轻刑警说:"敝姓红林。有什么事尽管吩咐。"

"啊,你好,我是木岛。这位是侦探志我。"

"我叫志我悟,是个高中生,请多关照。"志我也打了声招呼。

"彼此彼此,请多关照。"

这位低头行礼的红林刑警怎么看都像是普通的年轻人。如果在县警署积累经验,他最终也会成为"黑豹"和"孤狼"那样可靠的刑警吗?

木岛一边想,一边打开胸前口袋里的录音笔。上回案件中录音笔立了大功,所以这次出警,他也把它插进胸前口袋里。

"那么,请快跟我去现场看看吧。"说完,红林刑警率先走去。

木岛和少年志我对视点头,跟在他后面。

红林穿过汽车间的缝隙,走过广场,越过车道,进入树林。

他要去哪儿?会不会森林深处有别墅?可这样的森林里应该不会有那种空间。木岛一边觉得不可思议,一边追上刑警的背影。

脚下的路甚至可以称为兽径，狭窄，难走，左右还有树枝挡道，无处下脚。

三人排成一列前进。

红林刑警像是想起什么似的说："对了，这地方有个古老传说。"

传说自然是断胫公主的故事。红林恭敬地讲完传说后，询问两人感想。

"嗯，我觉得公主很可怜。龙神也很残忍冷酷。"

木岛的回答就像小学生作文。不过他暗自思忖：红林花了这么长时间讲故事，是不是和案件有关呢？

少年志我十分平静："人们不仅崇拜神明，更敬畏神明。自古以来，人们大都认为天灾和瘟疫都是神降下的惩罚，洪水、干旱、淫雨、蝗灾等自然灾害都是神的旨意。有给予人恩惠的赐福之神，也有只会带来灾祸的狂暴之神。龙神就是一种灾神吧，这就是人们为何要敬畏神明，甚至用活人献祭。此类献祭传说在全国各地都有。"

"你知道得真多。高中参加了民俗学社团吗？"

尽管红林刑警赞不绝口，志我却是一脸冷漠："这属于常识。"

明明长得很可爱，说话竟毫不客气。

"到了。"

红林刑警停下脚步。

穿过长长的林间小径，来到一片稍显开阔的平地，眼前之景令人震撼。

是湖。

蓝莹莹的水面泛起涟漪。一片巨大的湖泊在眼前延伸开来。

湖边视野开阔，绿荫环绕，湖水沉静，美得足以洗涤心灵。湖风送爽，立足水畔便觉心旷神怡。

"要是天气再好些，就能看见湖对面雄伟的富士山了。当地人都觉得富士山的北面更漂亮，所以我想让二位也看看这幅美景。"红林说着，恨恨地望向阴沉的天空。

天公不作美，但木岛觉得眼前景色已经很棒了。

"这就是龙神湖。"

"啊，断胫公主献祭的地方。"木岛附和道。

红林点点头："统治这一带的武将是武田家，所以传说中的王是武田家主。不过根据乡土史学家的研究，那则传说形成年代久远，远远早于武田家兴盛，故而王应是古代当地某个小豪族。断胫公主的故事是创作加工的产物，至于原型，或许是有个年轻女子在此处被献祭。"他解说道，"哎呀，跑题了。这边请，我带二位去案发现场。"

开阔平地的一角拉着一圈黄色警戒线。那是湖岸的一部分，外缘是一处小坡崖，崖下便是水面。

一名身穿警服的警察在警戒线前站岗。景色闲适，警察站着也显得无聊。轻轻敬过一礼，红林刑警钻过警戒线，木岛和志我紧跟在后。木岛走上前，站在岸边望着湖面。坡崖垂直陡峭，其下五米是湖面。虽然这么说有些奇怪，但木岛觉得此地适合投湖自杀。

"这里就是命案现场？不过话说回来，我没看到搜查人员的身影。"少年志我提出疑问。

红林刑警回答说："这里是第二现场，发现了部分尸体。"说着，他从西装口袋里掏出一台小型平板电脑，一边打开电源一边说，"尸体当然已经回收了，鉴定工作也已结束，二位先看看照片吧。"

红林将平板电脑的画面转向特专课的两人:"主任要求我尽全力协助办案,给你们看看也没关系吧。"

照片中的现场着实奇怪。

湖岸上,一左一右并排放着两只人类的脚踝。

断面在小腿正中,距离踝关节约二十厘米。两只脚尖指向湖面,组成一幅超现实的画面,就像跳湖之人不小心忘了半截腿一样怪异,非常不真实。

"被害人的双脚就这样并排放在岸边。"

听完红林刑警的解说,少年侦探点点头,面不改色地冷静回答:"原来如此,和刚才听到的断胫公主传说一模一样,简直就是比拟杀人。"

只要是侦探,哪怕是高中生,对尸体腿部的照片也无动于衷。

"署里的前辈刑警也说过什么比拟,可我不太清楚那是什么。"

志我的语气依旧冷静:"所谓比拟,就是将一样东西比作另一样东西,比如把刨冰堆成山后在菜单上写成富士山。而侦探小说中大多用尸体模仿别的东西,特别是小说、戏剧、电影场景,摇篮曲、拍球歌、鹅妈妈等传统童谣的歌词,有时还会参考俳句或短歌中吟咏的场景来装饰尸体。其中最有名的是将尸体扮作松尾芭蕉和宝井其角俳句里的样子。本次案件中,死者小腿以下的断肢向湖而立,和传说中的断胫公主最后令人印象深刻的一幕相同,只是性别不同。"

没错,性别不同。传说中,留在湖边的是公主的纤纤玉足。可照片中的怎么看都是个排汗旺盛的男人的脚,整体健壮结实,长着密密麻麻的黑乎乎的腿毛。没有人会把它当成女人的腿,被害者无疑是个男性。

"这一看就是男性的腿,应该算不上'断胫公主'吧?"红林一本正经地问。

少年志我摇摇头:"不,所谓比拟不求形似,但求意至。就像用尸体模拟黄莺,如果直接用女性的腿,那只是单纯的再现;用男人的腿,才更逼近比拟的精髓。"

听到这里,红林刑警说:"明白了,原来是这么回事。"

他收起平板电脑:"发现断腿的是附近居民,说是在湖边遛狗时发现的,时间是上午十点左右。那时我们搜查组早就接到报警,正调查着尸体的主要部分,也就是尸身,没想到又收到发现腿部的消息,现场一片混乱。"

少年志我闻言,背对湖水说:"那么,可否带我们去发现尸身的现场?啊,在那之前,我先问一下,除了两条断腿,这里还发现了什么痕迹?"

"没有,这一路都是硬土,完全没留下凶手的脚印。此外,也没遗留任何可疑线索。"

"果然,我就知道红林先生会说什么都没找到。既然如此,这里已经没什么可看的了。"

"是的。因为现场特殊,所以我想先请你们看看比拟的部分。"

原来如此,现场果然有异样。估计县警上级由此做出判断,请来了特专课。

回到森林兽径,红林回头说:"说回比拟,凶手为什么要做这么奇怪的事?"

跟在他身后的少年志我回答:"嗯,例如某些比拟的原型只有少数几个人知道。假设只有一人知道这个传说，一旦出现比拟杀人，警察第一个怀疑的肯定是他。因此凶手为了栽赃那人，专门制造了如传说的场景。如果龙神湖的传说非常小众，只有极少数乡土史学家知道，那么凶手就是为了嫁祸给那些史学家才制造了'断胫公主'的比拟场景。"

原来如此，如果不知道原型，自然不可能重现比拟的场景。木岛想到这里，开口问道："断胫公主是小众传说吗？只有特定的几个人才知道？"

走在前面的红林稍稍回头："不，很有名。我也是本地人，这传说我从小就很熟悉，旅游协会甚至把它写进龙神湖的宣传册上。在小学露营等活动时，当地老人也常常跟我们说起它，大概现在还在宣传吧。附近居民肯定都知道。"

木岛跟在红林和志我身后，沿着兽道前进。

"这么说，凶手不可能用比拟杀人来嫁祸。"

"我想也是。"领头的红林点点头。

少年侦探志我说："另一种常见动机是狂热信仰。例如凶手把死者当上帝崇拜，把死者钉在十字架上比作耶稣。"

"你是说，凶手醉心于断胫公主，无论如何都想再现湖畔断腿的场景？"木岛问道。

走在最前面的红林说："哎呀，怎么说呢？我也不太理解。我们当地人都熟悉这个古老传说，但也仅限于熟悉。怎么想都不算狂热信仰吧。"

即使遭到否定，少年志我也毫不在意："还可能是某种信息。"

"什么意思？"木岛问道。

志我走在前面说："可能是想按照断胫公主的传说来处理尸

体,给某个特定对象传话吧。"

"传什么话?"

"这就不清楚了,只有当事人——凶手和特定的接收方才能读懂。"

"那我们就没法解读了?"木岛问。

少年志我又说:"对。但老实说,我很怀疑传个话有必要做到如此地步吗?想要传递断胫公主的信息,也不一定非用真人的断腿吧?用人体模型或者别的什么代替就行了,何必截肢呢?如此想来,这个可能性也不大了。"

"嗯,听你这么一说确实如此。那还有其他什么可能性吗?"

听到木岛的问题,走在林间小径上的志我说:"伪装呢?利用被害人的断腿做其他事情。"

"利用?怎么利用?"

"比如说,凶手斩断死者双腿,像盖章一样在容易留下痕迹的地面上'一、二、一、二'地盖上脚印,伪造被害人是自愿经过的假象。但如果两条断腿就留在脚印附近,诡计立马就会露馅,所以要用一些比拟手段扰乱警方视线。他也可以用此手法,把脚印印到墙壁或天花板上,制造出飞檐走壁的假象。怎么样,红林先生,那些地方发现过被害人的脚印吗?"

"没有,很遗憾。"

"哦,很好,没脚印就不成立了,我收回盖章的假说。那就单纯地视为比拟杀人吧,虽然我不知道凶手的意图是什么。或许我还缺少信息,还是先看看发现尸体的现场再重新考虑比较好。"少年志我说。

这才是关键,木岛心想。

现在想想,他也不了解凶手的意图。

把尸体的脚砍下来，放在湖边，做成传说中的断胫公主的样子。

有什么意义？

凶手为什么这么做？

为什么要比拟呢？

目前为止，木岛还完全不明白。少年侦探会解开这个令人费解的谜团吗？

*

三人又回到最初的起点。

别墅区的空地上，停着十几辆警方的车。

"这边请。"

走在最前面的红林刑警穿过轿车的缝隙，快步前进。志我和木岛紧随其后。

他们来到后面的悬崖边。

用途不明的建筑物就在悬崖边，一幢和仓库差不多大小的四方形混凝土建筑，旁边是造型简陋的小木屋。木岛感觉小木屋应该才是真正的仓库。

红林走向混凝土方块，一把抓住坚固铁门的把手。这里面装着什么呢？充其量只够放两张榻榻米。木岛一头雾水。

红林毫不犹豫地打开沉重的门，木岛的视线越过志我低矮的头顶望向室内。出人意料，室内竟有楼梯，下行的陡峭楼梯。原以为是幢地上建筑，没想到只是入口，还有很长一段路要走。

红林抓住门把手转过身来："这一带是高级别墅区，这也是别墅之一，造型很独特的地下别墅。不过，说是地下，其实别墅是紧贴着悬崖的岩盘斜面而建的。"

木岛佩服不已。原来这不是小屋，而是别墅入口。地上的混凝土方块只是个门厅。

在红林的带领下，木岛和志我脱鞋走进玄关，依次走下陡峭的楼梯。楼梯和墙壁都是坚固的混凝土结构。

几人一直往下走，途中与几名刑警擦身而过。刑警们一脸茫然地目送不合时宜的三人组。

正当木岛不安还要走多久时，前方豁然开朗，原来是客厅。客厅很普通，但也比一般的客厅宽敞和气派很多。

客厅地板上铺着地毯，沙发、电视、音响一应俱全，整个房间既实用又时尚。

正面是扇大窗，可以望见下面的森林。如果天气晴朗，照进阳光，风景应该绝佳。

左边走到底摆放着餐桌，应该是特别设置的餐厅区域。再往里，隐约可见宽敞的厨房。

红林没多看厨房，反而走向客厅的右后方。走到尽头，又有一段向下的楼梯。还要下楼？木岛有点儿惊讶。

"在这下面。"

红林毫不犹豫地踏上楼梯。这段楼梯比刚才的更窄、更陡。

陡峭的楼梯被封在一圈圆柱形墙壁组成的隧道里，窄得只容一人通过。与其说是下楼梯，不如说是下窨井。楼梯几乎是垂直的，一不小心就会踩空的那种，而且非常长。太危险了，幸好两边加装了铁栏杆。木岛抓住铁栏杆，小心翼翼地往下爬。

即便如此，楼梯还是太长了。并不是木岛因为害怕才感觉很长，而是真的很长，大概有两层楼那么高。

"好陡啊。"

"真可怕。"

木岛与志我一人一句分享着恐惧，爬完了整段楼梯。意料之外的是，他们竟来到了浴室。木岛不由得瞪大了眼，惊奇的不只是这里是浴室，而且极为宽敞豪华。

浴室面积大概与一家温泉旅馆的露天浴池相当，墙壁和天花板看上去都像是天然岩石打造的，或许本就是由现有山洞改造而成的吧。

右手边有个大浴池，轻轻松松容得下五六个人同时泡澡。即使是私人别墅，如此大小的浴池也算很奢侈的了。

淋浴区的地面铺有黑石板，也很宽敞，足够多人同时使用。可惜的是，墙上只挂了一个花洒。私人别墅嘛，一个花洒够用了。

墙边靠着一把长柄扫把，大概是用来清理地面的。

最有特色的是楼梯左边面正对浴池的墙壁。不，不应该叫墙壁，因为那里从上到下空空荡荡，没有任何物体遮挡，使浴室更像一个露天浴池了。

由于身处崖壁，浴池正对着空中，只能看到阴沉的天和下方的一丛丛树。

没有任何遮挡，变态岂不是可以肆无忌惮地偷窥？木岛忍不住多心起来，于是战战兢兢地挪到墙边，低头看向空荡荡的脚下。

下面是垂直的悬崖。岩壁直插进正下方十米处的地面，没有任何抓手，变态爬不上来。眼前只有一片没有人类活动痕迹的原始森林和茂密的灌木丛。由于无处下脚，从森林方向想靠近悬崖都不可能。

如果以飞鸟的视角，那定是在满是岩石的悬崖半腰，赫然出现一个四方形的洞穴。

红林走来说:"龙神湖和富士山在另外一边,从这里看不见。不过,只要不是阴天,应该能看到南阿尔卑斯山。天气不好,真的太可惜了。"

作为当地人,他似乎很想向城里人介绍家乡的美景。

"不过,即使是阴天,风景也算壮观吧。"红林补充了一句,转头说道,"浴室很大吧。他们管它叫大浴场,确实够大。听说这里的热水是天然温泉,无限量供应。天然温泉加上绝美视野,这幢别墅真令人羡慕啊。"

浴池里漫溢出热气,许是下方的温泉还在翻涌。残暑未消,若能就地脱衣泡澡,想必爽快至极。

但现在不是畅谈享受之时。木岛转向红林刑警,提出猜测:"莫非这里就是命案现场?"

红林不可能无缘无故把他们带来浴室。

猜得没错,红林刑警点头:"没错,这里是发现尸体的现场。当然,尸体已经运走了。"他再次拿出平板电脑。

得知尸体已被搬走,木岛打心底松了口气。自从春天近距离目击被子弹爆头的尸体,他至今仍有心理阴影,坐上警车就会提心吊胆,生怕再看到尸体。

特案专职搜查课果然不适合自己,真希望赶快转岗。事实上,他已经提交了转岗申请。木岛正消极地想着对策,殊不知严峻的现实已扑面而来——红林的平板电脑上猝然出现了尸体照片。

尸体倒在大浴场的石板上。

脸朝下,头朝向没有墙的虚空。那是个裸体的壮年男子,身板结实,即使倒在地上也能感觉到他肩背上隆起的肌肉、粗壮的手臂和紧瘦的腰身。他的身材很好，个子应该很高，但因膝盖以下空空如也，无法判断其身高。

"这是发现时的样子。"

红林滑动平板，展示尸体各种角度的照片。

木岛很想转开视线，但少年志我探出身体，目光灼灼，像要吃掉这些画面。虽说是侦探，但让未成年的高中生看这种东西，伦理上会不会太不合适？木岛作为大人产生疑问，当事人却无所谓，反而很好奇，也许他已经习惯了。看着这个长着小松鼠般可爱的面孔、高兴地盯着尸体照片的高中生，确实感到很不协调。

照片缺乏现实感对木岛来说是件好事。画面中的尸体异常扁平，肌肤质感很不自然，让人联想到橡胶人偶，或许膝盖以下没有腿也是它看起来像假人的一大原因吧。

木岛鼓起勇气，眯眼观察照片。

死者五官端正，高鼻深目，面部线条如雕刻般鲜明，想必生前是个美男子。只不过尸体趴在浴池里，表情苦楚，面容扭曲，破坏了原有的英俊。

红林一滑屏幕，照片便会变换角度。

左腮贴在地面，压在身下的双手扼紧脖子，指甲在喉咙周围挠出无数伤口。

此外，他结实的背部隆起发达的肌肉，紧绷的臀部呈现出一道平缓的曲线，膝盖以下的小腿自中间被截断。断面的特写照片，木岛终究还是无法直视。

"死者是门司重晴先生，四十六岁，家住东京都目黑区。也是这幢别墅的主人。"红林刑警举着平板电脑解释道，"门司先生在东京有八家健身房和九间运动酒吧，是个实打实的实业家。昨天是周六，估计他来此别墅度周末，结果遭遇奇祸。推定死亡时间是昨晚九点到十一点。死因是毒杀。"

"毒杀?"木岛忍不住反问。

他完全没想过毒杀,两条断腿让他以为死者死于某种暴力手段。

红林刑警点头说:"根据法医判断,他很可能口服了砒霜类毒物,尸体状况显示出砒霜类毒物独有的特征。详细情况还要等解剖结果。而且,我们认为毒药下在了这儿。"

年轻刑警说着,又滑了两下平板电脑。

照片上是个银色水壶,简单的不锈钢圆筒。壶盖被拧开,滚落在距离死者右手边约五十厘米的地板上。

"壶里装着运动饮料,据说被害人习惯边泡澡边喝饮料。由于水壶翻倒,里面的液体几乎都洒了,但鉴定人员在水壶里残留的少量液体中用简易化验包发现了问题,据说检测到砒霜阳性。所以我们专案组认为,水壶里被下了毒药。"

少年志我看着照片,静静听着红林刑警细心的说明。

红林又切换到另一张照片:"还有这个,疑似是截肢的工具。"

照片上是一把双刃锯,形状并不奇特,只是普通的木匠工具。

"它就落在尸体脚边——当然,已经没有脚了,但就在那个位置的地板上。"

红林说完,少年志我立刻问:"指纹呢?"

"锯子上未检出指纹,被擦干净了,只有锯刃处检出零星血迹、油脂、肌细胞等人体组织,都快被热水冲干净了。水壶上的指纹也只有被害人的,盖子和瓶身上都只找到了被害人的指纹。"

红林收起平板电脑,应该报告完了。这时木岛开口:"这么说,被害人是在这里被毒死并当场切断双腿的,对吧?"

"我们是这么认为的。"

这次轮到志我问："有什么遗留物吗？"

"没有特别的发现。我们没发现有任何遗留物能指认凶手。要说被害人的遗物，浴袍、浴巾和手机都放在那边的架子上，"红林指了指楼梯附近的木架，"大概是被害人洗澡时放的吧。其他地方就没什么值得注意的了。地板被热水冲过，几乎什么都没留下，凶手的痕迹自然也被洗干净了。毕竟现场在浴室，我们从一开始就处于劣势。哦，还有，也许关系不大，但是腿部截面不太平整。法医也注意到了，按照他的解释，是外行人强行用锯子截肢造成的。从断面来看，截肢者手法拙劣，不像有外科专业知识和经验的样子。"

把两条断腿拿走，摆在龙神湖岸边。凶手为什么要特地做这么麻烦的事呢？果然是为了完成什么比拟吗？但模拟出断胫公主的传说又有什么意义？凶手的意图让人捉摸不透。

少年志我突然说："对了，红林先生，那个对上了吗？"

"什么？"红林一愣。

志我不理会对方的反应，继续说："尸身和腿部拼起来了吗？切面吻合吗？有没有可能那两条断腿不是门司重晴先生的？"

"不，不可能。"红林刑警翻着白眼，"绝对是他本人的腿，法医已经确认过了。"

"原来如此，这个案子也没有那么棘手嘛。"少年志我神情冷淡地说。

木岛问："你的意思是，可能是别人的腿？也就是说……"

"也就是说被害人有两个——门司重晴先生和断腿的主人。不过这次似乎没那么复杂，有点儿可惜啊。案子嘛，越复杂才越有破解价值。"

少年侦探志我露出松鼠般的门牙,天真地笑了。长着一张可爱脸,说的都是可怕事。

*

三人吃力地爬上陡峭如梯子的楼梯,费了好大力气返回客厅。

终于不用直面尸体了,木岛松了一口气,望向客厅深处,竟发现有个人影。在餐厅和厨房的交界处站着一个男人。原本以为是刑警,但他举止有些可疑,看见红林,面色骤变。

"门司先生,不是叫你别乱跑,尽量待在自己房间不要走动吗?"红林刑警皱眉道。

对方尴尬地说:"哎呀,不好意思,主要想找这个。"说着,他举起可乐罐,"一个人闷在房间总觉得不舒服,想换换心情。"男人吞吞吐吐地自我辩解。

他约莫四十岁,个子很高,却给人虚弱的感觉,长相和照片上的被害人有几分相似。不过,他那副无精打采的模样会让他被踢出美男子的行列。

红林介绍道:"这位是被害人的弟弟,门司清晴先生。"

啊,难怪长得像,木岛了然。只不过兄弟俩体格完全不同。从照片上也能看出来被害人的肌肉板实,但这个弟弟瘦得可怜。

"哎呀,真对不起,没这个我真扛不住。"门司清晴说着,"扑哧"一声打开可乐,咕嘟咕嘟灌了好几口,然后用手背擦了擦嘴角,"刑警先生,这两位是谁?"

他好奇地看着木岛。这也难怪,这个只有初中生模样的少年和杀人案现场实在不搭。

"这两位是东京警察厅派来帮助我们的专家。"红林刑警一本正经地回答。

"哦，这么年轻？"清晴瞪大了眼。与其说年轻，根本是年幼。

但侦探志我似乎完全不在意："红林先生，被害人的弟弟昨晚也在这里吗？"

"是的。"

"那您就是案件相关人员了。清晴先生，对吧？正好，可以请教您几个问题吗？"志我亲切地说。

或许是美好的外表起了作用，清晴爽快地答应："没关系，反正也无事可做，聊聊天刚好能分散注意力。"他拿着可乐，走向客厅。

四人坐下来聊天。门司清晴坐在面窗的沙发，志我和木岛并排坐在他对面。红林刑警像裁判一样占据侧方位的沙发，将清晴和木岛分隔左右。

木岛好歹是个已经进社会的成年人，他深鞠一躬，礼貌开口："令兄的事，还请节哀。"

"你太客气了。可我还是接受不了哥哥会出事。他那么健壮，我觉得他活到一百岁都不成问题，可现在……一点儿真实感都没有。"门司清晴垂头丧气，"虽然为人有点儿强硬，但他率真坦诚，值得信赖。我是他的亲人，但哪怕站在客观角度上说，他也是个好人，人走得太可惜了。"

清晴语气平静，脸上挤出一抹惨笑："哎呀，对不起，扫大家的兴了。我该从何说起？"

正当木岛犹豫该如何开口时，少年志我从旁抢过主动权："首先，能否告诉我们昨天的事情经过？我们对案件的始末还一无所知。"

门司清晴似乎没把这个说话老成的少年放在眼里,虽然有些困惑,但还是爽快地说:"我对警察都说过好几次了。不过没关系,打发时间嘛。

"昨天我哥的公司来这边开慰劳会,吃烧烤。你们知道我哥开公司的事吧?他会邀请公司优秀员工来别墅,请他们吃高档烤肉。我哥喜欢搞团建,经常办这种活动。昨天他邀请了九名职员,一共来了五辆车呢。"

"来的都是东京人吗?"少年志我见缝插针地提问。

清晴点头说:"没错。"

"什么时候出发的?"

"中午。因为食材、饮料和行李很多,我们主办方暂时集合在目黑的家里。中午我和我哥从家里出发,与其他车辆会合,然后一起往这边开,到达已是下午两点。这样回答可以吗?"

"很棒,很有条理,叙述能力一流。"少年志我始终一副笑眯眯的模样,外表开朗阳光,又善于抬举对方。

"哪里?你才像个一流刑警,提问很有水平。"清晴微微一笑,"到了之后,员工便自由行动。有的去龙神湖散步,有的在大浴场享受露天温泉,还有的在上面的广场拉开躺椅午睡。虽然来的九位都是男性,缺少了红花,但大家似乎都很享受。我作为主办方要准备烧烤,在厨房和广场间上下跑了好几趟,忙得不得了。"

所谓广场,就是现在挤满警车的空地。不管员工聚会开不开心,在广场烧烤肯定足够宽敞,说不定还能放烟花呢。

清晴接着讲解了别墅的构造。

根据清晴的说法,别墅紧贴岩壁而建,共四层。一层是地上玄关,就是那座只有两张榻榻米大小的混凝土"仓库"。从那里下到地下一层，有三间客房。再往下是地下二层，有客厅、餐厅和厨房，客厅旁边还有两间客房。地下二层是整幢别墅中面积最大的一层。而再下去的地下三层就是门司重晴最引以为傲的大浴场，也是他的殒命地。

当然，因为别墅紧贴悬崖，建筑重量都在岩盘上，所以用四层建筑来形容它未必妥当。

听说涌泉岩洞在地下很深处，别墅主人又偏偏想把这处天然岩洞改成浴室，所以才造出了这么个怪房子。

清晴又说，由于地上没有供水，所以为了烧烤，他不得不在地下二层的厨房和地面广场间来回好几趟。

"重晴先生也参加了准备工作？"

听到少年的问题，清晴苦笑着摇摇头："我哥才不管呢。他要招待客人，带着员工去龙神湖散步了。"

"那么，有哪些人参与了烧烤的准备呢？"

"是想问案件的相关人员吧？用你们警察的说法。"清晴略带讽刺地说，"都是自己人。首先是我，这个不成器的弟弟。还有我哥的妻子，真季子。毕竟只有嫂子一人是女性，准备工作也是由她指挥的。接着是哥哥公司的一谷先生，这位应该算我哥的心腹或亲信，是他最信赖的部下。因为没有把他当外人，所以他也被安排去准备烧烤。最后一个是白濑，出于某些原因寄宿在哥哥目黑家中的大学生……啊，不，现在已经是研究生了。就是这四个人做的准备工作。"

木岛马上记了下来。

　　门司清晴　　　被害人的弟弟
　　门司真季子　　被害人的妻子

一谷　　被害人的下属
白濑　　被害人的房客

总之，这四个就是案件相关人员了。说不定搜查一课也把他们视为重点嫌疑对象。

这边木岛还在思索，那边清晴继续诉说："下午五点，烧烤开始了。虽说距离晚餐时间还早，但正好够那帮酒鬼举着啤酒喝一圈。然后那些员工又是吃肉又是喝酒，我在烤肉架前忙得头都没抬。"

"清晴先生完全成服务生了呀。"

木岛觉得作为一个成年人，不能让一个高中生过多参与工作。虽然这份工作不适合他，但他不好意思光拿工资不干活，所以主动搭话。

清晴点点头："是的，因为我是家人嘛，所以要当好东道主。对了，我还和客人聊了一会儿，呃，石川先生、久野先生、八卷先生，大概这三个人吧。"

他的说法有些别扭，语气像个局外人。

"咦？清晴先生不在令兄的公司工作吗？"木岛问。

清晴轻飘飘地摆着手："没有没有，我是个不起眼的上班族，在一家小公司上班。"

"哦，是这样啊。"

原以为帮忙准备就意味着他也是死者公司的人。木岛似乎先入为主了。

"顺便问一下，是什么公司？"

"做文具批发的，公司和学校等大客户也会从我们家采购。"

完全是另一个行业。

"我继续说。烧烤结束是在晚上九点前,八点四十还是八点四十五,差不多就是这个时间。客人直接坐车回家,其中三人完全不能喝酒,他们就当司机。九点左右,九名职工分三辆车全回了东京。我们做东道主的要收拾,又在地面和厨房之间上下奔波。"

听到清晴的说法,红林刑警举起一只手插话:"对不起,请允许我打断一下。那个装毒药的水壶也是在这时准备好的。水壶里装了加冰块的运动饮料,据说是被害人的妻子真季子准备的。根据她的证词,大概在九点五分,收拾餐具之前她就已经将水壶放在客厅的茶几上了,也就是我们面前的这张。重晴先生一会儿会带上它去大浴场,听说这也是老习惯了。"

木岛听闻刑警的报告:"令兄没帮忙收拾?"

清晴笑了一下:"怎么可能?我告诉过你的,我哥不做这些事。他在这里是国王,收拾碟碗是家臣的事。主人对下人的琐事不感兴趣,独自悠然地下楼洗澡,锻炼肌肉去了。"

"锻炼肌肉?"

"我哥身材健美,开了好几家健身房,奉行肌肉至上主义。不过他的座右铭是打磨实用的肌肉,而不是像健美运动员一样锻炼那些用于展示的肌肉。虽然我不知道有什么区别。"清晴用纤细的手臂抚摸着单薄的胸膛,"我哥家里有专门的健身房间。他经常邀请我去练,但我每次都逃避。那里面笨重的器械排成排,还有股汗臭味,五分钟我都待不下去。但我哥就窝在那房间里默默锻炼。"

清晴耸耸肩,表示无法理解:"这里也是。虽然没有专门的健身房间,但他会脱光了在大浴场里锻炼。在洗澡间练腹肌、阔背肌、深蹲,练到一身臭汗跳进温泉,泡爽了再去淋浴,洗完了接着练,是不是怪癖?他就这样一有空就去锻炼,泡澡放松身体后再锻炼,口渴了就喝水壶里的运动饮料,如此反复。"

昨天晚上,那壶运动饮料被下了毒。

"十点半左右我们才收拾完残局。我们忙得团团转的时候,哥哥就已经下楼去大浴场了,我不知道他具体什么时间下去的。"

红林刑警又补充道:"参与收拾工作的四人证词相同。没人明确地知道被害人是在什么时候去大浴场的,所有人都说当时正忙着收拾。但收拾结束,他们发现运动水壶不见了,由此推测被害人定是下去锻炼了。"

参与收拾的四个人一直在地上的烧烤场地和地下二层的厨房间往返,忙忙碌碌的,恐怕被害人刚好在这里没人的时候下到了大浴场。

"收拾干净后就没事了,我们反锁玄关,一起来到客厅,稍事休息后各回房间。哥哥要在这里过夜,我们也奉陪。这就是我昨晚的行动。"清晴总结道。

轮到少年侦探提问:"您还记得回房间的顺序吗?"

"哎呀,我记不太清了。刑警先生也问过我,我只记得大家各自回房。真不好意思。"

清晴挠挠头。红林刑警在一旁说:"综合证词来看,第一个回屋的是真季子夫人,第二个是一谷先生,然后是白濑先生,最后是清晴先生。"

"嗯,完全不记得了。既然别人都这么说,大概如此吧。"

"是因为喝多了记不清吗?"

清晴摇摇头说:"不,我酒量很差。之所以不记得,大概只是因为当时心不在焉。我不喝酒,只喝这个。"说完,他将那罐可乐一饮而尽,"我哥也一样不爱喝酒,可能是遗传。一般来说,酒后在浴室里锻炼挺危险的,他不至于这么乱来。没喝酒他才敢去锻炼。"

"令兄之后就再也没上来?"少年志我问。

被害人在大浴场里毒发身亡,不可能上来。清晴当然也点头:"对,他没上来。"

"直到你们收拾完毕,在客厅解散时都没回来吗?"

"嗯。"

"你不觉得奇怪吗?"

"一点儿都不。我哥是健身狂,锻炼往往要两三个小时起步,有时候直到半夜才会回来,所以没人会觉得奇怪。"

"清晴先生没去大浴场吗?烤肉和收拾后出了很多汗吧?"

"不,我们每个房间都有独立卫浴,虽然比较窄。他在大浴场健身时谁都不能去打扰,我们都遵守着这条不成文的规定。"清晴苦笑着说,"原本大浴场就是哥哥专为他的爱好建的城堡,我们不会碰他的宝贝。不过,如果他不在,我们也会偶尔偷偷去泡个澡,看看南阿尔卑斯山的全景,别有一番风味。我一般会趁我哥去湖边跑步时进去,嫂子好像也是这么做的。"

"昨晚解散后您做了什么?"

"没做什么,当然是睡觉,冲完澡就睡了。"

红林刑警说道:"其他人也都这么说,说晚上没什么特别的事情。"

清晴点点头:"是的,眼睛一睁就天亮了。第二天一早,也就是今天早上,我八点左右来到客厅,因为想喝可乐嘛,见其他人也都在这儿,嫂子和白濑正在准备早餐。一起吃过早餐后,直到过了九点,都没看见哥哥过来,于是嫂子去房间叫醒他。可是一会儿过后,她满脸诧异地回来,说我哥不在房间里,床单平整，没有睡过的痕迹。他总不会整晚都在健身吧？大家这时才感觉奇怪，由一谷作为代表下楼查看，然后他立刻就面色铁青地回来了。"

"发现了尸体？"

听到木岛突然提问，清晴皱起眉："没错，没想到会出这种事。结果大家乱成一锅粥，最后报了警。"

尸体是早上九点发现的。木岛想起在龙神湖发现断腿的时间是上午十点。

少年志我冷静地说："请让我整理一下。九位客人都是昨晚九点回去的吗？"

"差不多。"清晴点点头。

"被害人的妻子准备运动饮料是在那之后，大概九点五分。"

志我说完，红林补充道："据她本人证词是这样的。"

"毒药下在水壶里。"

"嗯。"木岛点点头。

志我歪了歪头："这么说来，九点离开的客人没机会下毒。"

"是的，专案组也这么认为。"红林刑警附和。

志我继续说："那么只有留下来的人才有机会下毒。"

"大概是吧。"木岛肯定地说，"除非有人从外面潜入。"

清晴闻言摇摇头："不，那不可能。收拾的时候我们一直跑上跑下，如果有什么可疑人员混进来，立刻会被发现的。因为只有那个玄关可以出入嘛。"

这样一来……木岛低头看向笔记。

门司清晴

门司真季子

一谷

白濑

这四人的嫌疑越来越大了。木岛正这么想,少年志我进一步确认道:"你说夫人九点五分把水壶放在这张茶几上,对吗?"

"她是这么说的。"红林刑警回答。

"你看到过有水壶放在这里吗?"志我转而问清晴。

然而对方皱眉道:"这个嘛,不记得了。大概是我忙着收拾,没看见吧。好像见过,又好像是和其他日子记混了。嫂子一到那个时间就把水壶放这儿。哥哥在自己房间里换上浴袍,带着手机去大浴场,途中顺手拿走水壶。一直都是这样的。就像刚才刑警先生说的,他昨晚一定也是这么做的。"

"被害人拿走水壶时,饮料已被下药,所以凶手下毒只能赶在水壶放在茶几上的这段时间之内。由此看来,凶手是趁着大家忙于收拾,偷偷下毒的吧。当然,如果是死者妻子在准备饮料时下药,那另当别论。"少年志我最后补充的那句令人不安。

木岛试着在笔记本的下一页写上那晚的时间表。

2:00 抵达别墅

5:00 开始烧烤

8:45 烧烤结束

9:00 宾客开车回家

9:05 众人收拾残局。真季子准备水壶,置于客厅茶几

(此后凶手下毒?)

(门司重晴携水壶去大浴场。)

(推定死亡时间:9:00—11:00)

10:30　收拾完毕，相关人员回房就寝
（深夜，凶手前往大浴场，截肢。）

最后一行是木岛的推测。毕竟谁都不可能在相关人员清醒的时候到大浴场去砍腿吧，只能认为凶手在大家都熟睡的夜里去锯了腿。

姑且问问清晴吧。

"有人能在半夜潜入别墅吗？"

"应该没有吧。收拾完，我立刻锁上了玄关入口，谁都进不来。"清晴断言。

这么说来，凶手果然就在四名相关人员之中，趁深夜偷偷下到大浴场，实施截肢。

嫌疑人的范围已逐渐缩小。

少年志我也向清晴问了个角度独特的问题："对了，你知道龙神湖断胫公主的传说吗？"

"啊，是发现哥哥的断腿的地方对吧？我当然知道传说，但有什么关系呢？"清晴皱眉道，"负责管理别墅的是本地一对老夫妻，姓五十畑。他俩原本是农民，退休后在这片别墅区看管几幢别墅。别墅主人并非每天都来，所以当房主不在时，老两口会来打扫、通风，还要养护温泉。那个传说就是老爷爷告诉我的。他说那是个古老的传说，在这一带流传。"

"警方发现令兄的断腿被摆成了断胫公主的样子。你有什么头绪吗？"

"刑警也问过我，我真的没有任何头绪。我哥和那位公主似乎没有任何共同点。况且他对那种古代故事完全不感兴趣。我实在不知道他们之间的联系。"

"这么说,你并没有想起什么吗?"

"完全没有。凶手到底想干什么?装扮成断胫公主?简直莫名其妙。"

听到清晴的回答,少年志我恭敬行礼:"非常感谢您提供了许多有用信息,很有参考价值。"

"哪里哪里,要是能对破案有帮助就再好不过了。"

看来高中生彬彬有礼的致谢让清晴挺受用。

木岛也倍感得救。清晴的证词让他大致掌握了事件经过,并意识到嫌疑人极少。

木岛转向少年侦探问:"接下来怎么办?"

"警方应该拘留了一个重要的嫌疑人,也就是所谓的重要证人。我想听听那个人的说法。"

"你怎么知道?"红林刑警吃了一惊。

"这事红林先生一句也没透露。"木岛也很惊讶,他从没听说过这件事。

"红林先生当然没告诉我,但我知道。如果是勒恩寺先生,现在他一定会说:'是我的逻辑告诉我的。'"少年侦探微微一笑,露出天真无邪的孩子般的笑脸。

"什么逻辑能得到这样的结论?"木岛问道。

志我收起笑容说:"也不难,只是个简单的推理。嫌疑人已经缩小到如此程度,但嫌疑人之一清晴先生能自由活动,不受警察监视,还能悠然地喝可乐,只能说明有人比他更有嫌疑,并且警察现在正忙着讯问那人呢。若非如此,清晴先生身边应该跟着个死缠烂打的警察才对。所以我认为警察已经有了怀疑对象,正在盘问他。简单吧?"

少年的笑容里又露出些许无聊。

＊

　　地下一层，从客厅上一层楼，中央的房间就是目的地。敲敲门，房门打开一条细缝，探出头的是搜查负责人——体格魁梧的熊谷警部。

　　一瞬间，警部露骨地现出难色，但又立刻掩饰说："哎呀，怎么了，特专课的各位？"

　　完全在装糊涂。

　　"呃，我想请教房间里的那位……"木岛意识到自己越说越萎靡。

　　面对这位威风凛凛的警部，他畏缩了。即使隶属于特案专职搜查课，这种时候他还是会如实地表现出不自信。自己果然不适合这份工作啊。

　　"不好意思，我们很忙，若各位能回避一下将感激不尽。"熊谷警部说完就准备关门。

　　木岛拼命阻止他："可是，不过，有人在接受调查吧？"

　　"是的，不过我说过了，大家都很忙。"

　　"所以，那个，警部先生，你们在怀疑那个人吧？"

　　"保密。所以您能离开了吗？"熊谷警部断然拒绝，不留一丝可能性。

　　大概是难忍木岛唯唯诺诺不成事，身后的少年发话了："警部先生，可这样一来我就很为难了，还得向警察厅提交案件报告呢。我可不想跟上头说被警部拒绝了，搞得跟告状似的，对吧？"

　　虽然他依旧摆出那张天真无邪的笑脸，但根本就是在威胁。

　　"好吧，就一会儿。"

犹豫片刻，熊谷警部敞开房门，似乎想起了天外有天，或者说，是志我强迫他想起来的。那个少年侦探，外表小可爱，内里心思深。

得到了许可，志我、木岛和红林刑警三人一起进入房间。

房间中央的椅子上坐着个人，容貌颇引人注目。

他大概和木岛年纪差不多，五官十分端正，像从极致唯美的画作中走出来的中性青年。虽然这样形容男性有些奇怪，但他总给人一种娇媚的感觉，长长的睫毛在忧郁的眼睛里投下阴影，如蜉蝣一般，薄幸且梦幻。

文静的男子看起来非常困惑。

他好像还无法接受现在的处境，或者说茫然于命运，束手无策。

不仅因为豹、狼两位刑警站在他两侧带来的压力。

木岛上前一步："我是警察厅特案专职搜查课的木岛。这位是助手志我，请多关照。"

为了避免解释过多让对方更加困惑，姑且委屈志我侦探做助手了。看起来像中学生的少年是主要的侦探，而木岛只是个附加角色，要让人接受这一点实在太难了。

梦幻般的青年一脸困惑地看着木岛。

"我姓白濑，白濑直，直角的直。"

"您好像很困扰啊。"

木岛举起水杯。

"警官好像认为是我杀了叔叔，怎么可能？"

门司家的房客白濑直一脸不解。

木岛回头问熊谷警部："他有嫌疑吗？"

"既然瞒不过特专课的专家，那我就老实说了。没错，我正在请教目前最重要的证人白濑先生。"

白濑直为难地说："别玩文字游戏了。直说吧，我被软禁在此，正接受严格的审讯。"

"每个人的解释不同，我们只想请您协助搜查。"熊谷警部厚脸皮地说。不愧是老练的搜查官，不折不扣的老狐狸。

少年志我一副天真无邪的样子说："警部，您为什么怀疑他？"

"我尽量说得能让二位听明白。听好了，门司重晴先生死于毒杀，他装运动饮料的水壶中被人下了砒霜类毒物。考虑到时机，能下毒之人屈指可数。"

刚才在客厅里，木岛他们已经讨论过了。

"备选嫌疑人中，被害人的妻子门司真季子是个家庭主妇，胞弟门司清晴是文具公司的职员，部下一谷英雄和被害人一样经营健身房和运动酒吧，没一个人能够轻松搞到毒药。那么，白濑先生，请亲口告诉大家，你的社会身份是什么？"

在警部的催促下，白濑直越发苦恼："在东央大学药学部药学科读硕士一年级。"

熊谷警部转过身来，仿佛在问"怎么样"："明白了吧？一目了然。只有他最容易接触到剧毒和管制药品。"

"不，光凭这一点——"

木岛还没说几个字就被打断。

"这样就够了吧？还是说，特专课的专家认为家庭主妇、文具公司职员能轻松拿到剧毒药物？那可是砒霜啊，不是什么人都能接触到的，总得有点儿关系才行。"

警部所说的确有理，木岛也犯了难。光这条朴素的理由就很有说服力，足够招来警方的怀疑。

白濑直更加困窘地对木岛说："您是警察厅来的，请听我说，我已经向警部解释过好几次了，我没有动机。"

"还在说这一套？"熊谷警部一脸厌烦。

可白濑越说越气："听我说，家母在我出生后不久就去世了。听说她本来身体就弱，生我的时候身体受不了就走了。之后父亲独自抚养我长大，但在我上初一的那个夏天，他自己开车撞上电线杆，撒手人寰。我成了孤儿。虽不是没有亲戚，但几乎没有来往，也没有哪个亲戚经济好到能收留一个初中生。那时，是门司叔叔拉了我一把。叔叔是父亲的合伙人，两人曾一起创业，经营了一家健身房。父亲出事时，健身房的事业正处于扩张期。叔叔和真季子阿姨没有孩子，于是主动提出收养我这个好友之子。从文件上看，我被寄养在某个亲戚家，但实际上让我寄宿并抚养我的是门司叔叔。他把我当亲儿子一样看待，还供我上大学，送我读研究生。他是我的恩人，甚至可以说是再造父母。你觉得我会对这样的叔叔下手吗？我没有动机杀死真心仰慕且宛如第二位父亲的叔叔吧？"

熊谷警部白了滔滔不绝的青年一眼："表面上可能是这样，但人心叵测。看似和睦的夫妻，可能恨不得弄死对方，干我们这行的见过太多，甚至发展成杀人事件的例子也不胜枚举。"

"我的情况不是这样。"

"谁知道呢？"警部说完，转头看向木岛，"看到了吧，我们一直光明正大地询问，只是这位重要证人很固执，不松口。"

白濑也转向木岛诉苦："木岛先生，你想想，这是不可能的。退一万步，就算我想杀人，会傻到下毒吗？我一个药学系的学生，用毒杀人岂不是不打自招吗？请相信我，木岛先生，我不会那么做的。"

嗯，没错，白濑的话说得通，一举反转了熊谷警部刚才的主张。药学系的研究生用毒药杀人，岂不是会第一个遭受怀疑？实际上现在他正作为重要嫌疑人被调查。如果他是凶手，打死也要离毒药远远的。明白了，白濑是清白的。学药学的人涉嫌毒杀，这种肤浅的故事怎么可能让人相信呢？

警部却一脸的不耐烦："我的经验告诉我，只有真凶才会这样狡辩。"

"可我没说错。如果我是凶手，绝对不会下毒。"

"那可说不好，用日常能接触到的物品作为凶器也是常有的事。"

"我会做这种一眼就被看穿的事吗？"

"也许吧。"

熊谷警部和青年白濑的争执也成了各说各话。

警部似乎过于依赖经验，思维僵化了。老实说，木岛觉得白濑的主张更容易理解。

显然，这次任务是揭露真相，拯救这个无辜的年轻人。木岛自觉比以往任何时候都要积极。他虽尚为新人，也不能对冤案视而不见，玷污了警察厅的名声。

木岛往旁边看去，一直默默旁听的少年志我也露出坚决的表情。

木岛附在少年耳边说："我们一定要找出凶手。"

"知道。"

回应简短，可靠的少年侦探露出凛然的侧脸。

＊

在红林刑警的带领下，木岛和志我去拜访其他几位相关人员。

红林还告诉了他们房间的分配。地下一层那三个并排的房间中，正中间住着白濑直，楼梯右后方是真季子夫人的房间，左后方是门司重晴先生的房间。另外，在地下二层，与客厅并排的两个房间分别住着门司清晴和一谷英雄。当然，昨晚几人都住在自己的单间里。

应警方要求，目前他们各自在房间中待命。

木岛一行人走出已成临时审讯室的白濑的房间，沿右侧走廊前进，途中还和两名刑警擦肩而过。刑警见到少年侦探，露出讶异的神情，但并未拦下盘问，看来熊谷警部的命令被完美贯彻。而备受瞩目的少年志我板着一张冷脸，或许他也习惯了被人注视吧。

木岛敲了敲走廊尽头的门。

"来了。"

随着一声微弱的回答，门开了。一个双眼红肿的女人探出头，是被害人的妻子真季子夫人。

她哭过，眼睛周围和鼻头有些发红，妆也花了。她四十多岁，五官分明，是个美人。若不是那双哭肿的眼睛，一定会更加夺目。

"啊！刑警先生，这位孩子是？"

真季子夫人眼神惊异，开口第一句就询问少年侦探。没办法，他太引人注目。

红林刑警机敏地大肆吹捧起木岛来："这位是警察厅的刑侦专家，虽然很年轻，但地位比我们县警高多了。"

少年志我则带着亲切的笑容说:"我是这位大人的助手。"

可爱的脸蛋很讨人喜欢,能吸引女性。看来志我也认为,他还是当助手比较省事。

真季子夫人破涕为笑:"哎呀,好可爱的小助手。现在还有孩子在警察局帮忙吗?"

"不,那个,警察厅和警察局还是有些不同的,因为组织特殊——"

见木岛吞吞吐吐想解释,红林刑警干脆地打断了他:"打扰了,能请教您几个问题吗?警察厅的专家正在调查案件,需要一些线索。"

得益于刑警的有力发言,总算没人在意木岛的欲言又止。

"没关系,请进。"

真季子夫人说完,木岛三人被请进房间。

方才在白濑房间时无暇四顾,现在木岛有机会扫视室内。房间当然比廉价旅店宽敞,整体像是商务酒店的单间,有空间放置组合沙发,但总觉得有点儿素净。大概是因为窗外乌云密布,无法眺望到远方南阿尔卑斯山脉的绝景吧。

门司夫妇为什么要分开住?亲眼所见方知原因——房间太小,而且床是单人床。从房间大小来看,这里也只放得下单人床。说不定是因为地上的玄关太小,只搬得进单人床。

总之,四人面对面坐在沙发上。

"这次的意外还请节哀顺变。"少年志我低下头,表现出远超高中生的社交能力,小松鼠一样的脸上显出成熟。

"谢谢你关心。"

真季子夫人拿手帕擦干眼角,吸了吸鼻子。

"您丈夫正值壮年,真没想到会发生这种事。"木岛也不能输给少年侦探，为了能顺利调查，他一脸认真地说，"想请教一下，他是个什么样的人？"

真季子夫人低头说："这个嘛，大大咧咧，精力充沛。我知道这么说很奇怪，但他是那种褒义的'肌肉白痴'，只健身就会很快乐，开朗阳光，什么都不考虑。因为比较孩子气，所以他有些任性，忠实于欲望。明明是个大块头的成年人，内心却是个精力充沛的小学男生。"

她的话听起来似乎很辛辣，但语气中充满了哀惜。真季子夫人沉痛地说："尽管如此，他对我还是很温柔的。虽然完全不做家务，但他总是笑着和我说话，关心我的健康。"说着，她又用手帕擦了擦眼角。

可不能掉以轻心。木岛脑海中浮现出嫌疑人名单，重新打起精神。

除了青年白濑，剩下的只有三个人。

木岛正襟危坐："不好意思这时候打扰您。为了能让您丈夫瞑目，请让我再问几个问题。"

"嗯，没关系，我什么都可以回答。"真季子夫人如此配合，真是帮了大忙。

"我想您应该已经从警察那里听说了您丈夫被毒杀，还有他带去大浴场的水壶里被下毒的事。"

"是的，我听说了。"

"水壶里的运动饮料是您准备的吧？"

"是的，我在厨房准备了加冰的饮料。"

"然后您把它放在客厅的茶几上？"

"是的。我丈夫会带着它去大浴场，这是他的习惯。"

"恕我冒昧，警方也许会怀疑夫人您可能在水壶里下毒。"

"哎呀，我可不会做那种事。要是那么做，岂不是立即就被人怀疑了吗？"

说得也是，木岛转念一想。就算动手，手段也不会简单如斯。

木岛掏出笔记，翻到时间表那页："听说夫人您目送客人们的车子离开后，在九点五分左右准备好了水壶，没错吧？"

"嗯。在收拾烧烤之前，应该就是这个时间。"真季子点点头。

如此一来，毒药是在晚上九点五分以后才下进水壶的。不过木岛之前一直在摸索下毒的手法，也想到了别的可能，突破九点五分这个时间点，那么来赴宴的员工也有了嫌疑。烧烤聚会期间大家喝了酒，弄乱了座位，凶手会不会趁乱偷偷溜进厨房下毒呢？

想到这里，木岛问旁边的少年志我："你怎么看？如果凶手事先把毒下在水壶内侧，比如将砒霜做成凝胶，抹在水壶内壁，而后太太浑然不知，照常倒进运动饮料。照此方法，九点钟以前下毒不就成为可能了吗？"

可还没等志我回答，真季子夫人就说："不，不可能。我认为凶手没有这么做。"

"为什么这么说？"

面对木岛的询问，真季子夫人说："因为我洗过水壶。"

"洗水壶？"

"对，在倒进运动饮料之前，我会好好地冲洗水壶。毕竟它上周就放在这儿，我怕落灰，便洗了一遍。因此，就算毒药涂在水壶内侧，应该也被我冲干净了。"

原来如此，在内壁下毒的手法固然不错，但被夫人否定了。话说回来，这位太太能够立刻做出回答，头脑相当灵活。

木岛重新打定主意说："那么这样如何？凶手事先将毒药

封进冰块，又把毒冰块混在其他冰块里。夫人不觉间将其装进水壶。后来冰块融化，毒药扩散。使用'毒药定时炸弹'下毒的话，嫌疑人范围就可以扩大到九点之前在场的人员中了吧。"

这时，红林刑警发表意见："我认为很难。鉴定组已经调查过厨房冷冻室里所有的冰块了，没发现什么疑点。如果按照木岛先生所说的手法，毒冰难道只有一块吗？还偏偏被选中，装进了水壶？凶手能算得那么准？如果他无法引导夫人装哪颗冰块、不装哪颗冰块，那他的计划就会失败。真凶行凶会这么靠运气吗？"

"我没被引导过。那些冰块都是吃烧烤时喝饮料剩下的，我从大袋子里随便拿了几块出来，单纯的随机选择。如果说是碰巧选中，我也觉得太过凑巧。凶手会寄希望于巧合吗？"

好吧，毒冰块的手法也被真季子夫人驳回。这么说来，九点前在水壶里下毒是不可能的了。毒药果然是在九点五分以后，水壶放在客厅茶几后才下的。

那么九点前离开的访客都解除嫌疑了，可疑的还是内部人员。木岛又想起嫌疑人名单，候选人很少。

暂且放一边吧，木岛还有件事放心不下："夫人知道断胫公主的传说吗？"

真季子夫人慢慢地点头："是我丈夫的断腿在湖边被发现的那件事吗？"

"是的，那个场景模拟了那个传说故事。"

"我听说过。有一对老夫妇负责管理这幢别墅，姓五十畑。老太太告诉过我那则故事，说是龙神湖的传说，在这附近很有名。湖泊那么美，传说却那么悲伤。"

"您丈夫的两条断腿就在复现那段往事。夫人有什么线索吗？"

"警察也一直在问，但很不巧，我什么都想不起来。我丈夫对龙神湖传说完全不感兴趣，大概是用那两条断腿比作公主吧，可我不知道那个肌肉白痴跟公主有什么关系。"

"和您丈夫没有关系？"

"嗯，完全没有。我根本不知道凶手为什么要这么做。"

"这样啊。"

遗憾。原本希望能通过死者亲人获得一些线索，但期待落空了。

这时，坐在有些消沉的木岛旁边的少年突然发言："自古以来，毒药都是用来暗杀的。从中世纪到近代的欧洲王公贵族史，也是一部暗杀史。在当时的权力斗争中，暗杀是家常便饭，也非男人的专利。那个时代，女性或为稳固地位，或为更高权柄，或为家族兴盛，也加入了血腥的杀戮。那时，力量处于弱势的女性常用毒药进行暗杀。可以说，毒药之于女性，宝贵如财富。只消稍微掺一点儿在饮食中，不自出力便可消灭碍事的对象。"

说得刀光剑影、杀气腾腾，但侦探始终面带笑容。笑谈暗杀的可爱少年有点儿吓人。

不过木岛也听出来了，志我在暗示女性也可能是凶手，还在挑衅名单上唯一的女性真季子夫人。

然而这位候补嫌疑人避开了他的挑衅："哎呀，要说力量上处于弱势，别说我一个女人，就算大部分男性跟我丈夫比也属于弱势。毕竟我丈夫是个健身狂，口头禅是'肌肉是用的，不是秀的'，所以健身策略一直偏向实用。如果你和他打过交道，就会知道没几个人是他的对手。"真季子夫人不悦地说。

*

接下来是一谷英雄。

一谷是被害人的部下,在公司人称"大副"。

他在地下二层客厅隔壁的房间里待命。

一谷戴着银边眼镜,眼睛细长,不算太高,身材精瘦,四十岁出头。说是被害人的心腹,所以木岛无端地以为他和死者一样是大块头肌肉男,实际见到却发觉与预想的大相径庭。一谷冷淡的眼神给人精明干练之感,完全不像那种傻大个儿,更像个乒乓球选手。

木岛、少年志我和红林刑警走进他的房间。

各自介绍完毕,四人安坐沙发。对于有个初中生模样的少年参与调查,一谷毫无反应,连眉毛都没动一下。不知道他是性格沉稳、喜怒不形于色,还是对他人完全不感兴趣。

"虽然我在公司的头衔是事业本部长,但我实际上是门司社长的助手,就像秘书。"

一谷态度冷静,干脆利落地表明身份立场。

"昨天的烧烤,你不是客人,而是组织方?"木岛说。

"是的,我跟社长是一起的。"

一谷发音清晰。不知为何,他的声音听起来像机器合成的。

"听说昨天的烧烤聚会是为了慰劳员工?"

"对,邀请上个月对销售额做出特别贡献的个人来社长的别墅吃烧烤,对自家员工来说也是莫大的荣誉。"

"那么这次是哪些人有这个荣幸呢?"

"健身房的经理、副经理,还有运动酒吧的经理、副经理等九人。名字也要说吗?"

"麻烦你了。"

"江岛浩一、浅利典由、大关恒男、五十岚邦宏、前田慎、奥村悠哉、久野利和、八卷辉人、石川义洋，以上九人。"

一谷毫不犹豫地流畅报完了人名。大概是时常在脑中整理资料吧。

木岛有些钦佩："昨晚九点，他们都回东京了吗？"

"是的，分乘三辆车。"

"对了，你知道水壶里下毒的事吧？"

"知道，警察告诉过我。"

"其实我有些怀疑，可否问一些问题？"

虽然只是自己的纠结，但木岛心里有件事。

"问吧，没关系，你怀疑什么？"一谷面不改色，意兴阑珊地反问。

"事实上，我在想毒药是不是没装在水壶里。"

"什么意思？"一谷微微偏头，脸上却不显讶异。

木岛径自接道："是胶囊。如果把毒药装在胶囊中，然后让重晴先生服下呢？比如在烧烤的时候让他吃下去。这样一来，九位客人也能行凶。胶囊会在胃中慢慢溶解，待客人离开，重晴一人去大浴场健身或泡澡的过程中，毒素释放，导致死亡。这样就算不直接在水壶里下毒，应该也可以杀人吧？"

一谷面无表情地正了正眼镜："可能性不大吧？我在侦讯时听警察说，水壶里验出了毒药。"

"那是事后伪装的。人死后再将毒药直接放进水壶。"

"这么说，凶手还去过一次大浴场？"

"当然了，他还有一项更重要的工作要做——截肢。这应该是他去大浴场的主要任务，对水壶动手脚就像是顺带的。"

听完木岛说明，一谷淡淡地说道："所以客人不可能作案了，他们九点就都回去了。"

"或许有个人折返回来了呢？"

"那他怎么进别墅？大门可是由社长弟弟锁上的哦，我也在一旁看到了。"

"有内应帮忙开门。"

"你是说有共犯？两人一起截了社长的腿？但我听刑警说，现场只掉了一把锯子，难不成一人干活一人看着？既然要锯两条腿，一人一锯一条岂不是更有效率？"

"那是因为只有一把锯子。"眼看就要被驳倒，木岛还想嘴硬。

然而旁边的红林刑警插嘴道："不好意思，上面的工具间里还有很多刀具。"

"哦，是这样啊。"

"是的，我本想等会儿再请二位看看的，适合切割的工具有不少，不光一把锯子。"

红林刑警的话让木岛的假设登时瓦解。不过红林显然还想再给他一记重拳："而且之前我说过吧，水壶上只有被害人的指纹，没留下夫人的指纹。也就是说，凶手在被害人拿到水壶前就擦过一次了。最自然的推测是，当九点五分水壶被夫人放在客厅茶几上后，凶手前来投毒，并擦掉指纹。因为其他人没有理由擦拭水壶，所以只可能是凶手干的。而且，如果在被害人毒发之后再对水壶动手脚，水壶表面难道不会留下痕迹吗？可实际上，水壶上被害人的指纹非常自然，没发现任何一处擦拭或加工伪造的痕迹。所以能否认为水壶自进入大浴场后便没有被动过手脚？"

对，的确如此，木岛哑口无言。果然，"来客犯罪"的想法实在牵强，再坚持这种假设也没有意义。凶手应该就在内部吧。

木岛换了个角度，又问了问被害人的为人。一谷的回答和夫人的差不多，阳光开朗、积极乐观、直线思维。看来于公于私，被害人都表里如一，一谷就差直说自己的老板是肌肉白痴了。

"不过提到社长，有件事我只跟警察说过，不方便透露给夫人。"说到这里，一谷才表现出暧昧两难的态度。

这人也有人情味啊，木岛内心感叹，开口问："什么事？我们也会保密，绝不会泄露给其家人。"

"有关公司经营的事，我正想向您汇报。"一谷欲言又止，"最近公司业绩不佳，资金周转困难。"

他面露苦涩，说出只有大副才知道的线索："社长还是乐观地大谈'车到山前必有路'，但在我看来，情况并不乐观。健身房上半年还算稳定，没什么问题，问题是运动酒吧拖了整体的后腿。为把心仪的女员工提拔为店长和区域负责人，社长无视经营战略，八号、九号两家连锁店仓促开业。都怪老板沉迷于异性青睐，讨女员工欢心。"一谷难以启齿地闪烁其词。

红林刑警单刀直入："你的意思是，社长有外遇？"

话很难听，大概是这一带刑警特有的坦率吧。

但是这样的口无遮拦反而让一谷恢复了冷静："不，我不是这个意思。我无意侵犯社长的隐私，再说了，我也没有任何证据，各位不要误会。"

"那么夫人是否察觉到了丈夫的心思？"

面对红林又一次毫不客气地询问，一谷冷冷摇头："不会的。社长在家里完全没表现过一丝一毫。我也很惊讶，他在家里一点儿没有那种迹象，所以我认为夫人还不知道。包括这次烧烤聚会，社长邀请的都是男员工，估计也是为了提防夫人多想吧。她很聪明的。"

一谷沉默了，好像在说自己完成了配合警方的义务。的确，这段逸事很有意思。于是木岛换了个话题："一谷先生知道龙神湖传说吗？断胫公主的故事。"

"啊，是社长那两条断腿的事吧。刑警先生也问过我有没有线索。"

"有吗？"

"没有。"一谷淡淡道。

"您认为门司重晴先生与断胫公主的传说有何关联吗？"

"我觉得完全没有。我完全不明白为什么要把社长的死比拟成那种古老传说，他跟传说没有任何关系，莫名其妙。"

"一谷先生是从谁那里听到的传说？"

"很久以前，我听管理别墅的老人五十畑说过。"他用手指推了推眼镜，"不过，我对这种故事全无兴趣。"

五十畑老人似乎在到处散布传说，大概是喜欢跟人说话吧。可以想象出他那满是皱纹的亲切笑容，一副老好人模样。

这时，少年志我突然插嘴："毒杀的一大优点是杀人时不用在被害人身边。就拿这次来说，凶手只需要在清理烧烤残局的混乱中，把毒药放进客厅茶几上的水壶里即可，每个人都有机会。之后凶手只要装作无事发生，回房间睡觉就行，等着被害人自行喝下毒药死亡，所以凶手完全没必要靠近现场。"

少年侦探露出亲切的笑容："但这就奇怪了，凶手在那之后切断了被害人的双腿。凶手到大浴场去，趁夜深人静之时，特意下楼斩断死者双足，带去湖边，摆成断胫公主的模样。对凶手来说，费尽心思做这些肯定有其必要。不然他在房间里睡到天亮就行，何须再费一番工夫呢？所以他肯定有什么理由。一谷先生，对此你有什么见解？"

一谷依然冷淡地说:"这个嘛,我可没有什么见解。毫无头绪,毫无想法。"

"没有吗?"

"我无法揣测凶手的意图,只能说完全不可理喻。"

一谷的声音听着像是人工合成的,冰冷、抽离且清晰。

*

三人走出地上玄关。

关上门,两块榻榻米大小的水泥玄关果然像仓库一般大小,小巧玲珑,看不出底下藏着宽敞的别墅。

昨晚举行烧烤聚会的宽阔空地上仍停满了警车,还能看到几个刑警来往的身影。

感觉好久没有出来透口气了。云层后的太阳似乎开始西斜,能感觉到些许凉意。

木岛大大地伸了个懒腰。

但他不能偷懒。木岛这次出来是为了检查混凝土玄关和旁边的小木屋。那间简陋的铁皮屋顶小木屋有一圈木板围墙,入口拉门也是用木板做的。

红林刑警拉开木板门,说:"听说平时都是用挂锁锁上的,钥匙就像我刚才所说。"

走出玄关时,这位年轻刑警告诉过木岛,钥匙挂在铁门旁的墙上。他还让木岛看了看那把绑有木牌的银色钥匙,的确挂在墙边的挂钩上。

打开拉门看进去,里面是个狭小的空间。小屋本就狭小,又塞满了各种工具,因此显得格外狭窄。

"听说他们管它叫'工具间'。"红林解释说。顾名思义,这里装满了工具。

木岛在红林刑警的带领下走了进去。

少年志我也皱着眉跟上来:"灰尘够大的啊。"

三个人使本就逼仄的小屋越发水泄不通。

右手边的墙上挂着一排工具,有铲子、拔钉器、撬棍、成捆的电线、卷尺、绳子和工具袋等。

里面墙边堆满了空水桶、塑料桶、扫帚、三脚架、修枝剪、钓鱼竿等物品。长条形工具靠在墙边。

左手边摆着架子,分上下两层,上层高度与木岛肩齐。下层放着烧烤设备、小型发电机、电钻、车用千斤顶、电动刨子、几袋木炭、几捆麻袋等粗大笨重的东西。上层随意堆放着锤子、固定扳手、钳子、镘子、活动扳手、凿子、镰刀等零碎物品。

果然只能叫工具间。

红林刑警回头看向木岛:"之所以觉得二位应该先来看看,是因为凶手只从这里拿走了一把锯子,但这里还有很多可以用来截肢的工具。"

刚才在大浴场看过平板电脑上的照片,用来截肢的是把双刃锯,形状很普通。当然,实物已经被鉴定组拿走了。

"锯子原先放在哪儿?"木岛问。

红林刑警说:"听说是这边的架子。"他左手指着架子的上层。

正如刚才在一谷房间里所说,那堆零碎工具中夹杂着好几种刀具。

"我们认为凶手是深夜来取走锯子的。因为无论烧烤时还是之前的自由活动时间里,拿取锯子都很显眼,所以凶手应该是趁别墅里的人入睡之后来拿的。"

然后他下到大浴场，锯断了尸体的双腿吗？木岛心想。

少年志我回头看向木岛："钥匙挂在玄关里面，对吧？"

"是啊，所以凶手很可能是从别墅里面出来的。"木岛答道，"也就是说，住在这里的人都可以拿到锯子。"

内部人员犯罪的假设可能性更高了，毕竟外人拿不到小木屋的钥匙。

红林转身对木岛说："对了，还有一件趣事。"

"什么事？"

"发现了血迹。"

"血迹？在哪里？"木岛问道。

"还是直接看比较快。"说着，刑警又掏出平板电脑，点开一张图片，"请看这个。"

照片上是一把柴刀，木柄老旧，形状普通。

"就是这里。"红林手指着画面上方。刀柄上接近刀刃的部分薄薄地粘着一层黑乎乎的污渍，像被擦过。

木岛定睛一看："这就是血迹吗？"

"是的。"

"亏你们注意到了，这么一点儿。"

"既然知道凶手来拿过锯子，鉴定组便一寸寸地彻查过小木屋内部，看看能否发现什么线索。结果查出了这个血迹。"红林刑警自豪地说，仿佛发现血迹的是他。

木岛把脸凑近屏幕："这是被害人的血吗？"

"恐怕是的。别看它发黑，好像很旧，但经过鉴定，那是很新的血迹，应该是昨晚或今天凌晨沾上的。血型也和被害人一致。等ＤＮＡ比对结果出来能知道更多信息，不过八成是被害人的血没错。"红林解释道。

少年志我问:"柴刀在哪里?"

"这里。"红林又指了指上层架子摆放杂乱的小工具堆,"插在这一堆乱七八糟的工具里。上面还有手斧、线锯和单刃锯。"

"你们找得真仔细。"木岛不由得佩服地说。

从这边看过去,几乎所有工具都混在一起,只能看到金币形状的柄底,基本看不到刀柄和刀刃。

"鉴定组立功了,我们县警也很能干吧。"红林得意地笑着,"不过,我不知道这是否能成为证据。"

"这可是重大线索,非常有趣。"

少年志我那小动物般可爱的脸上,浮现出大人般成熟的微笑。

*

重回房间,高昂的紧张感扑面而来。

空气中传来紧绷的张力。一进房间,木岛下意识地缩起脖子。

对白濑直的侦讯似乎陷入僵局。

熊谷警部威严地板着脸站着,双手抱在胸前,瞪着坐在对面椅子上的白濑直。

守在白濑两侧的豹、狼刑警也毫不掩饰身上的杀气,眼神充满威胁。

被团团围住的青年和刚才一样困惑。他表情迷茫,不知该如何自解嫌疑。那如女性般的细腻肌肤、优美五官此刻也黯然失色。

熊谷警部沉默不语。豹、狼刑警瞪着眼,缄口不言。白濑自己也没说话。乍一看,就像是四人在玩"一二三木头人"。

目不转睛的僵持究竟持续了多久呢?

因为担心白濑会被冤枉,木岛这才来看看情况,结果看到了杀气腾腾的刑警。木岛有点儿后悔,早知道就不来了。

看来还是走为上策。木岛催促着红林刑警和志我,准备离开房间。

敲门声响,房门打开。木岛的偷溜计划泡汤了。

一个圆脸的中年刑警探出头来:"熊谷警部,报告一下。"

熊谷警部看懂了眼神,走近圆脸刑警。刑警在他耳边嘀咕了两句,警部的眉头皱得更深了。

"好,知道了。辛苦了。"

警部打发走圆脸刑警,自己关上门,大步走回来,挺胸站在白濑面前:"刚才去目黑调查被害人住所的小组来报告了。"

熊谷警部打破了沉默游戏,声音中充满威压:"白濑先生,原来你也住在那里。"

"是的。"

白濑点点头。

"听说有位警员搜查时不小心开错了门,刚好看到了白濑先生的房间。"

"这不是违法搜查吗?没搜查令就擅闯私人房间。"白濑苦着脸表示不服。

"我不是说了吗?无心之失而已。"

熊谷警部依然表情严肃。但从他的语气中,木岛判断那一定不是一时疏忽。

"虽然不小心进错房间,但搜查员还是看到了房间内的情况。白濑先生,搜查员报告说发现你桌上有一排玻璃试剂瓶,还说那里像个实验室。"

熊谷警部突然逼近白濑:"白濑先生,那些是什么药品?为什么你的房间里会摆放着试剂瓶呢？"

白濑慢吞吞地摇摇头说："并不是什么大不了的药品。过氧化钠、氢氧化钾，还有碳酸钙，都是些无害的化学试剂，中学实验室里就有。"

"为什么要把药瓶摆出来？"

"一种爱好。玻璃瓶很漂亮。蓝色的、绿色的、棕色的、透明的，不同颜色的试剂瓶用途也不一样，我只是把它们当作室内装饰而已。只有空瓶没意思，所以也装了些药品进去，不值一提。可即使是私人拥有，那些试剂也没有一样违反了《医药品医疗器械法》。"

"你是说，不是毒药？"

"当然不是。"

"完全没有致死性？"

"没有。舔氯化镁和过氧化苯甲酰之类的只会觉得难吃。当然，服用一整瓶没准儿会致命，但食盐和酱油也一样。如果这么多异物进入胃部，胃部也会受不了，在身体吸收之前就会吐出来。"

"哦。"熊谷警部哼了一声，用怀疑的目光打量白濑。

这时，僵局又被敲门声打破。胶着状态逐渐解除，事态终于有所进展。

门开了，这次出现的是一位长脸刑警。熊谷警部立刻走向门口。

警部又附耳听取报告，表情严肃地点头。

"好，不错。辛苦你了。"

熊谷警部打发走部下，关上门，又大摇大摆地来到白濑的眼前。

"刚才去神田的东央大学调查的小组也来报告了。"熊谷警部的眼神比刚才更加锐利,"您认识楠木教授吧?"

"认识。"

白濑一脸茫然地点点头。

"明明是周日,教授却不得不跑到大学研究室来协助调查。"警部直盯着白濑的眼睛说,"知道我想说什么吗,白濑先生?我们已请教授检查过剧毒药品库了。知道教授是怎么说的吗?"

听到这句话,白濑低下头,一言不发。

警部穷追不舍:"教授做证说,有人在库房里动过手脚。他还说,有些药品好像减少了。当被问到追责等问题时教授脸色苍白。至于少了什么药品……白濑先生,你应该知道吧。我们可以正式申请搜查令,搜查你的房间。"

白濑缓缓抬起头,似乎有些难以启齿:"三氧化二砷。教授说少了的就是它吧?"

"呵呵,那是什么性质的药品?药学系的研究生应该可以告诉我们了吧?"熊谷警部绕着弯子逼问道。

白濑不知所措地说:"砷的氧化物,俗称砒霜。无色无味的白色粉末,溶于水,遇水生成亚砷酸。"

"毒性强吗?"

"非常强。致死量在零点零六到零点二克。微量足以致人死亡。"

"如果加入运动饮料,只要喝一点儿就会当场死亡吗?"

听到此问题,白濑表情僵硬地点点头,有些不情愿地说:"是。"

熊谷警部深吸一口气:"你怎么知道砒霜少了?"

"那是——"

"那是你偷的吧?"

白濑沉默不语。

警部加重语气说:"这就是决定性的证据。如此一来,你就从重要证人升级为嫌疑人了。你有什么要申辩的吗?"

"明白了,我承认。"

"承认杀了门司重晴先生?"

"不是。"白濑摇了摇头,"我承认偷了砒霜,但我没有使用,更没有杀害叔叔。"

"那么装有运动饮料的水壶里为什么会有砒霜呢?"

"不知道。"

"怎么会不知道呢?你偷药正是为了杀人吧?"

"不是,绝对没有。我偷药不是为了使用。"白濑使劲地摇头。

"那么,你的目的是什么?"

"你可能不相信,我只是把它当成一种护身符。"

"护身符?"警部讶异地问。

白濑结结巴巴地说:"每到春天,我就会心情低落。现在回想起来,大概是得了'五月病'吧,总是郁郁寡欢,毫无干劲。也不知道中了什么邪,我竟迷迷糊糊地把手伸向剧毒药品库。自从考上研究生,老师便告诉了我钥匙的保管处,这也促使我心生邪念,鬼迷心窍。啊,我不想死,只是手握致命毒药能让我重新振作,或者说,倘若真撑不下去时,也能狠心服毒一走了之。想到这儿,我反而不怕了。所以我想把毒药放在手边,当个提振士气的护身符,而且实际效果立竿见影。不管犯什么错、受什么辱,我随时都可以去死,故而很多事情动摇不了我。我胆子变大了,抑郁消失了。嗯,也许单纯是我摆脱了伤春悲秋的五月病。"

白濑苦笑一声:"所以我现在还保管着如同护身符的砒霜,

却从没打算过用在别人身上,仅此而已。"

"为什么直到刚才你还瞒着我们?我说过很多次了,这次命案用到了砒霜。"

"那是因为——"

"那是因为你用砒霜杀人了对吧?"

"不是的。我是怕多嘴会招来更多怀疑。是真的,请相信我。"白濑恳切道。

熊谷警部却依旧固执:"我信不信不重要,法官信不信才重要。重点是,毒药在你手里,对我们来说,这一事实就已足够。"

不行,这样真会成冤案的。木岛用眼神向站在旁边的志我示意:想想办法吧,你是侦探啊。

少年微微耸肩,仿佛在说:哎呀,这人真难缠。于是他和颜悦色道:"警部,请等一下,现在就认定白濑先生是凶手,是不是太过草率?"

"为什么?决定性的证据已经找到了。"

面对一脸讶异的熊谷警部,少年侦探始终朗声说:"不能这么说。白濑先生,你把砒霜放在哪儿了?该不会和你桌上的收藏品放在一起吧?"

白濑轻轻摇头:"怎么可能?万一有人不小心碰到就糟了,所以我藏起来了。"

"藏在哪里?"

"书桌抽屉的最里面。"

志我冲白濑亲切一笑:"原来如此。你说毒药被藏起来了,不过应该没有上锁吧?"

"确实惭愧,抽屉没有上锁。"

"如果是这样,也许另有他人偷走了毒药。"少年志我天真地说。

熊谷警部皱起眉头:"不,等等,少年,我认为不可能。"

志我一脸坦然:"完全有可能。凶手企图杀害门司重晴先生,他会想,既然房客白濑的房间里摆满药瓶,那么其中有没有毒药呢?于是凶手趁白濑不在时溜进他的房间,从桌上那排试剂瓶中各偷出一点儿,用在鸟或狗身上尝试效果。但那些都是无害的药物,自然没有效果。所以凶手又扩大搜索范围,想着除了摆在桌面上的,还会不会藏有别的药物?就在这时,他发现了抽屉最深处的砒霜。'藏得这么深,莫非……'当时他心里一定很激动。后续实验,效果奇佳,动物瞬间毙命。很好,用它不仅能毒杀重晴先生,还能嫁祸给白濑。凶手暗自窃喜,藏起毒药,终于在烧烤聚会当晚等来机会。宴会结束后,凶手利用大家忙着收拾的空隙,成功在客厅茶几上的运动水壶里下毒,于是重晴先生丧命,白濑先生因此成为重要证人。怎么样,白濑先生,抽屉里的砒霜是不是比以前减少了?"

少年满面微笑。

白濑歪头疑惑地说:"不知道,平时我也不常看这个护身符,就藏在抽屉里。"

熊谷警部苦着脸听着上述对话,终于开口:"等一下,少年,你是说,凶手是真季子夫人吗?能在白濑的房间里翻找毒药的人恐怕只有她了。毕竟只有门司夫妇以及房客白濑住在目黑的家里。"

然而,志我亲切地笑了:"不,我不是这个意思,其他人也有机会。以弟弟清晴为例,他说门司家的健身房汗臭难闻,还说他哥哥经常邀他一起锻炼,说明他经常出入目黑家中。所以清晴先生也有充分的机会寻找毒药。"

少年志我爽朗的笑容不减:"此外,被害人的心腹一谷先生亦然。他知道重晴先生和女职员眉来眼去,但回到家面对夫人,社长却表现得滴水不漏。若不是经常出入社长家,他说不出这些细节。作为'大副',他大概经常出入目黑的家中吧,所以一谷先生也有机会。"

好了,这下全体嫌疑人又回到同一起跑线上了。

熊谷警部还是一脸不快,强撑架子:"理论上是这样没错,但我不会被你这个小孩的胡话骗了。原以为特专课有多优秀,现在看只不过是在强词夺理。白濑先生现在嫌疑很大,这是不争的事实。"

少年志我再次无奈地耸了耸肩。

*

在少年志我的提议下,木岛决定去看看被害人住过的房间。但由于被害人就寝前就被毒杀了,所以准确来说应该是本会住的房间。

房间在地下一层,从楼梯的方向看在左后方,与真季子夫人的房间正相反。一路上他们又和两名刑警擦肩而过,也不知第几次招来了好奇的眼神。

但到达目的地可没那么简单。本以为走廊是一条直线,谁知这幢别墅的构造很不规则。走廊的中间有一段向下的楼梯,又接一段向上的楼梯,而且角度非常陡,就像跌入谷底再向上爬。好似来了一次危险的田径拉练。

红林刑警又解释道:"听说走廊前进方向有一大块岩石,不好凿穿,所以改成了上下迂回的方式。"

"可一家之主的房间建在这种不方便的地方，真的合适吗？"木岛诚实地表达了朴素的疑惑。

带路的红林说："是他主动要求的，说这样往返房间对大腿肌群、内侧肌群，还有小腿三头肌是绝佳的锻炼。他把这段路当成日常健身任务的奖励关卡。"

啊？木岛实在跟不上健身狂的思路。三人噔吁着走下陡峭的楼梯。

来到一家之主的房间，里面自然空无一人。和其他房间一样，这个房间也像是商务酒店的单间。窗外是阴沉的天空，眼前铺展开的只有森林的树冠。

那么，该从哪里查起呢？木岛正想着，少年志我敏捷地向门后看去："还有门锁呢。"

"在哪儿？"木岛也凑了过去。哦，门把手中央有个按钮，按下去就能上锁，从房内转动门把可以解锁。

少年侦探看着门把手说："红林先生，已经采集过指纹了吧？"

"当然，鉴定组早上就做过了。门把手上只有被害人和夫人的指纹，按钮上的指纹很模糊，似乎最近一段时间没人碰过或擦拭过它。"

"被害人每次来别墅都住这个房间吗？"

"好像是。"

"哦，没有最近上锁的痕迹？原来他睡觉不锁门啊。"志我自顾自地嘟囔一句，突然抬起头，"红林先生，能否劳您跑一趟，请夫人过来？现在，马上。"

"好的，主任吩咐我全力支持二位工作，跑个腿不算什么。"刑警笑着走出房间。

他是个好人,希望以后别成为"豹""狼"那样可怕的刑警。

只剩两人之后,木岛问出一直在意的问题:"我想到一件事。"

"什么事?"

少年侦探正翻着床头。

"在水壶下毒的和给尸体截肢的,真是同一个人吗?"

"什么?"

少年志我停下手头动作,回头看向木岛。

"那个,不知为何,我们一直默认毒杀犯和截肢犯是同一个人,对吧?我突然想到,有没有可能他们根本不是同一人呢?"

"木岛先生的想法还真奇怪。不过,有奇思妙想或许也是成为优秀随行官的潜质吧。"

"能不能别这么说话,像勒恩寺一样。"木岛抱怨道。

志我扑哧一笑:"勒恩寺在笔记上写着呢,说不定你意外地很适合当随行官呢。"

"真的吗?"

"骗你的。"志我又露出一丝笑容,然后表情严肃起来,"如果毒杀犯和截肢犯不是同一个人,那么他们联手了吗?"

"不,谈不上联手。如果两人是一伙的,应该统一过行动,不会布置出意图不明的比拟场景。我不认为那种自以为是的做法是两人商量过的,那更像是一个人冲动之下的行为。所以我的看法是,毒杀者下毒在前,截肢者只是刚好搭了顺风车。"

"也就是说,截肢犯偶然目击到毒杀犯的下毒瞬间,或是深夜去大浴场时发现了尸体,深感幸运,这才取来锯子锯断了死者的双腿?"

"没错,不愧是侦探,理解得真快。所以模仿断胫公主传说只是截肢犯的个人行为。"

"我想应该不会。"少年志我的语气充满了否定,"哪个正常人发现尸体后想到的第一件事是截肢?昨晚这幢别墅里潜伏着一个毒杀狂魔本就够够异常的了,还要再加上个想利用他杀尸体完成比拟创作的怪人?太离谱了。你觉得要多凑巧才能让两大怪人齐聚别墅?"

"嗯,也许你说得没错。"听到对方合理反驳,木岛不由得降低了音调。

志我接着说:"而且,如果存在截肢犯,万一被警察抓住,搞不好还要背上毒杀的罪名。他会承担这样的风险吗?侮辱尸体罪直接升级为谋杀罪?太可怕了。"

"这么说,还是没有分开犯罪的可能了?"

"我觉得没有,认为是同一个人犯罪比较自然。"

"那自杀呢?"

"自杀?"志我露出诧异的表情。

木岛点头说:"没错,被害人是自杀的。他找到白濑的毒药后服毒自尽。"

"如果是这样,又是谁截断了他的腿?自杀者可做不到。"

"那就是另一个人了。有个人受到被害人……这时再叫他被害人不合适,应该说受到自杀者的威胁,在他死后依命锯下他的双腿放在湖边。"

"那人为什么要服从死者的命令?"志我有些无言以对,"如果威胁自己的人已经死了,一般就不怕什么要挟了吧。"

"这个嘛,大概是被恳求了。一家之主动之以情,流着泪悲壮地请求他无论如何也要完成遗愿。那人被他的真切感情打动,无奈地尊重了他的选择。"

"真是英雄，宁愿冒着毁尸被抓的风险也要答应死者的请求，况且还会招来毒杀的嫌疑。没人会因为被拜托了就去做这种事吧。更何况，制造那种莫名其妙的假象，于人于己都没有好处。"

"是这样吗？"木岛自己也觉得说服力不强，只好作罢。

但是，如果有人含泪请求，或许有人会帮忙吧，哪怕心中千万个不愿意。木岛觉得志我的想法很冷漠，或者说干脆明确。说起来，勒恩寺侦探也一样，极度理性思考，不为情绪所动。侦探这种人，都是理性主义者吗？这时木岛突然想到一件事："志我有点儿像勒恩寺先生呢。"

"哪里像？"志我有些不满地鼓起红脸颊，"一点儿也不像。请不要说奇怪的话。"

哎呀，真是意想不到的反应，还以为他会高兴或害羞呢。少年动不动就提到勒恩寺的笔记，还模仿他的口头禅，且不说是憧憬吧，木岛一直以为志我视勒恩寺为尊敬的对象。木岛颇为意外地说："你有时候说话很像他，我还以为你受到了他的影响。"

"我不是不承认他的实力，只是不喜欢他浮躁的性格。"志我淡淡地说，"而且我也跟不上勒恩寺先生所谓的浪漫、美学等侦探小说至上主义。那人一把年纪，却连个正经工作都没有，成天说什么密室、不在场证明、不可能犯罪之类的梦话。再幼稚也该有个限度吧。我不同意他胡闹似的生活方式。没什么比坚定执行现实主义更好的。"

"嗯，总觉得志我将来的目标很明确啊。"

"当然。木岛先生也是通过国家公务员一类考试，吃上公家饭的人，应该有所共鸣。别看我这样，全国模拟考试我从没掉出过前五名。我比较擅长考试，只是不挂在嘴边，怕像在自吹自擂。"

"那么,你也想走官员路线?"

"是啊,当然想,"少年志我开朗地说,"最好是管理金钱的部门。毕竟手握预算大权才是最强的,所以我的目标是财务方面的官员。"

他说得干脆,就像在说一个触手可及的愿望。木岛想,这孩子大概能轻而易举地当上官吧。但这样到底算不算有梦想呢?木岛不知道。

正当木岛想着,门开了。

红林刑警走了进来:"我把夫人带来了。"

门司真季子跟在后面。大概是悲极而疲,她的眼睛已经消肿,又重新整理过妆容,恢复了原本的美貌。

"找我有什么事?可爱的小助手。"

真季子夫人对少年志我嫣然一笑。看样子少年很招她喜欢。

而志我换上了和刚才截然不同的和善面孔:"那个,有件事想请夫人确认一下,可以吗?"为了让她配合,少年的语调里还带着撒娇的味道。

"没事,尽管说。"

"您丈夫有没有丢失或者多出来什么东西?"

"多出来东西?"

真季子夫人满脸诧异地在本就不大的房间里来回踱步。

走到衣柜前,她立刻叫出声:"哎呀,行李箱不见了。"

"行李箱?"

志我立刻走过去。

"是的,一个带脚轮的、可拖拉的黑色行李箱。那么大的东西之前确实就放在这里,居然不见了。天哪,换洗衣服也没有了。之前这里明明有几件内衣、衬衫什么的才对。"

真季子夫人疑惑地走到床边:"剃须刀也没了——电动剃须刀,还有他最爱的那瓶发胶……牙刷套装也不见了。真奇怪,就像要出门远行一样。但他明明没有出行计划,怎么会不见了呢?"

"很奇怪吗?"少年志我问。

真季子夫人点点头:"很奇怪,我明明没碰过。"

"我也觉得奇怪。"志我微微一笑。天真无邪的笑脸让人想起可爱的小动物。

*

应少年志我的要求,三人回到地面。

天空依旧阴沉沉的。

走出混凝土玄关,少年志我停下脚步,突然说:"我要回家了。"

"啊?"

这小孩在说什么?木岛惊呆了。红林刑警也瞪大了眼睛。

志我却一脸冷漠:"已经傍晚了。现在赶回东京,到家都要深夜了。根据《劳动基准法》,高中生不可以上夜班,而且我明天还要上学。后续就交给木岛先生了,告辞。"

"什么就交给我了?案子还没破啊。"

"的确没破,但我心里已经有了大致的答案。"

"什么意思?"

"就是我推理出了不少事情,再组织整理一下就能基本弄懂发生了什么。"

"咦?你知道凶手是谁了?"

少年志我镇静地对一脸吃惊的木岛说："是的。"

"还有毒杀犯的身份？"

"是的。"

"还有比拟的意义？"

"当然。"

"那你不是全知道了吗？说来听听。"

志我毫不客气地拒绝了木岛的请求："不行。"

"为什么？"

"还不知道动机。凶手为什么非杀门司重晴先生不可，只有这一点我怎么也没想通。"

"没想通没关系，弄清楚其他问题就够了。"

"不，有一丁点瑕疵都不算完全解决。我很负责的，不能允许自己给出有瑕疵的结论，也没厚脸皮到可以高谈一段并不完美的推理。"少年志我说得仿佛这是这个世界的常识。

不，不，搜查不是指认出凶手就好了吗？木岛心中疑惑，嘴上又问："可你就这样回去，合适吗？"

"凶手身份已经查明，除了动机，其他谜团也都破解。我尽力了，挺满足的。"

"不要随便满足啊。这是你一个人的事吗？这样不是很不负责任吗？"木岛越说越激动。

少年志我却缓缓摇头："我无法对后续事情负责。听好了，木岛先生，这案子说不定还没结束呢。"

"什么？"

"本次案件是毒杀，毒杀存在时间差。现在这么多警察四处奔走，凶手无法轻举妄动。但如果昨晚有人在别墅的其他地方下了毒，没准儿之后会出现第二个、第三个被害人。如果到时候无法阻止，那才是不负责任。所以我要撤了，再耗下去我也无能为力。而且如果天黑前还回不到国道上，打车也很困难。那么，失陪了。"

少年志我非常干脆地转身快步走开，连告别的话都没多说一句。

木岛忍不住问出声："接下来怎么办？你放手不管让我很难办啊。"

但少年背影依旧，举起胳膊，挥手告别。

又来了。侦探第二次中途溜走。

难道侦探中途离场是常态吗？

太过分了。"侦探皆自私"是木岛这半年来的从业心得，可自私到如此地步，真让人无言以对。

剩下的两人不禁面面相觑。红林一脸茫然，木岛也不知所措："呃，接下来该怎么办？"

但木岛不可能等来红林的答案。

*

总之先回别墅。

木岛和红林刑警两人前后走下楼梯。

茫然无措是没有意义的，必须为白濑洗脱冤屈。

如果放任不管，熊谷警部他们可就一拥而上，定白濑为真凶了。信念驱使木岛必须想个办法。

这次，他决定重返杀人现场——最底层的大浴场。

木岛听过一种刑警的经验之谈，叫"现场百遍"。如果重看现场，说不定会有什么灵感。木岛只是个随行官，没有任何侦探技能，但他还是必须做些什么，总不能让白濑白白蒙冤。

两人走下宛如地底隧道的陡峭楼梯。通往大浴场的阶梯就像游乐园里的某个游乐项目，狭窄、陡直、漫长，稍不留神就会掉下去。木岛手抓两边扶手，小心地向下挪动。红林刑警也默默地跟在他后面。

长长的楼梯走到头，大浴场的全貌逐渐清晰。木岛大吃一惊，差点儿滚了下去。

热气腾腾的大浴场里，淋浴区的黑石地板上躺着一个人。

"没准儿之后会出现第二个、第三个被害人哦。"

少年志我的话在脑中苏醒。

糟了。又杀人了。同一个地方，第二名被害人。

又是毒杀吗？还是直接的物理伤害？

木岛惊慌失措地跑到被害人身边。

这时，倒地之人突然站了起来。

"呜哇！"

事发突然，木岛不由得惊叫，差点儿跌坐在地。还好后面的红林刑警一个箭步上前扶住他的背。

尸体复活了？当然不是。那人没死，只是从地板上站了起来，而且是木岛认识的人。

身材修长，五官端正，披着一件宽松外套，只是蓬乱的头发毁损了他的英俊。木岛不可能看错。

"勒恩寺先生。"

木岛脱口而出。

没错，躺在地板上的正是自称名侦探的勒恩寺公亲。

勒恩寺薄唇带笑，视线看向这边："哎呀，你好像认识我。这说明我名侦探的名声越来越响了。不好意思，你是哪位？"

又忘了。每次都这样，自己给人的印象这么淡薄吗？木岛有些泄气，感到受伤。

"是我，木岛，随行官，警察厅的。"

话说到这个地步，勒恩寺总算惊讶地睁大眼："哦，原来是你。真巧啊，在这地方遇到。"

他在说什么不着边际的话？侦探与随行官在案件现场相遇有什么可巧的？

"原来你也来了。啊，很高兴再见到你。"

刚才还把木岛忘得一干二净，现在勒恩寺反倒一脸平静。

"勒恩寺先生，你躺在地上做什么？我还以为是尸体，吓了一跳。"

"没什么，我只是听说这里是发现尸体的现场，想实地体验一下死者的视角。"

"查到什么了吗？"

"不，什么都没查到。死人的心思真难捉摸。"勒恩寺说着不得要领的话。

木岛将红林刑警介绍给勒恩寺："这位是县警搜查一课的红林。"

大概已经免疫了奇人的古怪行为，红林一本正经地打了招呼。

勒恩寺兴高采烈地说："你好，初次见面，我就是勒恩寺，名侦探。请多关照。"

说着，他自来熟地伸手与刑警相握，过分亲近友好。

如此说来，少年志我曾评价他浮躁，想来也不无道理，他的做法实在太轻佻了。

木岛想起那个高中生："对了，勒恩寺先生，刚才志我还在这里。"

"哦,少年侦探吗?还是那么嚣张啊。他去哪儿了?怎么没见到他?"

"他回去了,和作马先生那时一样。"

木岛描述了一遍刚才在地面的对话。

勒恩寺似乎觉得好笑,嘿嘿笑着说:"小孩子还是太嫩,被完美主义绑架了。我总是告诉他要学着变通,否则会变成一个无趣的大人。"

勒恩寺说得像自己是"有趣大人"的代表一样,对少年侦探评头论足。

"那么木岛,接下来该怎么办?"勒恩寺说得事不关己。

不知为何,他的视线投向立在花洒边的地板刷。

对,勒恩寺虽然也是个麻烦,但他真能帮上忙。身为侦探,其能力连那个完美主义的少年都自认稍逊一等,还算是可靠吧。

"你还不知道案件的详细情况吧,我来说明。"木岛提议道。

勒恩寺露出爽朗的笑容:"好啊,木岛,你比前两次都有干劲呢。不过在浴室里开会有些怪,还是先找个能坐下慢慢说的地方吧。"怪人极其正经地说。

*

爬楼梯上到客厅,三人坐进沙发。

勒恩寺和木岛面对面,红林刑警坐在三角形的顶点位置。和上次一样,木岛的录音笔派上了用场。侦探以三倍速听着今天一整天的录音,红林刑警拿出平板电脑展示照片作为补充。

"就是这样,志我回去了,我们不知道之后该怎么办。"木岛总结道。

"原来如此，我明白了。"

勒恩寺点了几下头，跷起二郎腿，姿势十分嚣张放肆。

"我还是很好奇比拟的意义。在龙神湖岸边的两截断腿，再现了断胫公主传说的场景。如果凶手没疯，那他到底想干什么？"木岛说。

自称名侦探的人依旧傲慢，眼神鄙夷地看着他："木岛，你还不明白？"

"完全不明白。"

"可是，志我不是说他已经清楚了吗？一个高中生都能看穿的花招，你一个成年人竟然看不明白，嗯？"

"没什么好奇怪的，我又不是侦探。"

"但你是警察厅的在职公务员吧？输给一个小孩，你甘心吗？"

"没什么甘不甘心的。"

"木岛总是妄自菲薄，真是个怪人。"勒恩寺心情愉快地笑了笑，挺起上半身说，"红林，你是一课的刑警，我想听听你的见解。你怎么看这个比拟之谜？"

突然被问到，红林刑警有些慌张地说："不，我也一片茫然。"

"不明白凶手的意图吗？"

"嗯，完全不明白。"

"你们这群家伙真丢人啊，竟然敌不过一个盛气凌人的高中生。"勒恩寺嘴上不积德，却不知为何兴奋地搓掌。

此时门打开，一个人了走进来，是门司清晴。身形瘦削的清晴看见沙发上的三人，便停下脚步。

"门司先生，说了多少次让你在房间里待命？"红林立刻严肃地喊道。

"哎呀，抱歉。"偷偷出来的清晴被人抓了个现行，尴尬地走进厨房打开冰箱，"我只是来拿这个的，还请原谅。"

他举起一罐可乐，"扑哧"一声打开，看来相当爱喝。

木岛想起少年志我说过，凶手可能在别墅的某处下毒，刚想提醒，却见清晴嘴唇已经贴在罐口，咕嘟咕嘟喝得津津有味。嗯，罐装可乐不太容易下药吧？

见木岛一直看向那人，勒恩寺用视线询问："莫非他就是门司清晴先生？"

木岛回答："是的，被害人的弟弟。"

"果然，和录音里的声音一样。"

听到侦探开口，清晴拿着可乐走过来："我怎么了？"

"没什么，我正想跟您打个招呼。很高兴能见到您。"看来勒恩寺心情不错。

清晴露出诧异的眼神，问红林："这位是谁？看起来不像警察。"

"没错，我也不想和这帮土气的警察相提并论。我是侦探，名侦探勒恩寺。请多指教。"

说着，勒恩寺递出名片。

"客气了，谢谢。"

清晴接过名片，迷惑地眨眨眼。当然了，无论是谁，收到一张只印着"名侦探，勒恩寺公亲"的名片，都会不知所措的。

"对了，清晴先生，刚好有件事想问你，方便吗？"勒恩寺像对待十年老友一般熟稔地攀谈道，"来来来，先坐吧。"

"好。"

清晴手拿可乐，一脸困惑地坐在空沙发上。

勒恩寺依旧十分亲昵："想请你回答一个问题。"

"可以，只要我能回答。"

"听说昨晚的烧烤聚会上，你一直忙着照顾客人，还积极参加餐后收拾工作。为什么？"

"为什么？作为主办方，这是理所当然的吧。"

见清晴有些困惑，勒恩寺毫不客气地说："就因为这个？"

"嗯，算是吧。"

"牺牲双休日来义务劳动？我不懂。你不是和你哥的公司完全没有关系吗？为什么要为他家忙前忙后呢？"勒恩寺逼问道。

清晴似乎被他的厚脸皮所震慑，叹了口气："知道了，我说。反正后面的事情一定会被警察查得明明白白。"

清晴看了眼红林刑警，说："我在我哥面前抬不起头来，因为我欠他钱。我离婚了，当初离婚时就付了一笔补偿金。因为我是过错方，前妻又请了个好律师，法律之外还要我赔偿一大笔钱，于是我哭求我哥借钱周转。而最近我逐渐还不上钱，所以才不辞辛劳，忙前忙后地讨好他。因为我是个单身汉嘛，做饭还可以，所以他们公司聚会时，他就会叫我来帮忙，我又不敢违逆他。"

"哦，原来是这个理由。嗯，我明白了。"勒恩寺一脸了然地搓手说，"那么，木岛，请把全体案件相关人员叫来吧，包括在搜查的警察。让他们都来客厅，只有这里最宽敞。赶快行动，全员集合，一个都不能少。"

"你要干什么？"木岛感到疑惑。

勒恩寺一副理所当然的样子："名侦探下令集合所有人，当然是为了解决案件。这可是名侦探解谜的名场面。"

"案子解决了？"木岛有些惊讶地问，"光是问了两句，就能解决谜题吗?"

"当然。"勒恩寺自信地点点头,然后得意地笑道,"这是我的逻辑告诉我的。"

*

在红林刑警的帮助下,木岛召集起所有人。

门司清晴东张西望,不知道即将发生什么。

最先走进客厅的是门司真季子。她一脸不安地说:"叫我来这里集合,是有什么事吗?"

她环顾四周,似乎有点儿害怕。

接着走进来的是一谷英雄。

"突然叫大家来所为何事?差不多该让我回去了吧。社长出了那种事,公司里有很多事情需要我处理。"他口齿清晰,淡淡说道。银框眼镜后的双眼依然那么冷静。

最后,白濑直和熊谷警部也到场。

警部对突如其来的集合颇为不满。也难怪,撇开搜查负责人擅下指令,换谁都不会高兴。

白濑直仍一脸迷惑,似乎在说自己无法理解眼前的状况。他的双手被牢牢固定住,原来是豹、狼两位刑警一人抓着他一只胳膊。虽没有戴手铐,但实际上和拘留无异。熊谷警部似乎坚信着青年有嫌疑,再这样下去,冤案一定会发生。

"那人就是白濑。"木岛在勒恩寺耳边轻声说道,提醒侦探要救他于水火。

"明白。"勒恩寺短呼一声,很是可靠。

就这样,全员到齐。

沙发位置不够，所以从餐厅搬来几把椅子，大家围着茶几坐成一圈。

木岛悄悄环顾四周，确认来人。

门司清晴、门司真季子、一谷英雄，还有白濑直——四名嫌犯候选人，再加上熊谷警部、红林刑警和猛兽刑警二人组——两人还紧抓着白濑的胳膊不放，能感受到他们绝对不会让他逃走的坚强意志。

勒恩寺猛然起身。

到底是帅气的美男子，一站起来英姿非凡，只是乱蓬蓬的头发让他的帅气打了折扣。

勒恩寺用清晰的声音说道："各位，感谢大家齐聚于此。初次见面，我是勒恩寺公亲，侦探，不，准确地说是名侦探。接下来我要解决本次案件。"

熊谷警部毫不掩饰自己的不满，责难道："这算什么闹剧？谁给你的权力？"

木岛郑重地弯腰致歉："真对不起，不过他是警察厅委托的正规侦探。看在警察厅的面子上，请原谅他的冒失。拜托了。"

警部沉默了。他身处权威一方，唯独招架不住警察厅这面大旗。警部鼻子一哼，板着的脸没有一丝改变。

门司清晴不可思议地抬头看向自称名侦探的男子。

门司真季子不安地左右移动视线。

一谷英雄冷静依旧，镇定自若。

而白濑直则一筹莫展，满脸困惑。

打量完所有案件相关人员，勒恩寺一屁股坐回沙发，架子比在场的任何人都大："本次案件中，别墅主人门司重晴先生遭到毒杀，双腿被砍断，摆放成断胫公主的模样。接下来由我将此案全部解决，请大家静听。"

勒恩寺信心十足地说："先来分析一下所谓的比拟吧，我的随行官非常在意这一点。乍看之下的确很像传说所言，双腿自小腿处截断，并排放在龙神湖湖边，令人印象深刻。但这真的是比拟吗？我深表怀疑。或许它根本就不是比拟。"

这个侦探到底在说什么？任谁看都是不折不扣的比拟杀人。

勒恩寺不管木岛的疑惑，继续道："断胫公主传说的重点是公主成为祭品，向龙神献祭了生命，为民献身，即投湖之举。至于留在湖畔的双腿，只不过是附带的点缀。而且这次'比拟'并不符合传说的主旨，没错，也就是没成功。如果凶手真的想模拟出断胫公主的故事，那他必须在留下断腿的同时，将剩下的躯干投入湖中。做到这个地步才算完整的比拟杀人，但凶手并没有照做，为什么呢？"

木岛觉得勒恩寺似乎在冲着自己提问，忍不住插嘴："会不会是只想重现那最经典的场面而已？因为躯体很重，把它搬去湖边很难。"

勒恩寺得意地笑了："哦，说得不错，木岛，你刚才已经一语道破本质，不愧是我的随行官。不过这里我先按下不表，继续探讨比拟的话题。"

说完，他又转向大家："如果只是重现断胫公主传说的经典一幕，尸身难道不该投入湖中吗？那是传说的主要部分，而且投湖并不难，只要把杀人现场改在湖边，让被害者自己走到湖边再将其杀害，就地截断小腿，拖着躯干部分往湖里一扔，留着剩下的断腿在湖边。看，这样比拟就更加完整了，实施难度也没有增加。可凶手没有这么做，为什么呢？"

"如果沉湖，尸体可能不会被发现，凶手是否为了防范这一点呢?"

"那倒不是,木岛。对吧,警部先生?如果一对断腿出现在湖畔,且没有发现躯干,警察会怎么行动?"

熊谷警部依然板着脸说:"当然会探湖打捞。杀人抛尸的可能性很大,如果断腿在岸边,那么躯干很可能在湖里。任何警察都会这么想。派船用长棍打探湖底,潜水队也会下水搜索,一步一脚印地搜寻。"

"阵仗不小啊。"

"那当然。"

听到警部没好气的回答,勒恩寺满意地点点头:"万一警方花大力气还没找到尸体,尸体迟早也会因腐烂产生气体,膨胀而浮出水面。这片湖又不大,不至于发现不了一具残躯。所以,如果凶手打算完美模仿传说,不可能不将躯体投湖。但凶手没有这么做,所以我认为这不是比拟杀人。至少对凶手来说,重现断胫公主的传说不是第一要务。换言之,截肢不是为了制造传说中的场景。"

"那凶手为何要特意锯断小腿呢?我不明白,切割小腿也不是件轻松的事儿啊。"

"哦,木岛又切中要害了,你真适合当随行官啊。嗯,切割双腿是一项大工程,在后续的说明中会成为重要线索,请大家好好记住。"

勒恩寺搓着双掌,教诲般说道:"没错,正如木岛所说,凶手给尸体截肢,并非为了布置成传说的场景,那又是为了什么?这将是本案中最大的谜团。如果他只是要杀人,根本没必要这么做,只要往水壶里投下砒霜后静待'佳音'即可。但是凶手特意选在大家入睡后的深夜,去大浴场费劲截肢,他的目的是什么?

这是本案最令人费解之处。我认为，想要解开这个大谜团，需要先解开几个前置小谜团。"

勒恩寺扫了一眼听众："第一个小谜团：凶手利用被害人在大浴场边喝运动饮料边健身的习惯，设计在水壶中下毒，入夜后自己下楼截肢。然而，大浴场未必不会有其他人来使用。虽然大家都知道大浴场是重晴先生的专用空间，但有人做证，当重晴先生不在之时，也能借用大浴场。清晴先生，对吗？"

"啊，确实如此。实际上，当我哥不用时，我或者真季子偶尔也会去泡温泉。"

得到清晴的肯定回答，勒恩寺满意地说："是的，特别是在重晴健身结束、疲惫不堪地回房入睡的深夜，难保不会有人心血来潮来泡澡。对凶手来说，深夜的大浴场并不安全。如果在那里悠闲截肢，恐怕会被发现。"

勒恩寺用一只手拢了拢蓬乱的头发："浴场有个好处，那就是能冲洗掉血液等证据，适合完成诸如截肢这样艰苦的工作。但还有一个更好的去处——被害人的房间。没人会去重晴先生的房间，不会有人兴之所至跑去那里洗澡，也就彻底消除了被人发现的风险。最重要的是，那里能上锁。"

勒恩寺的话让木岛想起重晴房间门把手上的锁钮。

"就算有人有事来找重晴先生，只要房门上锁，也不必担心门会突然打开。如果把门反锁，门外人会以为重晴睡着了，所以死心离开吧。所以只要保持房门反锁，就不会被任何人打扰，也不会被目击到截肢现场，可以专注于截肢。怎么样，这是最好的方案吧？如果在截肢时盖上被子，还能在一定程度上防止血液飞溅，抑制血迹扩散。每个房间都有独立卫浴，凶手手上的血迹也可以在浴室洗掉，所以房间才是最好的截肢场地。"

说完几句颇为血腥的话之后，勒恩寺又道："总之，不管截肢现场是大浴场还是被害人的房间，第二天一早尸体都会被发现，就算房间里沾满鲜血也没关系吧。凶手深夜造访，可以当头一棒干掉被害人，如果无论如何都要用毒的话，送点儿饮料进去也可以。从门锁上的指纹来看，被害人似乎没有上锁睡觉的习惯，所以凶手还可以趁他睡着时偷袭。无论怎么想，反锁房门，慢慢截肢都是最好的方法。那么凶手为什么放着好好的房间不用，偏要选择大浴场，冒着被第三者发现的风险呢？此为谜团之一，在大浴场截肢的原因。"

勒恩寺环视众人。无人回答，大概是无法解答吧。木岛自然也想不出妥帖的答案。

"接下来是谜团之二。地面上的小木屋叫工具间，在工具间里发现了血迹。红林给我看过照片。你还记得血迹是在哪里发现的吗？"

红林刑警有些僵硬地回答："是的，在柴刀刀柄。"

"具体说说。"

"是刀柄接口部分，距离刀刃很近。"

红林虽有些紧张，但回答得很准确。

"柴刀放在哪里？"

"和其他工具混在一起堆在架子上。"

"不错。那么血迹是谁的？"

"推测是被害人的，因为血型一致。"

"很好。各位都听到了，根据红林刑警的报告，工具间的柴刀上沾有被害人的血液。截肢的锯子也是从小木屋里拿出来的吧，警部先生？"

熊谷警部依然皱眉："嗯，是的。"

"那么请问警部先生，沿着血迹这条线索后续有调查到什么吗？"

"不，没有。"

"也没有锁定在座哪一位嫌疑更大？"

"没有。"

"那么，如果我说这些血迹是凶手的伪装，警部先生会怎么想？"

"我只会一笑置之，感觉荒唐。"熊谷警部苦笑道，"哪有这种无聊的伪装？血迹本就很淡，还是靠我们鉴定组周密而踏实的搜索才找到的。如果是伪装，应该更加显眼才对，比如整把柴刀鲜血淋漓。再说了，就算柴刀有血，也不会对我们的调查方针造成什么影响。没有任何误导的伪装完全没有意义吧。"

"这么说，警部先生认为血迹不是伪装的？"

"当然。"

"很好，我同意警部先生的看法，认为柴刀上的血迹并非伪装，即不是凶手故意留下的。难道是一谷先生发现尸体后，无意间手或衣服沾了血，之后蹭到了柴刀上？一谷先生，发现尸体后你去过工具间吗？"

"当然没有。"面对突如其来的点名，一谷依旧面不改色，语气平静地说，"谁没事去工具间啊？再说，警察要求我们在房间里待命，不许到地面上去。"

这似乎正是侦探期待的回答，勒恩寺愉快地搓掌："警部先生也能推测出，血迹既不是发现者一谷先生蹭上去的，也不是凶手故意留下的，这么一来，柴刀上的血迹只可能是凶手不小心留下的吧。那么柴刀是什么时候、在什么情况下沾上血迹的呢？此为谜团之二，柴刀染血的原因。"

勒恩寺说罢又环视众人。确定没人发言之后，他再次开口："接下来是谜团之三。你们知道吗？被害人的行李箱不见了。我听说还有很多别的东西也不见了，是吧，夫人？"

真季子夫人似乎吓了一跳。深吸一口气后说："是的，不见了。"

"具体是什么？"

"除了行李箱，还有换洗衣物、剃须刀、牙刷套装、发胶、手机充电线。"

"都是些日用品。夫人您说过，就像您丈夫准备出门远行似的。"

"嗯，看起来是这样。"

真季子夫人点点头。

勒恩寺将视线转向熊谷警官："而且警方的报告中并未提及行李箱的下落，似乎只能认为行李箱和被害人的随身物品被带离了别墅。好了，此为谜团之三，行李箱的下落。"

勒恩寺见所有人都屏息凝神地听着自己说话，感觉十分满足，并露出无畏的笑容："现在有三个谜团摆在这里，我们一个一个地解决。先看谜团之三'行李箱的下落'。请问一下，有人见过重晴先生的行李箱，知道那些日用品都去哪儿了吗？"

大家露出惊讶的神情，面面相觑。但没人吭声。

"此时我们不会追究盗窃的罪名。与谋杀相比，盗窃简直微不足道，警部先生肯定会网开一面的。谁有头绪，现在就站出来吧。错过良机，如果之后查到你，你就涉嫌妨碍搜查，还可能被追究包庇凶手的罪名，到那时就算是警部先生也不会再客气了。所以如果有人偷了重晴先生的私人用品，请马上承认，还来得及。"

可大家还是你看看我，我看看你，没人回答。

门司清晴战战兢兢地说："好像没有。就算偷了行李箱也没用处，我想没人会去动我哥的东西。"

"是吗？那就是被害者本人和凶手二选一了。到底是哪一个人动了行李箱呢？"

勒恩寺摊开双手："先看被害人，他似乎在准备旅行，打包好换洗衣物等一整套日用品，提前放进汽车后备厢或车站的储物柜里，等着第二天一早出发，所以房间里的行李箱不见了。鉴于昨晚重晴先生如常在大浴场健身，可以推测他是在白天收拾好行李的。但如果是这样，有一点让人无法接受，有件东西不能提前收进行李——手机充电线。一般来说，如果要长途旅行，手机会充一晚上的电，临出发时才拔下充电线随身收好。其他东西可以在白天提前收拾好，唯独充电线不会提前打包。如果一大早出门，通常会在睡觉时充电；如果半夜出门，则会充电到临出门的时候，这是人之常情。所以可以得出结论，行李箱不是被害人自己收拾的，消失的充电线就是最有力的证据。"

勒恩寺只手拢起散乱的头发："而且刚才没有人承认自己拿走了行李箱，如此一来，就只剩下凶手了。尸体被发现后，警察在别墅里到处搜查，故而凶手只可能在案发前就已将行李箱移出别墅。具体时间应该在截肢前，因为同时处理断腿和行李箱会很麻烦，可能就在大家解散回房就寝之后动手的吧。行李箱的后续处理应该并不难。装点儿重物进去，沉到龙神湖里就不错。或者白天借口买东西，去车站把它放在开往东京的特快列车的行李架上。东京站每天会收到大量的遗失物品，多一个装满日用品的行李箱，站务员怎么都不会想到那是命案物证。所以谜团之三的唯一可能是'被凶手拿走了'。至于凶手为什么要这么做，稍后再说吧。"

勒恩寺没再装模作样，接着又说："接下来看谜团之二'柴刀染血的原因'。首先，刀是何时沾上血的？让我们梳理一下昨晚凶手的行动线。凶手先是趁着烧烤后收拾的混乱，在水壶里下了砒霜。等到其他人都睡着后，他算准被害人毒发身亡的时间开始行动。他先上到地面，进工具间拿走锯子。工具间的钥匙挂在玄关内侧的墙边，别墅内的任何人都可取用。然后，他带着锯子下到大浴场，确认被害人已死，开始锯腿。完成后，他擦掉锯子上的指纹，把锯子丢在现场，抱着两截断腿爬上楼梯，来到地面，在黑暗中走到湖畔，将双脚放在岸边，做出比拟的场景。凶手当时可能用了手电筒，毕竟外面一片漆黑。他返回别墅，回到自己的房间，第二天一早和其他人会合，之后只要等待大浴场的尸体被人发现就行。哎呀，奇怪了，柴刀根本没机会出场啊。"

勒恩寺装出被自己的话吓了一跳的样子说："那么血迹是什么时候沾上去的？难道是凶手进工具间拿锯子时？不，不对，那时凶手还没到过大浴场，连被害人的尸体都没碰过，不可能留下血迹。即使他先去大浴场确认被害人死亡，再去拿锯子，那时被害人也还没有被截肢，不可能流血，所以血迹并不是在那时沾上去的。"

勒恩寺继续说："那么，截肢后呢？截肢后凶手的手或衣服上可能沾有血液，无意间蹭到了柴刀上。但凶手截完肢应该没理由绕去工具间一趟，锯子留在大浴场，不用还回去。在去龙神湖之前，凶手似乎没理由先去工具间，所以他只在取锯子的时候去过工具间。这么一想，血迹沾到柴刀上的时间点似乎根本不存在。奇怪，一定是哪里搞错了，到底是哪里搞错了呢？"

勒恩寺又像煞有介事地歪起了脑袋："工具间里发现了带有

血迹的柴刀，意味着凶手在截肢后去过工具间。被害人死于毒杀，除了两条断腿没别的外伤，所以柴刀上的血迹只能来自两处断口。那么，凶手为什么要再去一次工具间呢？不可能是顺路过去一趟吧。既然警部先生说过血迹不是伪装的，那么凶手在截肢后一定有什么非去工具间不可的理由。"

勒恩寺眼神充满热情，环视众人："接着请注意血迹的位置。红林刑警说过，血迹在柴刀刀柄接口的部分，靠近刀刃。但柴刀压在其他工具之下，只露出柄头。一般来说，哪怕凶手的手或衣服上有血也蹭不到刀柄接口，只会碰到刀柄底部，对吧？刀柄接口处有血迹，说明柴刀一开始并非压在一堆工具下面，而是在工具架之外。难道柴刀掉在工具间的地板上时沾了血？应该不是，因为理论上凶手截肢前不需要拿出锯子之外的工具，而截肢后不必回来。那么柴刀还会在哪里沾血？没错，大浴场，也就是分尸现场，在那里稍不注意就会沾上血迹。在工具小屋里，柴刀被压在其他工具下面，凶手身上有血也不可能偶然沾到那里。"

勒恩寺接着说："如此一来，也能解释凶手为什么重返工具间了。他自然是去归还柴刀的。凶手应该没注意到柴刀上的血迹，否则依照凶手的思维，他会把柴刀冲洗得干干净净，或直接将柴刀丢进湖里，尽可能处理掉血迹等可能成为证据的东西。会把柴刀放回工具间，说明他没发现血迹。而且，柴刀沾染上血迹的场所，极可能就是大浴场。没错，凶手带进大浴场的工具并不只有锯子，还有柴刀。这么一想，血迹问题迎刃而解。而且不只是柴刀，堆在柴刀上的工具是什么呢？红林，你来回答。"

勒恩寺像小学老师一样点名红林刑警回答。

红林有些动摇，但还是答道："上面有手斧、线锯和单刃锯等。"

"很好,柴刀上还有其他工具,对吧?"

勒恩寺的语气仿佛在说"干得漂亮"。

"凶手把柴刀放回架子,但是上面压着其他工具,不觉得奇怪吗?凶手完全可以将柴刀放在那堆工具的上面,既然他没发现柴刀上的血迹,那就不会故意隐藏,没有必要塞在底下。但事实上,柴刀上面还有其他工具,最自然的想法就是上面的工具也被凶手拿去大浴场了。在归还时,他把一大堆各式工具胡乱一放,柴刀就被压在了下面。也就是说,凶手至少拿走了手斧、线锯、单刃锯、柴刀以及实际使用的双刃锯,一共五种工具。当然,凶手不会只把其中的柴刀和锯子拿到大浴场,所以他应该全部带到了现场。"

勒恩寺环视在座众人:"综合考虑柴刀上血迹的位置以及堆在一起的工具,只能得出一个结论。至此,谜团之二也解开了——'不只柴刀,凶手还携带了多种工具进入现场'只能这样想。"

勒恩寺顿了顿,观察众人是否理解,而后说道:"现在我们离核心越来越近了。凶手携带大量工具去大浴场,那里有一具中毒死亡的尸体。大量工具和一具尸体,可以想象凶手想要做什么,只有一种可能性——用锯子锯断腿,当锯条因沾上血液或刀片脱落而不能使用时,换线锯切断手臂,用柴刀砍断脖子,用手斧砍断脊椎。多种工具发挥各自的强项,这正是他携带大量工具的唯一理由。"

木岛被这句话吓了一跳:"请等一下,勒恩寺先生,这不是杀人分尸吗?"

勒恩寺得意扬扬地露出不怀好意的微笑:"没错。本次就是一起分尸未遂事件。现在最大谜团已经解开,木岛,你认为分尸的好处是什么?"

"当然是方便搬运尸体以及更容易藏尸这两点。"

勒恩寺满意地点点头:"没错。被害人是健身狂,身材高大,体格健壮,当然体重也不可小觑。背着那么个大块头是不可能爬上那段陡峭楼梯的,所以凶手想把尸体分成小块,方便搬运。这就是本次事件的全貌。"

木岛想起了那段犹如云梯、陡得吓人的楼梯,如果不抓住两边的扶手就会滚下去。而且楼梯有两层楼那么漫长,像滑梯一样,不可能搬运重物。

"刚才木岛说过,死者身体很重,不方便搬去湖边投湖,对吧?可谓切中要害。笨重又难移动的尸体,只能分尸搬运。好了,木岛,这里还有个问题。如果要肢解尸体,你会从哪里开始呢?"

这么可怕的事情,问我我也不知道啊。木岛心里叫苦,但还是规规矩矩地思考起来。

砍头好像太可怕了,难以面对死者的面庞,暂时先放放。躯干也不行,会冒出很多毛骨悚然的内脏。手臂靠近脸,好像也不行,要尽量远离死者那张脸。这么说来,分尸第一步……

"是腿吗?"木岛答道。

勒恩寺满意地说:"对,就是腿。当然,凶手大概也会这么做,先切断小腿。因此木岛另一句直击本质的发言就有了意义。"

咦?我刚才说过什么来着?木岛陷入沉思。

"别忘了,你说'切割小腿也不是件轻松的事儿',想必对凶手来说也是件意料之外的大工程吧。油脂打滑,韧带回弹,肌肉纤维缠住刀尖,骨头也比想象中硬不少。凶手锯完两条小腿就已经筋疲力尽了,这才惊觉分尸比想象中困难太多,一晚上根本完不成。就像木岛说的，这可是个大工程。从小腿的断面来看，法医认为截肢者解剖知识不够，是个外行。也许他看过杀人分尸的新闻，产生了分尸不难的错觉，可是实际上手，才发现繁重得超乎想象。而且他的时间有限，要赶在天亮前处理好一切。我猜凶手自觉赶不上时限，只切了两条小腿就不得不放弃分尸和藏尸的念头。因为剩下的躯干很重，不可能拖上楼梯，如果从大浴场那面掏空的墙扔下山崖，下面是茂密的森林和灌木丛，人无法靠近，后续用推车都没法回收。"

啊，木岛想起之前担心有人偷窥洗澡时，有人告诉他不可能有人钻得进下面的深山老林。

勒恩寺扫视了一下听众，改变语气说："凶手迫不得已，只好弃尸大浴场，扔不扔下山崖都改变不了死者很快会被发现的事实。双刃锯藏起来也没意义，擦干净指纹后放在现场就行。不过凶手想隐瞒原本的分尸计划，所以将尚未使用的柴刀和手斧等刀具放回了工具间。如果就那么留在现场，调查人员很可能按照我刚才的推理察觉到原来的计划，这对凶手来说很危险，把没有用到的刀具放回工具间才最安全。可惜百密一疏，凶手在惊慌失措中没注意到柴刀上沾了一丝血迹。况且那时他还为两截断腿苦恼，如果把它们和躯干放在一起，分尸计划还是会被看破。为难之际，凶手灵光乍现，想到了断胫公主的传说，毕竟大家都听五十畑老夫妇说过这个故事。于是凶手把双腿带去湖边，放置成传说中的样子。这么做的目的是为制造假象——为了实施比拟杀人才截断死者双腿。不过，就像我一开始说的那样，这个比拟并不完整，因为身体部分并没有被扔进湖里。只能说这是被逼无奈后的权宜之计，也就做不到那么完美了。凶手时间紧迫，得想尽办法蒙混过关。不过调查人员里好像有人粗心大意，把临时想出来的计策误认为是精心设计的比拟诡计。"

勒恩寺略带嘲讽地笑了笑,朝警方瞥了一眼:"就这样,天亮之后,湖边立着一双断腿,大浴场里倒着一具没完全分尸的尸体。"

听了勒恩寺的话,木岛提出疑点:"从刚才开始,勒恩寺先生就一再强调凶手想要隐瞒分尸计划,可凶手为什么不想让人知道他的计划呢?就算不模仿传说场景,把断腿放在大浴场里也没关系吧?"

木岛暂且跳过自己完全被凶手蒙蔽了双眼的事实。

勒恩寺听了,用力摇摇头:"不,如果分尸计划败露,凶手的真面目也会顷刻间暴露。"

"咦?为什么?这样就能查出凶手吗?"

勒恩寺用手制止有些吃惊的木岛:"好了,木岛,不要着急,我会解释的。在那之前,我先说说凶手原来的分尸计划吧。他原本打算如何处理尸体呢?大概是把尸块装进工具间的麻袋,一个个地扛上地面吧。不知后续是打算绑上重物沉湖,还是悄悄埋进森林,总之凶手将沉重的死者分尸,方便他处理和藏匿。就算要埋尸,每个坑洞也只需挖很小就够了。"

勒恩寺环视众人说道:"如此可得出谜团之一的解答。为什么现场选在大浴场呢?因为分尸需要大量水。被害人的房间虽好,但难以清洗分尸过程中的血液、体液和细碎肉块。大浴场本就是活泉,有源源不断的热水,可将分尸的痕迹清洗干净。哪怕地板上残留有肌肉或内脏的碎片,也能用地板刷集中起来丢下山崖。掉下悬崖的残肢肉块,想必会被森林里的野生动物美美享用吧。另外,被害人的房间不适合移出尸体,因为有一段上上下下的走廊。"

木岛想起前往被害人房间时爬上爬下、犹如田径拉练的楼梯,还记得那个健身狂把这段路视作奖励关卡。

"拖着沉重的尸块上下陡峭的楼梯非常困难。这样一来,就像刚才所说,不能在被害人的房间里分尸。当然,直接在野外杀人分尸就不用这么辛苦了,但这里是别墅区,入夜后一片漆黑。一方面,叫被害人去野外很可疑;另一方面,在黑暗中杀人、分尸都很困难。如果用发电机开灯照明,可能会被别墅里的人发现。更重要的是,凶手无法处理溅射和流出的血液。所以还是在大浴场一边分尸一边用充足的热水清理,效率最高。"

说到这儿,勒恩寺一只手拢起蓬乱的头发,停顿一下:"在大浴场分尸,一切痕迹会化为乌有,把刀具干干净净地放回工具间,毒杀用的水壶都能冲洗干净,甚至放回厨房。当然,凶手也不忘处理掉被害人遗留的浴袍和手机。如何?这样看上去似乎无事发生。此时谜团之三闪亮登场。天亮后,别墅的诸位起床不见门司重晴先生,大浴场里干干净净,房间里空无一人,别墅中搜寻无果。可仔细一查,发现行李箱和重晴先生的随身物品不见了。怎么看都只能认为重晴先生默默出走了,不是吗?"勒恩寺仿佛在询问大家。

"行李箱就是凶手用来加深重晴先生独自出门印象的道具。说不定他还会伪造一张便条,上书'请不要来找我'之类的文字。从此重晴先生消失得无影无踪,再也没回来。当然,他都死了,肯定回不来。但不知情的家人会怎么想,木岛你觉得呢?"

面对突如其来的问题,木岛有些不知所措:"嗯,大概只会认为是失踪了吧。"

"正确。全日本每年有成千上万的人失踪,家人会认为重晴先生就是其中之一。要说失踪的动机,你应该猜得到吧,一谷先生?"

一谷依然保持冷静,用指尖推了推银边眼镜,说:"是想暗示公司资金周转困难吗?"

"没错,对于社长而言,经营陷入僵局的压力比任何事情都要大。虽然他表面上嘻嘻哈哈,一副满不在乎的乐观态度,但内心可能非常苦恼。在得知社长失踪的消息后,周围的人一定会这么想,还会自作主张地加戏,比如认为社长很沮丧,甚至下定决心要抛弃一切,人间消失。好了,警部先生,县警接到失踪案会全力调查吗?掘地三尺也要找到失踪者的那种?"

"不会,如果是孩子失踪还另当别论,但成年男性人间蒸发不至于调查到那个地步。"熊谷警部的态度明显比之前软化了不少,无论语气还是表情都变得平静,大概是开始承认勒恩寺的解谜对搜查有所贡献了吧。

"你不会搜查,对吗?"

面对勒恩寺的询问,熊谷警部点点头说:"算是吧。"

"也不会去检查大浴场的鲁米诺反应。"

"当然了。如果有案件发生那另当别论,单纯的失踪是无法让我们开展行动的。因为我们人手不够,不会浪费在称不上刑事案件的事情上。很抱歉,这是现状。"

"对吧,就算有人失踪,警察也不会行动,顶多在失踪人口名单上新增一个姓名和特征,用来核对异地死者身份。这很正常。仅仅是某人消失,公共机关是无法采取任何行动的。我认为凶手就是想达到这个效果——只有失踪,没有杀人,警察自然不会介入。这对凶手来说是最好的结果。将尸体肢解后丢弃,就能把杀人事件变为普通的人口失踪。可惜计划失败,留下一具断了双腿的尸体。于是凶手绞尽脑汁,想方设法又编织了一个假象。"

勒恩寺再度露出嘲讽的笑容,撇撇薄唇,立刻恢复严肃的表情,断言道:"就让我们来解开最后的谜团吧。凶手是谁?调查人员都认定凶手是死者的身边人,熟知被害人带水壶去大浴场的习惯,并且有机会在水壶里下毒。大家都同意外部人员不可能偷偷潜入别墅,自由出入大浴场。很有道理,我支持警方的观点。凶手就在昨晚的住户之中。"

一听这话,门司清晴惊讶地眨着眼睛,真季子夫人的嘴唇紧抵成线,一谷还是那副冷漠的扑克脸,没有任何反应。

勒恩寺看过一张张面孔:"凶手下毒,好处有很多,尤其针对被害人这般体格强壮的大汉更是独具性价比。击打或勒杀会遭到肌肉男强烈抵抗,执行起来风险很大,搞不好还会遭到反击。相比之下,毒杀时凶手不必靠近被害人,无关是否在场。在水壶里下毒也是选在大家忙着餐后收拾之时,所以人人都可能下手,不至于独揽嫌疑。

"不过下毒也有缺点。一大难题是毒药难寻。若是那种顷刻致人毙命的剧毒药物,很容易查到获取途径,从而锁定凶手。本次使用的砒霜是从白濑在东京住处的抽屉深处偷来的,也可作为内部犯的旁证。外人很难进入白濑的房间,更别提偷药了。"

勒恩寺又环视过各个嫌疑人:"凶手原本打算将杀人案伪装成单纯的失踪案,这样就不用担心警察会去追踪毒药的来源。对于失踪案,警方不会采取行动,凶手就是看准了这一点。只是,如果在门司重晴先生失踪同时,白濑发现他藏起来的砒霜也减少了,那该怎么办?不,他不可能发现不了。那种毒药即使剂量很小也足以致命,药学系的学生不可能不严加保管,分毫重量都不敢出差池。

"如果警方接到重晴先生失踪的报案，同时白濑报警说砒霜减少，结果会如何？门司家接连发生两起案件，以刑警敏锐的嗅觉定会将两事串联，从而想到下毒。你觉得凶手是否会预判这种危险？"

木岛举手抢答："不会。因为砒霜是白濑从大学药库里偷拿出来的，他心虚，怕牵连自身。凶手是否就在赌白濑不敢报警呢？"

但勒恩寺慢慢摇头："不对，木岛。凶手怎么会知道毒药是白濑偷拿的呢？他必然要考虑另一种可能，万一这个药学系研究生是通过正规合法的途径获得砒霜的呢？他把毒药放在书桌深处，可能只是怕有人被误伤，并不是出于内疚。偷正规渠道获得的毒药，那风险可就太大了。只要白濑有可能报案，砒霜就不能随意使用。要是选择了毒死也会那么快落网，还不如带把大刀杀进大浴场呢。至于凶手赤身裸体怎么带刀？藏水壶里嘛。还可以致敬经典，拿冰刀杀人。"

现在不是开玩笑的时候，但勒恩寺越说这些有的没的越来劲："凶手原计划将重晴先生分尸，伪装成失踪，不惊动警方。尸体消失，无法进行尸检，也就不会暴露毒杀的事儿。可天不遂人愿，计划没有成功，死因被确认为砒霜中毒。刚才我说了，分尸计划一旦暴露，立刻就能锁定凶手，所以凶手只得将两条断腿硬往传说上靠，企图蒙混过关。换言之，凶手认为，只要警察发现是毒杀，自己必会遭到怀疑。好了，这下大家都知道罪犯是谁了吧？那么能告诉我杀害重晴的动机吗，白濑？"

勒恩寺突然说了一大串奇怪的话。

木岛慌忙说："等、等一下，什么意思？这话说得就像白濑是凶手一样！"

"木岛,不是'像'。我是说,白濑就是凶手。除了他,其他人都无法使用毒杀的手段,因此白濑是唯一的嫌疑人。只是,我也想不明白他的动机,所以不方便对那个少年侦探说三道四。可我跟志我不一样,我不是完美主义者。如果想不通,最快的办法就是问本人。"勒恩寺一脸冷漠地说。

什么?木岛只觉双腿一下子失去支点,险些跌倒。

白濑是凶手?

不,再怎么说也没这么简单吧。

"不对,一开始不是说,因为用到了砒霜,所以白濑不是凶手吗?他读药学系,最容易得到毒药,他怎么可能这么露骨地留下自己就是凶手的证据呢?"

勒恩寺干脆地反驳木岛的抗辩:"因为尸体被发现了,他才这么主张的。我说过很多遍了,要是尸体没被发现,重晴先生不就成失踪人口了吗?那时还谈何砒霜呢?但分尸太难,白濑不得不放弃原计划,无奈之下将错就错,找了这么个憋屈的借口。不然,以他药学系研究生的身份,是真凶的概率比谁都高。"

"这不是原封不动了吗?!"

这算什么?木岛用尽力气大呼小叫,错愕到极点。

刚开始,因为出现了砒霜,熊谷警部认为身为药学系研究生的白濑是头号嫌疑人,但遭其本人激烈否认,说自己怎会犯下如此低级的罪行。

木岛相信了。

的确,事情怎么可能如此简单。

但勒恩寺认为,事情就是这么简单。兜兜转转,最后还是回到原点。

啊,说起来,木岛刚到任时,上级领导刑事局副局长也说过,世上大部分案子都是这样简单。这次也一样,所见即所得。

木岛张着合不拢的嘴问道:"这次不用再琢磨琢磨?"

"不需要琢磨。这只是现实中的杀人事件,又不是侦探小说,木岛。"勒恩寺平静地说。

见他态度不改,木岛心想:如果这是侦探小说,凶手在另一种意义上也足够意外了吧。

不用琢磨,无须苦想,所见即所得的凶手是不是足够意外?会不会激怒读者呢?

勒恩寺才不管木岛怎么想,兀自说道:"凶手用了砒霜,只有白濑有砒霜,所以白濑是凶手。Q.E.D.证明完毕。侦探谢幕收工了。"

"真就这么简单?"

"还有什么问题?"

"不,没有。"木岛吞吞吐吐地说,担心自己会被骂。

"可是有没有可能,抽屉里的砒霜被别人偷了?志我也这么推测过。"木岛怯生生地问道。

勒恩寺一口否认,并说出一番更令人无言以对的言论:"应该不可能。那只是志我的个人观点,胡思乱想,毫无根据,或者说是信口开河。那个少年侦探有个坏毛病,他偶尔会胡说一堆毫无边际的假设,迷惑大人。

"顺便一提,白濑从大学药品库偷拿砒霜,也是认定案件会以失踪结束,自己不可能暴露吧。健身房老板失踪应该不会传进大学老师的耳朵里。事实上,若不是被警察叫去,教授甚至没注意到砒霜变少了。白濑应该很清楚他们学校的管理有多么疏松。"勒恩寺说着,把脸转向白濑,"好啦,白濑,别再强撑了。一旦警方发现你是凶手,他们会查遍你的四周。你敢保证房间里、衣服上没有一滴血迹吗？行李箱当真处理干净了？哪怕警察彻底打捞龙神湖也找不到？你能断言行李箱上没留下任何指纹吗？还有，制造比拟杀人时来回走夜路用的手电筒，该不会还藏在自己房间里吧？装毒药的容器怎么处理了？如果你把它扔进树林，警犬可能会找到它。容器上的指纹都擦干净了吗？你该不会为了掩埋尸体，事先在森林里挖过洞吧？要是留下那些坑洞，说不定会成为证据哦。挖洞的工具处理掉了吗？工具间的铲子上不会留有你的指纹吧？好了，你逃不掉了。既然逃不掉，不如全招了吧。你的动机是什么？为什么要杀他？"

勒恩寺语气平和，不像是在逼问。

此时，始终低着头的白濑缓缓抬头看向勒恩寺。木岛终于看清了他的脸，睫毛纤长，眸含忧色。

白濑面无表情地盯着侦探，用低沉而缺乏抑扬顿挫的声音说道："你这人真讨厌，好像什么都清楚，但是，有些东西你看不透。你知道我内心有多么煎熬吗？知道憎恶的火焰是如何熊熊燃烧的吗？让我来告诉你那个恶魔的所作所为吧。我的父亲死于一场车祸，虽被认定为父亲自己的责任，但其实都是那男人的错。那家伙一直在折磨父亲，父亲也根本不是什么合伙人，而是他嗜虐的玩物，像个沙袋一样不停被折磨。由于那个恶魔长期强迫父亲做一堆不合理的工作，父亲渐渐患上了慢性睡眠不足。那次车祸也是，那段时间恶魔安排了过多工作，还定了个根本完不成的时限，导致父亲疲劳驾驶，最终出事。这些事也是最近我偶然从父亲当年的同事口中得知的。

"后来，那个恶魔收留了我，折磨的对象从父亲换成了儿子。你无法想象我之后的日子有多么屈辱和羞耻。你不知道被肌肉男凌辱、践踏尊严有多么痛苦。你不知道他夺走我生而为人的骄傲还不够，还要不断嘲弄我。你不知道吧。从初中起，这样的地狱就没有尽头。就算我横下心去读研究生，他也不想放弃我这个心爱的玩具。所以我要除掉他，除掉这个在我生命中挥之不去的恶魔，有什么不对吗？怎么样，能看穿一切的侦探先生，你看穿我的痛苦了吗？不，谁都无法体会我的怨憎有多深。你们不可能知道。"

白濑眼神空洞地望着勒恩寺，仿佛失去了全部的感情，语调平淡地控诉着。

熊谷警部抬了抬下巴示意，豹、狼两名刑警随即拽着白濑的胳膊消失在门后。熊谷警部也跟着走了出去，再也没有回头看一眼。红林刑警慌忙起身，向木岛他们深深鞠了一躬，小步跑向门口。白濑离去前那张毫无表情、异常苍白的侧脸，深深刺痛木岛的心。

而留下来的门司清晴、真季子夫人和一谷三人尴尬地垂下眼。房间里只剩沉默。

*

来到外面，天色已是一片昏暗。

天空阴沉，不见一丝日落的痕迹。

或许因为太阳落山，残暑已经消宁。

勒恩寺走出混凝土玄关，不满地说："哎呀，本以为是比拟杀人，没想到落幕却是一场悲情戏。好不容易发现有趣的比拟犯罪，结果白跑一趟。"

"你说的是什么话？杀人案件何谈有趣？"

木岛的叮嘱进不了勒恩寺的耳朵，后者一边迈开步子一边说：“可我已经连续抽中三次无聊案件了——半途而废的密室、大唱空城的预告信，还有今天徒有其表的比拟。自从随行官换成木岛之后，净是这些无聊透顶的案子。木岛，你不会是那个瘟神吧？”

"不，请别怪到我头上。"

"那你是什么？"

"只是随行官。"

听木岛这么说，勒恩寺微微一笑："呵呵，挺有自知之明的，佩服、佩服。得赶紧补充进笔记。"

"别什么都往奇怪的笔记里写。还有，别在侦探之间传阅那种东西了。"

勒恩寺全不理睬木岛的满腹牢骚："木岛，我只想邂逅一次纯粹的完美犯罪而已。那种出自狡猾罪犯之手、运用超绝诡计、仿佛在黑暗中闪光的美的极致、完全构建自神明的邪恶智慧的终极犯罪，富有诗意，美得像一条完美的数学公式。当直面如此完美的犯罪之谜的时候，我该有多幸福啊。所以我有个梦想，梦想着那一天的到来。"

勒恩寺仰望乌云密布的天空，仿佛在寻找星光。

名侦探真是太麻烦了，上辈子我干了什么要遭此等报应？木岛看着侦探那端正的侧脸，心想。

案卷E ——

突然接到领导的通知,让他过去。

距离提交上次的案件报告已过去一周。

霞关中央政务区二号馆里,木岛壮介快步走向走廊深处。

上次踏足走廊这头,还是他入职当天。

叫我来所为何事?

木岛心里清楚,他在隐隐期盼。

他已提交了转岗申请。

现在距离九月最后一周还有几天。从时间上看,很可能就是谈这个——

十月一日转岗。

从这个怎么看都不适合自己的特案专职搜查课调去其他部门。既能从近距离目击他杀尸体的恐怖经验中逃离,也意味着同那些随心所欲到超脱社会人身份的侦探说再见。

心脏正因期待而怦怦直跳。

会不会调去他向往的办公室职位呢?不,不求那么奢侈。只要能以警察厅官员的身份转去一个很普通很安稳的部门,他就没什么不满。至少能与血腥的案发现场和那帮以自我为中心的侦探断绝关系就够了。

木岛心头揪紧,走入并立着单人间的厅干部办公区。

然后,他站到那扇门前。

刑事局副局长办公室的门前。

用手摸了摸加速跃动的胸膛,木岛叩响房门。

"打扰了。"

进入房间。房间里和半年前没有什么变化。

功能齐全的办公室、棱角分明的办公桌——一座除去所有虚饰,属于精英官员的城堡。

桌后端坐的是房间主人——刑事局副局长。他高居云端,本不可能瞥见位于体系最底端的木岛。这位人上人依旧给人精明伶俐的印象。笔挺的西装、金属框眼镜、精瘦的身材和秀气的额头,怎么看都是那种能官干将。

这位云上之人,如今是木岛的直属领导。

见木岛进屋,副局长抬起头,镜片背后的锐利目光刺向他。

"来了。"

"是,木岛壮介特此前来报告。"

因为紧张,遣词造句也变得莫名其妙。木岛僵立在办公桌前一动不动。

副局长也没笑,眼神依旧精明。

"今天叫你来不为别的。"

是转岗的事。

木岛等着后面的话。

可副局长的眼神突然柔和起来:"木岛,你担任特案专职搜查课随行官已经半年了吧。"

"是。"

木岛立正不动,回答道。

"而且很努力嘛。"

"啊?"

"看过你的报告书我就知道。你很适合当随行官。"

"什么?"

不,哪里适合了?完全不适合啊。木岛觉得没有人比自己更不适合当这个随行官了。这位副局长在想什么啊？

"当初果真选对人了，你在这个职位如鱼得水。局长也非常满意你的工作，还说期待你未来的表现。"

"啊……"

越说越离谱。最后副局长的强硬宣告，彻底将木岛推下地狱深渊。

"所以，木岛，我希望你今后续任随行官，继续施展拳脚。虽说对付那些侦探可能会费点儿事儿，但还是拜托了。不过以你的手段，应该很擅长驾驭那些侦探吧，一物降一物嘛。"

副局长兴高采烈地说。

木岛眼前一片漆黑。这不是比喻。

*

经决定，木岛壮介续任警察厅特案专职搜查课随行官。

OZAPPA KATSU AYAFUYANA KAITONO YOKOKUJO
Text Copyright © Jun Kurachi 2023
Illustrations by Kanae Izumi
All rights reserved.
First published in Japan in 2023 by Poplar Publishing Co., Ltd.
Simplified Chinese translation rights arranged with Poplar Publishing Co., Ltd. through Beijing KAREKA Consultation Center.
Simplified Chinese edition copyright: 2025 New Star Press Co., Ltd.
All rights reserved.
著作版权合同登记号：01-2024-5708

图书在版编目（CIP）数据

粗糙且含糊不清的怪盗预告信：警察厅特案专职搜查课事件簿 /（日）仓知淳著；白夜译 . —— 北京：新星出版社，2025.9. —— ISBN 978-7-5133-6028-9

Ⅰ . I313.45

中国国家版本馆 CIP 数据核字第 20253KQ008 号

午夜文库
谢刚 主持

粗糙且含糊不清的怪盗预告信：警察厅特案专职搜查课事件簿

[日] 仓知淳 著；白夜 译

责任编辑	郭澄澄		责任校对	刘 义
责任印制	李珊珊		封面插图	伊豆见香苗
装帧设计	冷暖儿			

出 版 人　马汝军
出版发行　新星出版社
　　　　　（北京市西城区车公庄大街丙 3 号楼 8001　100044）
网　　址　www.newstarpress.com
法律顾问　北京市岳成律师事务所
印　　刷　大厂回族自治县彩虹印刷有限公司
开　　本　910mm×1230mm　1/32
印　　张　8.875
字　　数　199 千字
版　　次　2025 年 9 月第 1 版　2025 年 9 月第 1 次印刷
书　　号　ISBN 978-7-5133-6028-9
定　　价　52.00 元

版权专有，侵权必究。如有印装错误，请与出版社联系。
总机：010-88310888　　传真：010-65270449　　销售中心：010-88310811